올랜디네브 기념일 학교

올랜디네브 기념일 학교
ⓒ 최혜련 2023

초판 1쇄   2023년 11월 30일

지은이	최혜련	펴낸이	이정원
출판책임	박성규	펴낸곳	도서출판 들녘
편집주간	선우미정	등록일자	1987년 12월 12일
기획이사	이지윤	등록번호	10-156
편집진행	이수연	주소	경기도 파주시 회동길 198
디자인진행	하민우	전화	031-955-7374 (대표)
편집	이동하·김혜민		031-955-7382 (편집)
디자인	고유단	팩스	031-955-7393
마케팅	전병우	이메일	dulnyouk@dulnyouk.co.kr
경영지원	김은주·나수정		
제작관리	구법모		
물류관리	엄철용		

ISBN   979-11-5925-821-3 (43810)

올랜디네브
기념일 학교

할로윈 밤의 소원

최혜련 지음

푸른들녘

차례

1

코네인 마을

1

분명 이것은 끝나가는 여름과 시작하는 가을의 단풍 사이를 스치며 지나가던 따스한 바람이었다. 창백한 달빛이 바람을 따라 개울 위에 떠 가고 있었다. 개울 속 말갛고 동그스름한 돌이 달빛에 반사되어 하얗게 보였다. 개울 앞에는 오렌지 나무 열한 그루가 울타리처럼 심겨 있었다. 옅은 바람이 스치고 지나가자 나무들은 잎사귀를 떨궜는데, 그러자 그 사이로 따뜻한 불빛이 비쳐 오는 열쇠 구멍 모양 창문이 나타났다.

여름과 가을을 오가는 바람이 창문을 두드리자 애처롭게 달려 있던 낡은 경첩이 두어 번 흔들리더니 힘없이 떨어졌다. 얄팍한 유리를 덧댄 창문은 그만 활짝 열려버렸다. 그때였다. 방 안에서 찍

찍 소리, 마루가 심하게 삐걱거리는 소리와 함께 작은 비명이 터져 나온 것은. 그리고 누군가가 외쳤다. "잡아!"

잠시 후 계단을 미친 듯이 올라오는 소리가 들리더니, 나이트 캡을 쓴 땅딸막한 부인이 아이들을 거느리고 나타났다. 부인은 하얀 털 뭉치를 움켜쥔 채 침대 밑에서 기어 나오는 휴와 커다란 가방을 활짝 벌려 들고 허둥대는 그의 단짝 데이브를 번갈아 쳐다봤다.

"휴! 제발!"

그 말이 신호라도 되는 것처럼 데이브가 몸을 날려 가방을 털 뭉치 위에 덮어씌웠다. 가방이 요동쳤다.

"이젠 정말 더 이상 못 참겠다, 데이브! 앞으로 메리의 허락 없이는 우리 집에 얼씬도 못할 줄 알아라! 그리고 당장 그 가방에 있는 더러운 쥐를 내보내지 않으면…."

그러나 미나는 말을 미처 끝내지 못한 채 입을 딱 벌리고 말았다. 데이브의 가방 틈새로 동그랗고 하얀 토끼 주둥이가 삐죽 튀어나온 것이다. 미나의 오른쪽에 서 있던 로지는 얼굴이 벌게지더니 펄쩍펄쩍 뛰며 휴에게 갔다. 잠에서 덜 깬 눈을 비비던 엘렌도 이내 눈을 가늘게 뜨며 데이브의 가방으로 다가갔다.

"오빠! 맞지? 드디어 그게 도착한 거지?" 로지가 휴의 눈을 똑바로 바라보며 말했다. 로지의 목소리는 살짝 떨리고 있었다.

"아직은 몰라. 이 녀석 주머니까지 뒤져보진 못했거든. 어쩌나 힘이 세던지! 하지만 어쩌면 네 말대로 그것을 가지고 있을지도 몰라." 휴가 침착한 말투로 대꾸했다. "아주 시시한 함정일 뿐이었는데. 정말 걸려들 줄은 몰랐어."

그의 시선은 데이브가 끙끙거리며 붙잡고 있는 가방에 고정되어 있었다. 어쩐지 초조한 눈빛이었다. 엘렌은 마루에 납작 엎드려 가방과 바닥 사이 틈으로 안에 있는 생물을 보려고 애썼다. 엘렌이 작은 목소리로 외쳤다.

"데이브!"

이제 엘렌은 틈새로 손을 넣어, 그 생물을 잡기 위해 버둥거리고 있었다. 복슬복슬한 엉덩이가 손끝을 스치고 지나가자 엘렌은 잽싸게 반대쪽 손도 집어넣어 토끼의 귀를 붙잡았다.

"잡았다!"

엘렌이 솟구치듯 일어나며 가방 밑에서 하얀 토끼를 꺼내 치켜들었다. 체념한 듯한 표정의 토끼는 낡은 주머니를 목에 걸고 축 늘어져 있었다. 엘렌의 잽싼 움직임에 가방을 붙잡고 있던 데이브는 엉덩방아를 찧으며 넘어졌고, 미나는 꽥 소리를 질렀다. 휴는 잽싸게 토끼에게 다가가 낡은 주머니의 달걀 모양 금속 손잡이를 꼭 잡았다. 휴의 손이 닿는 순간 손잡이는 갓 삶은 달걀처럼 뜨겁게 달아올랐다. 휴는 소리를 지르며 주머니에서 손을 뗐다. 토끼는 그 틈을 놓치지 않았다. 자신을 움켜쥔 엘렌의 손을 깨물고 그녀의 머리를 사뿐히 밟으며 창문 너머로 도망갔다.

"편지는 오빠 것이 아니었나 봐." 엘렌이 고개를 흔들었다.

이제 방 안에는 마루에 고꾸라진 데이브, 손에 달걀 모양 화상을 입은 휴, 산발을 한 엘렌, 토끼가 사라진 창문을 뚫어지게 쳐다보는 로지, 잠옷을 끌며 조용히 들어온 올리버, 입을 딱 벌린 채 굳어 버린 미나뿐이었다. 엉망이 된 방 안에 잠시 적막이 흘렀다.

이 이상하고 시끄러운 집의 한여름 밤 소동은 데이브가 미나의 호통을 피해 허겁지겁 달아나며 마무리되었다. 데이브는 신발을 구겨 신고 한참 달리다가 문득 멈춰 섰다. 어쩌면 토끼가 자신의 집을 향하고 있었던 것은 아닐까, 라는 생각이 들었던 것이다.

고개를 돌려 바라본 로윈드 가족의 집은 은빛 달 아래 이상할 만큼 커다란 오렌지 나무와 실오라기처럼 얇은 개울을 거느리고 있었다. 마치 청록색 쌍안경을 하늘을 향해 엎어놓은 듯 괴상한 모습이었다. 3층 열쇠 구멍 모양 창문의 오렌지색 불빛은 아직도 꺼질 줄을 모르고 청록색 집과 아주 잘 어울리는 싱그러운 잔디밭에 어른거렸다.

데이브는 다시 고개를 돌려 새까만 나무에 가려 달빛조차 들지 않는 어두운 숲속을 멍하니 바라봤다. 토끼는 분명 휴의 창을 넘어 서쪽으로 달아났다.

'토끼 배달원이 전달하려던 편지의 주인은 나로군. 이 앞은 노튼 슈비 영감네고, 그 뒤론 우리 집뿐이니까.'

데이브는 듬성듬성 자라난 갈대밭 사이로 유유히 흘러가는 검은 강물을 잠시 바라보다가 휴의 집을 등지고 돌아섰다. 동시에 달빛 가득한 여름밤 3층 창문에서 흘러나오던 불빛도 탁, 하고 꺼졌다.

2

어젯밤 소동으로 인해 아침부터 로윈드 가족의 집은 떠들썩했다. 딱 한 사람만 빼놓고. 휴는 분주히 아침을 준비하는 미나의 뒤에 심각한 표정으로 앉아 있었다.

"내 생각에 오빠는 이미 글렀어. 이번 주가 마지막이잖아? 그러게, 틈만 나면 데이브랑 엄마 속을 썩이더니! 오빠 때문에 데이브까지 편지를 못 받으면 어쩌려고 그래?"

"맞아. 데이브는 오빠만 아니었으면 진작 편지를 받고도 남았을 거야. 착하고 조용한 데이브가 어쩌다가 오빠랑 친구가 되어서!"

눈에 띄게 과한 동작으로 엄마를 돕던 엘렌과 로지가 경쟁하듯이 휴의 잘못을 따지고 들었다.

막내아들 올리버가 눈을 비비며 부엌으로 들어서자 미나는 눈을 치켜떴다.

"오오. 올리버! 벌써 일어나면 못 쓴다. 어젯밤 그 일 때문에 여덟 시간을 채 못 잤잖니? 어서 다시 침대로 들어가거라."

"올리버의 잠을 깨운 죄." 엘렌이 운을 띄웠다.

"그래서 엄마가 올리버의 성장을 걱정하게 한 죄."

"데이브마저 편지를 받지 못하게 한 죄."

"지금 그렇게 못생긴 표정으로 앉아 있는 죄까지 합하면… 올랜디네브는커녕 가르고돔프도 오빠를 받아주지 않을 거야."

엘렌과 로지는 오렌지 파이를 꺼내는 미나를 어떻게든 도와주려고 기웃거리며 낄낄댔다.

"너희가 무슨 말을 하는지 도무지 모르겠지만 말이다."

미나가 식탁 위에 오렌지 파이를 쾅 내려놓으며 말을 이었다.

"아마 오늘 중으로 도착할 거다."

말이 끝나자마자 문밖의 우체통에서 부드럽게 아우성치는 소리가 났다. 미나는 설레는 표정으로 손을 문지르며 말했다.

"편지가 왔구나! 휴! 얼른 가서 가져오거라."

부루퉁하게 앉아 있던 휴는 아직도 그의 잘못을 조목조목 짚어내고 있는 엘렌과 로지를 노려보며 우체통으로 향했다.

그새 우체부는 온데간데없고, 나무판자를 덧대 대충 만들어놓은 우체통 속에 두툼한 황갈색 봉투가 들어 있을 뿐이었다. 휴는 왠지 축축해서 기분 나쁜 황갈색 편지 봉투를 뚫어져라 쳐다보며 그 위에 쓰인 꼬불꼬불한 글씨들을 읽어나갔다. '올랜디네브 국립학교로부터, 휴고 베드론 로윈드.' 그의 눈이 점점 동그래졌다.

휴는 곧장 집 안으로 뛰어 들어와 속사포처럼 말을 쏟아냈다. "엄마! 엄마! 이거, 나한테 온 거 맞죠? 토끼 집배원은 없었지만… 어쨌든 우체통에 이게 들어 있었어요!" 휴는 헐떡거리면서도 두툼한 봉투에서 눈을 떼지 않고 말했다.

"거봐 엘렌. 우린 말썽을 부린 게 아니라고. 데이브와 난 일종의… 일종의… 그래! 올랜디네브에 입학하려는 의식을 치른 거야."

조금 전까지만 해도 최악이었던 기분이 이젠 하늘까지 뚫고 솟아오를 것만 같았다. 심장이 미친 듯이 쿵쿵거려 축축한 편지 봉투에 입이라도 맞추고 싶었다.

"무슨 소리니, 휴? 올랜디네브는 그저 깊이 바라볼 수 있는 아이라면, 그리고 깊이 바라볼 능력을 타고난 아이라면 누구나 들어갈 수 있어. 내가 말하지 않았니?"

미나는 어리둥절한 표정으로 주근깨 가득한 휴의 얼굴을 바라보았다.

"뭐라고요?"

그러자 휴는 물론 엄마를 돕던 엘렌과 로지, 부엌문 밖에서 시계를 바라보던 올리버까지 동시에 되물었다.

"당했어. 또 아빠가 거짓말한 거야."

"분명 열다섯 살이 되는 여름에 어른답게 굴어야 올랜디네브에서 편지를 받을 수 있다고 그랬지?"

"맞아. 올랜디네브는 부활절 토끼를 집배원으로 고용했다고도 했어." 엘렌과 로지, 휴가 번갈아 말했다.

"세상에! 그렇게 많은 편지를 배달시켰다간 부활절 토끼 노동조합이 가만 있지 않을 거다. 잘 들으렴. 토끼 집배원은 올랜디네브 정부가 중요한 편지를 전달할 때만 이용하는 전통적인 편지 전달 방식이란다. 음, 하긴 이제 정부도 토끼 집배원을 그만 이용할 때가 됐지. 아우성치는 우체통이 발명된 지 벌써 십 년이 다 되어가는데 아직도 부활절 토끼를 이용하다니?" 미나가 말했다.

"이럴 수가. 데이브와 토끼 덫을 만드느라 여름방학을 다 보냈는데!"

휴가 믿을 수 없다는 표정으로 소리쳤다.

"뭐? 그럼 어젯밤 토끼는… 세상에나!"

미나는 휴보다 더 큰 소리를 꽥 지르며 하얗게 질린 얼굴로 마당에 뛰쳐나갔다. 잔디를 헤치며 덫을 찾는 미나를 뒤로하고 휴와 엘렌, 로지는 거실로 달려갔다.

거실에는 오렌지 나무와 개울의 바위들이 잘 보이는 커다란 창문이 나 있었다. 그 옆 선반 위에는 두꺼운 장정의 책, 나무를 깎아 만든 못생긴 숲의 요정과 오렌지 모양 캔들이 층층이 쌓여 있었다. 거실 중앙에는 커다란 안락의자와 소파, 족히 열 개는 되는 형형색색의 쿠션이 있었다. 그리고 선반과 창틀, 카펫 위와 전등 아래까지 발 디딜 틈 없이 초록색 식물과 노란 꽃 들이 가득했다.

휴는 식물과 접시, 액자 들을 헤치고 구석에 있는 전화기에 손을 뻗었다. 어찌나 빠르게 달려왔는지 카펫 가장자리에 줄지어 심은 노란 튤립 두 송이가 바닥에 나뒹굴었다. 휴가 재빨리 전화기를 집어 들자, 전화 소리를 들으려고 엘렌과 로지, 올리버가 몰려들었다. 잠시 후 전화기 너머로 아빠의 호탕한 웃음소리가 들려 왔다.

"내가 어릴 땐 말이다. 부활절 토끼가 문으로 들어와 절을 하고 정중히 올랜디네브의 편지를 건넸단다! 고마움의 표시로 먹다 남은 당근을 건네면 점잔을 빼며 귀를 조아려 인사했지. 아마 너는 여름 동안 미나 속을 썩인 모양이구나. 자고로 토끼의 편지를 받으려면 말이다, 하루에 한 번은…"

낄낄거리며 숨 넘어갈 듯 말하는 한스를 무시하고 엘렌이 말했다.

"내가 올랜디네브에 갈 나이가 되면 올리버의 똥 기저귀를 갈 수 있는 용감한 사람만 올랜디네브에 입학할 수 있다고 할걸?"

엘렌이 까치발을 든 올리버를 쳐다봤다. 미나의 고집으로 열 살이 되도록 멜빵 바지를 갖춰 입고 있는 올리버의 얼굴이 확 붉어졌다.

"아니면 가르고돔프 소굴에 들어가 팔다리를 뭉개버릴 수 있는 훌륭한 사람만 올랜디네브에 입학할 수 있다고 말할지도." 로지가 덧붙였다.

"휴, 절대 잊지 말아야 할 것이 있다. 이건 진짜란다."

한스가 갑자기 웃음을 뚝 그치고 목소리를 내리깔았다. 제법 군인다운 늠름한 목소리가 흘러나오자 휴는 침을 꿀꺽 삼켰다.

"가르고돔프에는 지독한 아이들이 아주 많이 있어. 사람을 잡아들여 위즈 실험을 한다는 소문도 있단다. 그러니 절대 가르고돔프를 만나지 말고 혹시 만나게 되더라도 가만히 있겠다고 약속해다오. 특히 그들이 모여 말썽을 일으키는 곳 주변으론 한 발짝도 들이지 말아라. 그들과 맞서 싸우는 건 문 앞의 애꾸눈 노파만큼이나 어리석은 짓이야. 가르고돔프의 학생들과 교장은 아주 긴밀한 관계에 있단다. 내가 들은 비밀 정보에 의하면 그 교장은 글쎄…."

한스의 목소리가 낮아졌다. 엘렌과 로지, 올리버는 잘 듣기 위해 전화기에 귀를 더욱 바싹 갖다 댔다.

"집합 명령이구나. 휴! 행운을 빈다. 엘렌, 로지, 올리버도! 미나에게 아빠가 보고 싶어 한다고 전해주렴."

한스의 목소리가 사라지고 전화기에서는 "뚜, 뚜, 뚜" 소리만 들려 왔다. 휴는 호기심으로 뜨거워졌던 심장이 빠르게 식어가는 것을 느꼈다. 뒤이어 미나가 토끼 덫을 들고 쿵쾅거리며 나타났다. 미나는 손에 든 덫과 휴를 번갈아 보며 성난 어깨를 들썩거렸다. 휴가 재빨리 말했다.

"아빠가 보고 싶다고 전해달래요."

미나의 눈썹이 꿈틀댔다.

"사랑한다고도."

들썩이던 어깨의 움직임이 점점 잦아들었다. 당장이라도 혼을 낼 것처럼 씩씩거리던 미나는 이내 한숨을 쉬었다. 분노로 붉어졌던 얼굴은 이제 부끄러운 듯 분홍빛이 되었다.

"밸런타인 학과란…."

휴는 낮게 읊조리며 고개를 절레절레 흔들었다. 미나는 올리버의 머리를 쓰다듬으며 휴를 소파에 앉혔다. 휴는 가르고돔프에 대한 아빠의 마지막 말을 떠올리며 찌그러진 소파에 기댔다. 엘렌과 로지 역시 심각한 표정으로 자리에 앉았다.

"드디어 네가 올랜디네브에 다니게 되었구나. 자랑스럽다."

미나가 벅찬 표정으로 휴를 바라보며 말했다. 미나는 정신없이 올리버의 머리를 쓰다듬고 있었다. 올리버는 엄마의 손길을 피하며 스펀지가 튀어나온 소파 가장자리를 만지작거렸다.

"자, 어떤 학과에 들어갈지는 정했니? 아아. 가장 설레는 순간이지. 어쩌면 평생을 좌우할…. 네 아빠와 만난 것도 딱 이맘때쯤이었지. 그래, 우리 뒤를 이어 밸런타인에 들어가는 건 어떠냐?"

휴가 재빨리 고개를 젓자 미나는 속상한 표정으로 아이들을 훑으며 말을 이어나갔다.

"바쁘긴 하지만 크리스마스도 참 낭만 있지." 미나가 꿈에 잠긴 듯한 목소리로 말을 끝내기 무섭게 엘렌이 소리쳤다.

"크리스마스는 내 거야! 크리스마스엔 내가 들어가겠어! 오빠랑 같은 학과에서 생활하긴 싫으니까."

"네 나이에 토끼 덫을 만들 정도의 지혜가 있다면 위지를 꿈꿔 보는 것도 나쁘지 않겠다. 대대손손 가문의 자랑으로 남을 수 있지. 가만 있어 보자…. 위지를 가장 많이 배출한 학과가 아마 탄생일이었지?

데이브를 따라 부활절 학과에 들어갈 수도 있겠구나. 데이브는 메리 때문에 무조건 부활절 학과에 들어갈 테니 말이다. 또 무슨 학과가 있었지….

아! 네가 추수감사절 학과에 들어가겠다면 굳이 말리진 않겠다만 네 손재주를 봐서는 형편없는 성적을 받을 것 같구나. 음식 만드는 솜씨를 보고 있노라면 식재료가 불쌍할 정도니 원."

미나는 거기까지 말하더니 다시 올리버의 머리를 쓰다듬었다. 말없이 눈을 껌뻑이며 아들의 결정을 기다리는 듯했다.

"엄마?"

엘렌이 미나를 흔들었다.

"쉿."

미나가 조용히 하라는 듯 미간을 찌푸렸다.

"엄마. 아직 할로윈 학과에 대한 설명이 남았잖아요."

올리버가 미나를 물끄러미 쳐다보며 말하자 미나는 천천히 눈을 감았다. 아무래도 어쩔 수 없다는 심경인 듯했다.

"그래. 할로윈 학과도 있지. 멍청이가 아니고서야 절대 들어가지 않는다는 할로윈. 그 학과는 글쎄 정상적인 선생이 없다더구나? 괴짜에, 흘린독 혁명에서 가르고돔프에 가담했다는 선생까지. 차라리 가르고돔프에나 어울릴 법한 학과잖니? 할로윈 학과는 좋은 선택이 아닌 것 같구나. 나는 너를 믿는다, 휴. 너는 어떤 학과에 들어갈 거니?"

미나는 숨이 넘어갈 기세로 말을 쏟아내고는 휴를 바라봤다. 그 눈빛은 제발 할로윈만 아니었으면 좋겠다고 말하는 듯했다.

휴는 잠시 고개를 숙였다. 사실 할로윈에 대한 설명은 거의 듣지 못했다. 미나가 두툼한 황갈색 종이를 조목조목 짚으며 설명을 이어나가는 동안 휴의 정신은 점점 더 아득해졌다. 꿈꾸는 것처럼 미나의 목소리가 웅웅 울리고 크리스마스 학과에 들어갈거라는 엘렌의 말은 정신을 더욱 혼미하게 만들었다. 밸런타인 학과를 설명할 때 눈이 반짝거렸던 로지와 학과에 대해 이것저것 묻는 올리버까지, 갑자기 모두가 멀게 느껴졌다. 해야 함을 알고서도 애써 피해왔던 선택의 순간을 갑작스레 맞닥뜨린 기분이었다. 학과 선택은 지금까지의 인생에서 가장 중요한 사건이다. 이런 중요한 선택을 고작 열

다섯 살에게 맡기다니 너무나 가혹한 일이었다.

휴는 눈을 질끈 감고 일생일대의 선택에 집중하고자 노력했다. 그러나 집중하면 집중할수록 '가르고돔프'라는 말만 머릿속에 맴돌 뿐이었다. 아빠의 마지막 말과 함께 가르고돔프 사람들의 끔찍한 얼굴이 그려졌다. 눈이 깊게 패이고 손가락은 문드러졌으며 피부가 성한 곳이 없는…. 끔찍한 얼굴의 가르고돔프 출신 선생이 가르치는 수업도 상상해보았다. 연기로 가득 차 매캐한 교무실에서 나와 살이 녹는 실험을 가르치는 이상한 광경도….

휴는 번쩍 눈을 떴다. 정신 차리고 어서 학과를 선택해야 한다. 나에게 딱 맞는 학과를 골라 십 년 후에 자랑스러운 동문으로 다시 올랜디네브를 찾아 환대받아야 한다. 학과 후배들의 열정적인 질문에도 모두 대답해줘야 한다. 잡지 《올랜디 모두》의 1면을 장식하려면 신중히 선택해야 한다.

휴는 복잡한 표정으로 자리에서 일어나 자기 방으로 들어갔다. 침대 주변에 널브러진 쓰레기와 하얀 털 뭉치를 바라보며 학과를 선택하는 것이 왜 이리 어려운지 생각해보려고 애썼다.

반쯤 열린 방문으로 엘렌이 엄마에게 묻는 소리가 어렴풋이 들려 왔다.

"엄마. 가르고돔프가 얼마나 무시무시한데요? 아빠가 그러는데…."

"네 아빠가 하는 말은 절대 믿지 마라. 가르고돔프와 엮이면 끔찍한 사건 사고가 일어난다는 것만 기억하렴. 홀린독 혁명 이후로 매년 그런 일이 일어났지. 존이 제 발로 가르고돔프에 가버린 일을 포함해서…. 아주 이상한 일이었지."

미나가 목멘 소리로 말했다.

"어쩌다 가르곤이 올랜디네브에 넘어오는 날에는 끔찍한 사고가 일어났단다. 지금은 국제적으로 가르고돔프와 협력 상태이니 망정이지만 한 번만 더 그때 같은 사고가 일어난다면 올랜디네브 정부도 가만히 있지 않을 게다. 암 그래야지."

"무슨 사고가 일어났는데요?"

"알 필요 없다. 특히 너희같이 어린아이들은 더더욱."

"엄마! 애들은 몰라도 된다는 건 케케묵은 사고방식이에요. 가르고돔프를 피하려면 그들이 얼마나 무서운지 알아야죠! 올리버가 호기심에 가르곤과 만나려고 하면 어쩌려고요!"

로지가 애원하는 말투로 물었다. 미나는 잠시 고민하다가 입을 열었다. 아마 미나는 두려운 마음에 올리버를 꼭 끌어안았을 것이다. 하얗게 질린 얼굴로 엄마 품을 벗어나려고 버둥거리는 올리버의 모습이 눈에 선했다.

"그래. 혹시나 가르곤을 마주쳤을 때를 대비해서 너희 모두 알고 있는 것이 나을지도 모르겠구나. 아주 끔찍한 사건이었지. 그렇게 어린아이들이 살인을 저지를 줄은 그 누구도 상상하지 못했으니 말이다."

"살인이요?"

엘렌과 로지, 올리버가 동시에 소리쳤다.

"쉿! 그래. 너희 또래 되는 아이들이 이곳 코네인 마을의 올랜디를 물에 빠뜨려 죽였지."

미나는 아이들의 겁에 질린 얼굴을 보고 재빨리 덧붙였다.

"너무 무서워할 것 없다. 너희가 일부러 가르곤을 만나려 하거나 맞서지만 않는다면 그런 일은 일어나지 않아. 가르고돔프는 아이부터 노인까지 전부 제정신이 아니라는구나. 그러니 최대한 멀리하렴. 특히 정신 나간 여자가 대통령으로 있는 지금은 가르고돔프가 고블린만큼이나 미쳐 날뛸 거란다."

엄마의 말을 듣던 휴는 문득 자신의 방이 무척 더럽다는 것을 알아차렸다. 어젯밤 소동으로 인해 침대 주변이 난장판이었다. 그러나 휴는 방을 치울 정신이 없었다. 머릿속에서는 숨 가쁘게 학과를 설명하던 엄마의 마지막 말만이 메아리치듯 반복되고 있었다.

"홀린독 혁명에서 가르고돔프에 가담했다는 선생."

휴는 중얼거리며 몸을 일으켰다. 눈길이 닿은 곳엔 동그란 액자가 있었다. 그 속에서 데이브와 자신이 어색하게 웃고 있었다. 그들이 처음 만난 날 찍은 사진이었다. 펄럭거리는 큰 귀와 주근깨투성이 앳된 얼굴에 어울리지 않게 검은색 넥타이를 맨 자신의 모습에 피식하고 웃음이 났다. 휴의 옆에서 눈이 퉁퉁 부은 데이브가 웃고 있었다. 휴보다 몸집이 작은 데이브는 어른이나 입을 것 같은 커다란 검은색 재킷을 입고 있었다. 이 년 전 여름, 데이브 형의 장례식 때 찍은 사진이었다.

유난히 더웠던 여름, 코네인 마을의 숲속 집에서 하늘을 찢을 듯 새된 비명이 울렸다. 그리고 평소 이웃과 왕래가 없었던 그 집은 처음으로 손님을 맞게 되었다. 다름 아닌 장남의 장례식으로.

휴도 엄마를 따라 처음으로 숲속 집을 찾았다. 그곳에서 혼자 울고 있는 데이브를 발견했다. 데이브의 엄마 메리는 실의에 빠져 멍하니 강만 바라보고 있었다. 데이브의 아빠는 보이지 않았다. 시간이 지나 찾아온 이웃들이 모두 돌아갈 때까지도 메리는 꼼짝하지 않고 앉아 있었다. 조문을 마치고 발걸음을 돌리려던 미나는 홀로 울고 있는 데이브가 눈에 밟혔다. 데이브는 며칠 동안 씻지도, 먹지도 않은 듯 꾀죄죄하고 마른 모습이었다. 미나는 데이브를 보살펴야겠다고 다짐했다. 그 후로 휴와 데이브는 하루도 빼놓지 않고 매일 만나 놀았다. 새로운 장난 거리를 생각해내고, 그것을 행동으로 옮기고, 혼나는 순간까지 늘 데이브와 함께였다.

'데이브는 부활절 학과에 가겠지.'

휴는 학과를 선택하는 일이 왜 이토록 겁나는지 알 것 같았다. 처음으로 데이브와 떨어져 학교생활을 하게 될지도 모른다는 불안 때문이었다. 그래서 선택을 자꾸만 뒤로 미뤘던 것이다. 어쩌면 휴는 데이브와 이별할 수도 있다는 사실을 받아들이고 싶지 않아 자꾸만 선택을 피했던 것일지도 모른다. 영 끌리지 않는 부활절 학과엔 절대 가고 싶지 않다는 일말의 확신과 데이브와의 우정 사이에서 갈피를 잡지 못했다.

"그렇게 고민되면 데이브를 만나 봐."

때마침 휴의 곁으로 조용히 다가온 올리버가 말했다. 키는 휴의 어깨를 간신히 넘을 정도였지만 까무잡잡한 휴와는 달리 뽀얗고 정갈한 용모를 가지고 있었다. 촘촘한 주근깨만은 휴와 엘렌, 로지와 같았지만 올리버의 주근깨는 더욱 사랑스러웠다.

"형은 모험을 하고 싶은 거지?"

올리버는 속을 훤히 꿰뚫는 듯 투명한 눈으로 휴를 쳐다봤다.

"데이브를 두고도 고민할 정도로 끌리는 다른 학과에서."

그러고는 천천히 다가와 휴의 침대에 걸터앉았다.

"말로만 듣던 가르곤을 직접 만날 수 있겠지. 엄마가 끔찍하게도 싫어하는."

올리버는 어깨를 으쓱하며 말을 덧붙였다.

"모르겠어. 지금은 올랜디네브의 선생이라 해도 한번 가르곤은 영원한 가르곤 아닐까?"

하지만 휴는 말처럼 쉽게 학과를 결정할 수 없었다. 그것은 곧 데이브와의 멀어짐을 의미했으니까.

"나는 형이 할로윈에 갔으면 좋겠어. 매일 골치 아픈 말썽을 일으키고 가르고돕프도 한 수 접을 만큼 이상한 장난을 쳐대니까."

올리버는 몽롱한 눈을 한 채 킥킥 웃더니 바닥의 쓰레기를 요리조리 피하며 거실로 내려갔다.

휴는 '어디서든 만년필'을 집어 들었다. 그리고 침대 밑에 쓰레기와 함께 나뒹굴던 광고지(당신의 아이를 위지로 만들고 싶나요? '멈보그 사탕'과 '세실호' 포함 일곱 개 위즈 등록에 빛나는 이리나 세실의 영혼 특강!) 위에 아무렇게나 글을 휘갈겼다.

데이브.

부디 이 글이 네 잠옷이나 양말 위에 적히지 않았으면 해.

여름 내내 부활절 토끼를 기다리게 해서 미안해.

올랜디네브 학교의 편지를 받았니?

이제 우린 학과를 선택해야 해.

이 글을 보는 즉시 만날 시간과 장소를 알려줘.

어디서든 만년필은 데이브가 이 년 전 휴의 생일에 준 선물이었다. 이 펜으로 글을 쓰면 데이브가 어디에 있든 그대로 전할 수 있었다. 하지만 값싼 만년필은 시간이 갈수록 매너를 잊어갔다. 처음에 휴의 글은 데이브 주변에 있는 종이 위에 나타났지만, 점점 장소를 가리지 않았다. 한 달 전에는 그의 잠옷 위에, 며칠 전에는 양말 바닥에 나타났다. 데이브는 멋대로 적힌 글씨를 지우느라 애를 먹어야 했다.

지금 우리 집으로 와도 좋아. 엄마가 없거든.

치아를 열 개나 드러내며 환히 웃고 있는 이리나 세실의 사진 위로 데이브의 글씨가 나타났다. 휴는 한걸음에 숲속 집으로 달려갔다.

뜨거운 여름 바람이 얼굴을 간지럽히며 지나갔다. 숲속 집에 가까워지자 나무 그늘과 흐르는 강물이 뜨거운 바람을 차게 식혀주었다. 마침내 휴가 숲속 집에 도착했을 때, 데이브는 황갈색 편지를 들고 결의에 찬 표정으로 대문을 나서고 있었다.

"휴! 왔구나. 보여줄 게 있어. 따라와."

데이브는 그의 몸통만큼 굵은 나무뿌리를 성큼성큼 넘으며 강가로 다가갔다. 햇살이 잔디밭을 뚫고 들어갈 정도로 무더운 여름 오전이었지만 하늘을 가린 나무들 덕분에 주위는 서늘하고 어두웠다. 나무 그림자가 드리운 강물은 더 어둡고 깊어 보였다.

데이브는 한참을 걸어 올라가다가 깊은 숲속에서 멈췄다. 휴는 처음 와보는 구석진 숲이었다. 어두운 강물이 물귀신의 까만 머리카락처럼 보여 오싹했다. 데이브가 비켜 서자 강물 앞에 세워진 깨끗한 돌이 눈에 들어왔다. '크리스 제리 스미스'라고 서툴게 새긴 철자가 빼곡한 작은 비석이었다.

"우리 형이 묻힌 곳이야."

데이브는 비석과 비석 뒤에 조용히 흐르는 검은 강물을 쳐다보며 말했다. 데이브의 표정을 읽을 수 없었다. 장례식 때 보았던 슬픔에 잠긴 표정보다는 더욱 깊고 무언가 결의에 찬 듯한 표정이었다. 가족의 죽음을 일찍 경험한 데이브에게서는 휴의 것과 확실히 다른 성숙하고 비통한 감정이 느껴졌다.

"형은 이곳에 놀러 온 가르곤 애들 때문에 죽었어. 형은 늘 가르곤을 좋아했어. 어리석었지. 엄마는 그런 형을 부끄럽게 여겼어. 아니, 아예 경멸했어. 가르고돔프의 '가' 자만 들어도 소리를 질렀어. 형은 매일 강가로 나와 내게 가르고돔프 이야기를 들려주었어.

그들은 아무것도 모르고 가르고돔프 대통령의 말을 따르며 살아가는 것뿐이라고 생각했지. 웃기지? 나도 어느 정도는 형의 말을 이해했어. 형의 이야기만 들으면 가르곤 애들도 생각보다 꽤 괜찮은 것 같았거든. 이 년 전 여름, 형은 가르곤 애들을 따라 타마피강 하류까지 내려갔어. 비가 아주 많이 오는 날이었어. 밤이 되도록 돌아오지 않는 형이 걱정돼서 찾으러 가려고 했지만, 엄마는 나를 말렸어. 엄마는 형이 가르곤 애들과 있을 거라고는 상상도 못했을 거야. 가르곤이 왜 여기 올랜디네브에 있겠어? 난 형을 찾으러 가지 않았던 그날을 아직도 후회해."

데이브는 신발코로 땅을 팍팍 찼다.

"다음 날 형은 타마피 갈대밭에서 파랗게 질린 모습으로 발견됐어. 이미 죽은 뒤였지. 형이 가르곤을 멀리했으면 벌어지지 않았을 일이야. 나라도 형의 말에 기겁하고 가르고돔프를 욕했다면 형이 정신을 차렸을 텐데."

휴는 데이브의 곁으로 다가가 그의 어깨에 팔을 걸쳤다. 여전히 무슨 말로 데이브를 위로해야 할지는 몰랐지만, 이 년 전 여름 형의 장례식에서 데이브가 어떤 심정이었을지 그대로 느낄 수 있었다.

"난 그 가르곤들을 찾을 생각이야. 무슨 일이 있더라도 그들에게 복수할 거야. 그들의 가족이 아주 많이 아플 때까지.

할로윈에 들어가야지. 형도 할로윈이었거든. 형과 똑같이 생긴 할로윈 올랜디가 가르곤을 얼마나 처참히 짓밟는지 보여줄 거야."

데이브가 눈을 반짝이며 말했다. 휴는 데이브에게 해줄 수 있

올랜디네브 기념일 학교

는 말이 떠올라 기뻤다.

"좋아. 나도 할로윈에 들어갈 거야. 엄마가 그러는데 할로윈엔 가르고돔프에 가담했던 선생님도 있대. 아, 물론 지금은 올랜디지만, 누구보다 가르고돔프에 대해 잘 알겠지. 가르곤이 끔찍하게 싫어하는 것들을 잔뜩 알아내서 같이 복수하자."

휴 역시 어느 정도는 가르고돔프에게 불만이 있었다. 아빠를 오랫동안 보지 못했던 것이다. 한스는 요즘 가르고돔프 때문에 늘 경계 근무를 서고 있었다. 미나가 올리버에게 집착하고 휴의 진로에 신경 쓰게 된 것도 그때부터였다. 각자 맡은 곳에서 미나는 아이들을 훌륭하게 키우고 한스는 애들을 절대 지켜주기로 약속했다나. 그러나 지금은 데이브 가족에게 슬픔을 가져다준 것에 대한 분노가 하늘을 찔렀다.

한편으로는 데이브와 할로윈 학과에 다닐 수 있다는 안도감에 막혔던 가슴이 시원해지는 것 같았다. 데이브와 함께 할로윈 학과에서 무엇을 배울지, 어떤 위즈를 사용할지 상상하며 내려오는 숲길은 더욱 즐거웠다. 숲을 빠져나와 집으로 향하는 길이 어찌나 짧게 느껴지던지! 올랜디네브의 클럽에 대해 말할 때는 노튼 슈비 노인의 집 앞을 지나고 있었는데도 목소리 낮추는 것을 잊어버릴 정도였다.

"올랜디네브는 1학년 때부터 모든 클럽에 들어갈 수 있어. 물론 시험을 봐야 하겠지만."

휴가 엄마의 목소리를 떠올리며 말했다. 미나는 매일 자신이

1학년 때 폽키춉키 클럽에 들어갔다면 지금쯤 세실에 버금가는 훌륭한 위지가 됐을 거라고 했다. 미나는 한스를 볼 때마다 말했다.

"당신이 존과 함께 합창 클럽에 들어가자고 꼬시지만 않았어도 난 폽키춉키 국가 대표가 됐을 거예요. 지금쯤 위즈를 서너 개나 만든 천재 위지로 소문났겠지. 오! 물론 엄마는 너희와 함께하는 지금이 최고로 행복하단다. 너희가 위지를 꿈꾼다면 최선을 다해 응원해주겠지만 그건 아무래도 괜찮아. 그저 건강하게만 자라다오."

휴는 부드럽게 말하는 엄마의 눈을 피해 카펫을 바라봤다. 카펫 속엔 하트를 밟고 넘어진 큐피드가 수 놓아져 있었다. 휴는 근래 들어 방에서 '이리나 세실의 영혼 특강'과 같은 위지 광고지를 매일 발견하고 있었다. 아마 엄마가 몰래 넣어놓았을 것이다.

"만우절 클럽은 어때? 형은 만우절 클럽에 들어가야만 진정한 올랜디라고 말했거든."

데이브가 말했다. 휴는 또 한 번 엄마의 말을 떠올렸다.

"만우절 클럽이 유행이라더구나? 요즘 애들은 말썽 일으키는 데 도가 튼 게 아닌가 싶어. 나 때는 봉사 클럽이나 효도 클럽이 유행했는데 말이야."

엄마가 반대하는 클럽이라면 최고의 클럽임이 틀림없다. 무엇보다 하루가 멀다 하고 장난칠 궁리만 하는 휴와 데이브에게 만우절 클럽은 필연이었다.

만우절 클럽에 들어가려면 어떤 시험을 통과해야 하는지 물으려던 순간이었다. 흙먼지가 가득 낀 벽돌집에서 노튼 슈비 노인이 호통쳤다.

"로윈드, 스미스! 네놈들은 골렘만큼이나 멍청하고 말을 못 알아듣는구나. 내 집 앞을 지날 때는 목소리를 낮추라고 수백 번은 말했거늘 끝까지 못 들은 척한다 이거지? 한 번만 더 내 집 앞에서 시끄럽게 굴면 이 망할 마당을 청소시킬 테다."

노튼 슈비 노인은 거미 시체가 둥둥 떠 있는 작은 연못과 잡초밭을 바라보며 으름장을 놓았다.

노튼 슈비 노인은 코네인 마을에 사는 일반인 중 한 명이다. 일반인과 올랜디를 구분하는 것은 매우 쉽다. 대부분의 올랜디는 늘 발랄하게 말하고 경쾌하게 걷기 때문이다. 특히 노튼 슈비 노인은 봉조지 카페에서 카푸치노를 마시며 신문 읽는 일이 하루 일과의 전부이기 때문에 올랜디와 더욱 비교되었다.

올랜디들은 지혜가 깊을수록 더 많은 것을 볼 수 있다. 그들은 올랜디가 운영하는 봉조지 카페에 갈 때마다 남들보다 더 많은 메뉴를 볼 수 있다는 사실을 뽐내기 위해 앞다투어 특이한 음료를 주문하곤 했다. 또 카페에 삼삼오오 모여 앉아 올랜디 가게에서 새로 발견한 물건을 늘어놓고 자랑하는 일을 최고로 즐겼다. 그들은 매일 "지혜는 끝이 없고 사물은 많고 많도다!"라고 말하며 자신의 지혜를 뽐냈다. 그러니 봉조지 카페에서 항상 카푸치노를 주문하고 따분한 신문만 읽는 노튼 슈비 노인은 누가 봐도 일반인이었다.

"그럼요. 언제든지 시켜만 주세요!"

휴는 시원하게 대답하며 데이브와 잽싸게 언덕을 올라갔다. 사실 올랜디에게 마당 청소란 할로윈 사탕을 얻어내는 것만큼이나 쉬운 일이었다. 마당에 크로켓을 던져놓고 자주색 거위를 몰아넣으면 금세 깨끗해지기 때문이다. 타마피강의 자주색 거위는 마당에 흩뿌려진 크로켓 부스러기를 주워 먹으며 잡초를 뽑고 벌레를 잡는다.

대부분의 올랜디는 다섯 살만 되면 타마피강의 자주색 거위를 볼 수 있다. 따라서 어떤 집이든 마당을 늘 깨끗하게 관리할 수 있고, 실제로도 그렇게 한다. 아우성치는 우체통은 마당이 더러울수록 더 악을 쓰고 비명을 지르기 때문이다. 미나는 아우성치는 우체통에서 짜증내는 아기 울음소리가 나는 것을 가장 부끄럽게 여겼다. 우체통에서 막 변성기에 들어선 아이가 아우성치는 소리가 날 때쯤, 혹시나 이웃집이 들었을까 염려하며 급히 자주색 거위를 마당에 들여놓았다.

휴는 마당 청소할 것을 대비해 부엌 찬장에 있는 크로켓을 조금 훔쳐야겠다고 생각하며 언덕 너머 청록색 집으로 신나게 뛰어 들어갔다.

2

올랜디네브 국립학교

1

남은 시간은 눈 깜짝할 새에 지나갔다. 먼저 할로윈에 들어가
겠다는 휴와 이를 반대하는 미나의 한바탕 싸움이 있었다. 그러나
엘렌과 로지, 한스와 올리버까지 휴의 선택을 찬성하자 미나는 한
발짝 물러섰다.

"절대 올리버 때문에 허락해준 건 아니다. 허튼짓했다간 바로
탄생일 학과로 옮겨서 꼼짝없이 공부만 하게 될 줄 알아라."

하지만 한스는 휴가 할로윈에 들어가겠다고 하자 기뻐 뛰었다.

"휴! 정말이지 훌륭한 선택이구나! 네 엄마만 아니었으면 나도
할로윈 학과에 갔을 거다. 오! 물론 미나와 너희와 함께하는 지금이
야말로 최고로 행복하단다.

다만 한 가지 당부하고 싶은 점은 코넬수스 선생을 조심하라는 거야. 가르곤만큼 정신 나간 인간이지. 그는 학생들에게 끔찍한 벌을 내리기로 악명이 높았단다. 나 때는 복도에서 합창을 연습한 학생들에게 프랑켄슈타인의 손톱을 깎아주거나 사나운 예티의 털 속에서 벼룩을 잡는 벌을 주기도 했어. 지금은 올랜디네브 학부모회 덕분에 그런 일이 금지됐지. 어쨌든 명목상으로는 말이야. 하지만 그는 아마 지금도 어떻게든 체벌하고 싶어서 안달이 났을 거야. 그러니 행동을 조심하렴."

휴는 가르고돔프는 아이부터 노인까지 제정신이 아니라는 말을 떠올리며 몸을 부르르 떨었다.

데이브의 집에서도 한차례 폭풍이 지나갔다. 메리 아줌마는 상상 그 이상으로 데이브가 할로윈 학과에 입학하는 것을 반대했다. 휴는 그 마음을 충분히 이해할 수 있었다. 죽은 크리스가 할로윈 학과였으니까. 그는 그곳에서 가르고돔프에 대해 남다른 시선을 가지게 되었고, 가르고돔프에 의해 목숨을 잃었다. 그러나 데이브는 뜻을 굽히지 않았다. 메리는 식음을 전폐하면서까지 할로윈에 들어가겠다는 데이브를 꺾을 수 없었다. 결국 그녀는 가르고돔프의 영역엔 얼씬도 하지 않겠으며 매일 편지를 보내겠다는 약속을 받고 데이브가 할로윈에 들어가는 것을 허락해주었다.

이렇게 하여 입학 전까지 남은 일주일 동안 휴와 데이브는 미나와 함께 올랜디네브에 들어갈 준비를 했다. 미나는 베르몬드 교복가게, 도기 문구점, 코네인 중앙 서점을 분주히 오가며 교복과 책을 샀다. 그 물건들은 미나가 계산하기 전까지는 휴와 데이브의 눈에 전혀 보이지 않았다. 그래서 그들은 라임 아이스크림을 먹으며 미나의 곁을 어슬렁댔다.

미나가 가게에 들어가서 마법처럼 처음 본 물건을 꺼내 들면 주인장은 눈을 찡긋하며 말없이 계산했다. 이 일주일 동안 휴는 코네인 마을에 올랜디가 운영하는 가게가 봉조지 카페말고도 여덟 개는 더 된다는 사실을 알게 되었다. 휴는 엄마가 뚫어지게 쳐다보는 곳을 함께 응시하며 물건들이 아주 잘 보이는 것처럼 굴었다. 실제로 그는 올랜디네브에 입학하기 하루 전에 컹키 트렁크 가게에서 데이브가 보지 못한 암녹색 줄무늬 트렁크를 발견할 수 있었다. 이무식한 트렁크는 마치 네모난 수박처럼 보였다. 그러나 휴는 며칠 전 올리버가 지중해식 식당에서 한 번도 본 적 없는 요리를 주문하는 것이 내심 부러웠기에 큰 목소리로 암녹색 줄무늬 트렁크를 사겠다고 말했다. 휴는 감동한 미나의 표정을 보고 우쭐해졌다. 무엇보다 데이브가 보지 못한 물건을 발견했다는 사실이 몹시 기뻤다.

2

드디어 올랜디네브로 떠나는 날, 휴는 새벽부터 일어나 암녹색 줄무늬 트렁크를 세 번이나 정리하며 학교에 갈 준비를 마쳤다. 휴는 낡고 녹슨 거울 앞에 서서 올랜디네브 교복을 입은 자신을 바라봤다. 그러고는 올랜디네브 입학이 꿈이 아님을 확인하기 위해 얼굴을 거세게 비벼보았다. 휴는 체크무늬 넥타이 옆에 도기 문구점에서 산 할로윈 브로치를 정갈하게 꽂았다. 그 브로치는 동굴 속에서 날아오르는 박쥐가 '할로윈'이라 쓰인 깃발을 감싸는 모양새였다. 서로 크기가 다른 초 네 개가 박쥐 양옆에서 어두운 동굴을 주황빛으로 밝히고 있었다.

휴는 가슴이 두근거리는 것을 느꼈다. 어렸을 때부터 올랜디네브가 어디에 있는지, 어떻게 생겼는지 미나에게 수백 번은 더 물었다. 그럴 때마다 미나는 말없이 의미심장한 미소를 지었으므로 올랜디네브에 대해 아무것도 알아낼 수 없었다. 그는 그저 데이브가 자신보다 올랜디네브에 대해 적게 알고 있기를 바랄 뿐이었다.

하지만 입학 편지를 받은 이후로는 미나에게서 올랜디네브에 대해 들을 수 있었다. 그러나 매일 밸런타인 학과 이야기뿐이었으므로, 할로윈 학과에 대해서는 알지 못했다. 반면 데이브는 형으로부터 들어 할로윈 학과에 대해 훨씬 잘 알고 있는 것 같았다. 데이브가 밴디 파이프인지 밴드 파이프인지 하는 위즈에 대해 신나게 떠들며 쏘는 시늉을 할 때마다 휴는 어색하게 따라 할 뿐이었다.

어느새 열쇠 구멍 모양 창문을 통해 아침 햇살이 눈부시게 들어오기 시작했다. 새벽 공기를 잔뜩 마신 오렌지 나무가 몸을 흔들었고, 타마피강은 반짝거리며 눈부신 햇살을 반겼다. 강가에는 자주색 거위와 흰 거위가 유유히 떠가고 있었다. 그 옆으로 빽빽하게 들어찬 갈대밭이 기분 좋게 살랑거렸다.

　문득 휴는 갈대밭 한 군데가 이상하리만큼 납작하게 다져진 것을 보았다. 저게 뭘까 궁금해하기도 전에 방문이 벌컥 열리며 엘렌과 로지가 들어왔다. 올리버도 잠옷을 끌며 다가와 휴의 침대에 앉았다. 뒤이어 미나가 나이트캡을 쓴 채 허겁지겁 계단을 올라왔다. 모든 것이 일주일 전 토끼를 잡았던 그날과 똑같았다. 데이브가 없다는 점과 휴가 교복을 입고 있다는 점만 빼면.

　"올리버! 어제 열 시에 잠들지 않았니? 여덟 시간을 자려면 아직 26분이나 더 남았다!"

　그러나 로윈드 남매는 올랜디네브에 대해 정신없이 떠드느라 미나의 말을 들을 수 없었다. 가장 차분한 올리버마저 상기된 얼굴로 발을 동동 구르고 있었다.

　"엘렌. 이 브로치를 봐. 크리스마스 브로치는 본 적 없지만 이보다 훌륭한 브로치는 없을 거야! 박쥐의 박력 있는 날갯짓과 동굴을 은은하게 비추는 촛불을 보면 할로윈 학과의 드높은 위상을 알 수 있지. 만약 네가 할로윈 학과에 오겠다면 기꺼이 할로윈의 멋진 장난 거리와 올랜디네브의 비밀들을 알려줄게."

　휴는 벌써 올랜디네브의 학생인 것처럼 말했다.

　"고맙지만 난 크리스마스에 들어갈 거야. 내년에 누가 더 근사한 학교생활을 하는지 겨뤄보자고. 그래도 올랜디네브의 비밀을 파헤치는 건 좋은 생각이야. 만약 내가 올랜디네브에 들어가기 전까지 오빠가 학교의 전설이나 비밀 통로, 선생님들을 골탕 먹일 수 있는 훌륭한 장난 거리를 알아내지 못한다면 난 오빠를 아는 체도 하지 않겠어."

올랜디네브에 가려면 아직도 한참을 기다려야 하는 로지가 부러운 표정으로 말했다.

"올랜디네브에서 가장 멋있는 위즈를 보내줘. 거위 크로켓과 어디서든 만년필 같은 흔한 것말고, 올랜디네브에서만 볼 수 있는 특별한 위즈로 말이야. 알겠지?"

"자자, 아직도 스쿨버스가 오려면 한 시간이나 남았다. 올리버는 어서 침실로 들어가거라! 로지, 부엌으로 내려가 감자를 손질해 주겠니? 엘렌! 쓸데없는 소리 하지 말고 너도 얼른 내려가거라."

미나가 로윈드 남매를 흩어놓으며 말했다. 그러고는 휴에게로 바짝 다가와 당부했다.

"휴. 장난은 그만 치렴. 절대 말썽부리지 말거라. 올랜디네브에 비밀 같은 건 없으니 얌전히 굴어라."

휴는 눈을 굴리며 대충 고개를 끄덕였다. 미나는 만족한 얼굴로 뒤돌아서 아직도 멀뚱멀뚱 서 있는 엘렌과 로지, 올리버를 내쫓았다. 로지의 투덜거리는 목소리가 계단 아래로 멀어져갔다.

"엄마! 난 올랜디네브에 입학하려면 착하게 굴어야 한다는 아빠 말을 듣고 엄마를 도왔던 거라고요. 아침잠을 자지 않으면 피부가 상한다 그랬어요. 저도 여덟 시간을 채워 자야겠어요."

"로지. 조금 더 잔다고 네 주근깨 피부가 부활절 달걀같이 매끈해지지는 않아. 잠자코 엄마를 도와주렴."

엘렌이 점잔을 빼며 말했다.

휴는 다시 한 번 거울을 바라보며 교복 매무새를 정리했다.

"가르고돔프에게 끝내주게 복수할 것, 코넬수스 선생을 조심할 것, 올랜디네브의 온갖 비밀을 파헤칠 것, 세상에 하나뿐인 위즈를 보낼 것."

휴는 결투를 앞둔 투사처럼 결연하게 되뇌며 방을 나섰다.

긴장해서인지 아침으로 먹은 야채 스튜는 아무 맛도 나지 않았다. 교복에 음식을 흘리지 않으려고 평소보다 더욱 천천히 아침을 먹은 기억밖에 나지 않았다. 다 먹은 뒤에는 스쿨버스 도착 시간까지 삼십 분도 채 남지 않았으므로 코네인 마을 입구까지 뜀박질해야 했다. 엘렌, 로지, 올리버가 스쿨버스 정거장까지 함께 가겠다고 떼를 썼지만, 미나는 단호하게 말했다.

"너희들이 가봤자 황량한 갈대밭과 자주색 거위밖에 안 보일 걸? 정신 사납게 따라오지 말고 잠자코 집에 있어라!"

그러나 올리버가 아쉬운 얼굴로 휴에게 다가와 작별 인사를 건네자 미나는 동정심이 들었는지 울 것 같은 표정을 지으며 로윈드 남매가 휴를 마중 나가는 것을 허락해주었다. 이렇게 해서 휴와 미나, 엘렌, 로지, 올리버는 코네인 마을 입구의 스쿨버스 정거장까지 함께 가게 되었다. 가까스로 도착해 보니 타마피강과 드넓은 갈대밭 오른쪽으로 구불구불한 도로가 투박하게 나 있었고 '올랜디네브 국립학교'라는 팻말이 도로변에 서 있었다.

"휴, 이걸 받거라. 일반인이 발명한 멀미약이다. 생김새는 이래도 위즈만큼이나 신통한 물건이란다. 멀미 날 때 한 알만 삼키면 내 말을 알게 될 거다. 시간이 지나면 차츰 괜찮아지겠지만 1학년들은 올랜디네브까지 가는 길이 마냥 즐겁지만은 않을 수 있단다. 심각한 멀미 때문에 말이다.”

미나는 토하는 시늉을 하며 이상하게 생긴 알약을 건넸다.

휴는 스쿨버스를 타는데 왜 멀미약이 필요한지 묻고 싶었다. 그러나 때마침 데이브가 정거장에 도착했으므로 말없이 알약을 주머니에 넣었다. 자신이 올랜디네브에 대해 얼마나 무지한지 데이브에게 더 이상 티 내고 싶지 않았던 것이다.

데이브는 메리 아줌마의 잔소리를 피해 휴의 곁으로 바짝 다가왔다. 메리 아줌마가 그렇게 말을 많이 하는 것은 처음 보았다. 그녀는 쉴 새 없이 데이브의 용모를 살피며 당부하고 있었다.

“편지 보내는 것 잊지 마라. 하루라도 거르면 할로윈 학과는 그날로 안녕일 테니까!”

그들 곁에 크리스마스 학과 브로치를 달고 체크무늬 교복 치마를 입은 여학생 세 명과 여유로운 표정으로 스쿨버스를 기다리는 밸런타인 학과 남학생이 보였다. 또 기름기가 잔뜩 낀 머리를 위로 틀어 올린 여학생이 백과사전 비슷한 책을 읽고 있었다. 브로치를 보진 않았지만 분명 탄생일 학과 학생일 것이다.

스쿨버스가 도착하기 오 분 전에는 다양한 학과의 학생들로 보이는 무리가 요란스럽게 정거장에 도착했다. 키 큰 남학생이 무리의 중심에서 고개를 쳐들고 의기양양하게 걸어오고 있었다. 휴는 브로치를 보려고 노력하기도 전에 그가 할로윈 학과 학생이며 이름은 다니엘이라는 것까지 알게 되었다. 그 주변 열두 명의 학생이 "폽키춥키" "이달의 올랜디" "할로윈 최초의 국가 대표" 등의 말을 떠들어 댔다.

"사회자가 점수판을 들어 올렸을 때 그 가르고돔프 애송이의 표정이란!"

밸런타인 브로치를 달고 있는 키 작은 남학생이 가르고돔프 애송이의 표정을 따라 하며 말했다.

"앉아 있어서 잘 보진 못했지만, 분명히 책상 밑으로 오줌을 쌌을 거야. 마지막 단어를 말할 때 말이야!"

크리스마스 브로치를 달고 있는 남학생이 거들며 말했다.

"사회자는 분명 가르고돔프로부터 매수되었을 거야. 1폽키가 끝나고 다니엘의 카드가 아홉 장이나 남아 있는데 '그만'을 외치다니! 하지만 다니엘이 열두 개 단어를 끝내주게 연결했으니 얼마나 당황했겠니?"

할로윈 브로치를 단 까만 머리 여학생이 다니엘의 어깨에 팔을 두르고 말했다.

"아마 할로윈 최초로 가르고돔프를 이긴 국가 대표지? 이달의 올랜디에 선정되는 것은 물론이고 올랜디네브 폽키춥키 프로 클럽에서 스카우트 제의를 받게 될 거야. 내가 글쎄 현장 경기에서 누굴 봤는지 아니? 프로 클럽 주장 쇼트퍼도우와 그의 코치가 있었어. 네 경기에 틀림없이 감명받았을 거야."

또 다른 할로윈 여학생이 말했다. 그 뒤를 따르는 올랜디네브 학생들은 경외감 가득한 표정으로 다니엘을 바라보고 있었다.

휴는 다니엘의 기세등등한 표정이 마음에 들지 않았기에 그 무리가 제발 멀리 떨어져서 버스를 기다리길 바랐다. 하지만 데이브는 휴에게 다니엘을 구경하러 가자고 졸랐다. 더욱 끔찍했던 건 그가 할로윈 브로치를 달고 있는 휴와 데이브에게 다가와 악수를 청했다는 것이다!

"올해 할로윈에 들어오는 1학년생이구나! 이번 여름에 열린 폽키춥키 청소년 국제 대회에서 나의 눈부신 활약을 보지 못해 아쉽겠구나. 원한다면 방송반으로부터 경기 영상을 구해줄게. 참, 나는 할로윈 4학년생 다니엘 드노포모라고 한다."

다니엘을 둘러싸고 있던 열두 명과 버스 정거장에 서 있던 나머지 학생들까지 휴와 데이브를 뚫어지게 쳐다봤다. 휴는 얼굴이 달아오르는 것을 느꼈다. 하지만 데이브는 다니엘과 힘차게 악수를 나누었다. 데이브는 귀까지 빨개진 채로 열심히 자기소개를 했다.

"난 데이브야. 데이브 스미스. 이쪽은 휴 로윈드. 우리 형을 아니? 우리 형은…."

데이브가 말하고 있을 때 커다란 스쿨버스가 경적을 울리며 정거장에 멈춰 섰다. 정거장에 있던 학생들과 다니엘마저 스쿨버스로 눈을 돌렸기 때문에 데이브의 얼굴은 더욱 붉어졌다. 하지만 휴 역시 처음 본 스쿨버스의 거대함에 압도되어 데이브의 말을 들을 수가 없었다.

노란색과 빨간색으로 이뤄진 3층짜리 스쿨버스의 하단에는 '세실호'라는 글자가 선명하게 새겨져 있었다. 기다란 창문들 안쪽에 체크무늬 넥타이와 치마를 입은 학생들이 삼삼오오 모여 있었다. 올랜디네브의 스쿨버스는 한눈에 담기에도 벅찰 정도로 길고 높아서 마치 거대한 화물 트럭 내지는 작은 여객선처럼 보였다.

정거장에 서 있던 학생들이 능숙하게 버스에 짐을 싣고 계단을 올랐다. 하지만 휴와 데이브를 포함해 신입생으로 보이는 학생들은 스쿨버스를 넋 놓고 쳐다보고 있었다. 미나는 만족스럽게 스쿨버스를 올려다보며 운전석을 향해 손을 흔들었다. 엘렌과 로지는 스쿨버스를 보기 위해 미간을 찡그리며 두리번거렸다. 놀랍게도 올리버는 스쿨버스를 정확하게 쳐다보고 있었다. 미나에게 스쿨버스에 새겨진 '세실호'가 무슨 의미인지 묻기까지 했다. 기름진 머리의 탄생일 학과 학생까지 버스에 오르자 육중한 문은 쿵 소리를 내며 닫혔다.

스쿨버스의 내부는 과연 더욱 놀라웠다. 운전석 뒤 금테 액자 속에서 이리나 세실이 부담스럽게 많은 이빨을 드러내며 환히 웃고 있었다.

"이리나 세실은 올랜디네브행 스쿨버스를 개발했어."

데이브가 말했다.

"학생 여러분. 올랜디네브를 향해서 산 넘고 물 건너 전진하는 이 세실호처럼 여러분의 황금빛 미래를 향해 거침없이 전진하세요! 여러분 앞에 어떠한 장애물이 있을지라도 말이죠!"

세실의 것으로 추정되는 목소리가 버스 내부에 쩌렁쩌렁 울렸다.

버스는 붉은 벨벳과 나무 테두리로 고풍스럽게 짜인 의자들로 가득했다. 가장 안쪽에는 2층과 3층으로 연결되는 계단이 나선형으로 뻗어 있었다. 버스의 천장은 2층과 3층까지 막힘 없이 높았으며 눈부신 샹들리에 세 개가 휴와 데이브의 머리 위에서 흔들리고 있었다.

다니엘과 그 무리가 휴와 데이브를 지나쳐 걸어 들어갔다. 그러자 커다란 카메라를 든 방송반 학생들이 나타나 앞을 막아섰다.

"다니엘! 우리 방송반은 너를 이달의 올랜디로 선정했어. 개학하기도 전에 이달의 올랜디가 되다니! 내가 학교에 다니는 동안에 이런 일은 없었는데 말이야! 어서 게시판에 넣을 사진을 찍자. 아! 거기 뒤에 너희들! 좀 비켜주겠니?"

다니엘은 거만한 표정으로 팔짱을 끼고 카메라를 바라보았다. 휴와 데이브는 방송반의 기에 눌려 바로 옆에 있는 의자에 앉을 수밖에 없었다. 그리고 앉자마자 자리를 잘못 찾았다고 생각했다. 그들 앞에는 머리를 짧게 깎은 남학생이 팔짱을 끼고 무서운 표정으로 앉아 있었고, 그 옆에 있는 여학생은 안절부절못하며 다리를 떨고 있었다. 휴는 그들과 눈을 마주치지 않으려고 창밖으로 시선을 돌렸다. 아침 안개를 머금은 갈대밭과 타마피강이 내려다보였다. 휴는 새삼 버스가 굉장히 높다고 생각했다.

방송반이 소란을 떨며 물러나자 주변에서 그 모습을 구경하던 올랜디네브 학생들이 서둘러 다니엘의 자리를 안내했다.

"다니엘! 버스 안쪽에 있는 금색 테두리 벨벳 의자에 앉아! 거기 지난달 코넬수스의 콧수염을 뽑아버린 제레미가 앉아 있을 거야. 아직도 자기가 이달의 올랜디인 줄 안다니까! 어서 가서 잘난 체하는 코를 납작하게 만들어줘."

그러자 다니엘은 턱을 치켜들고 버스의 가장 안쪽으로 걸어갔다. 학생들이 모두 자리에 앉자 다시금 세실의 목소리가 명랑하게 들려 왔다.

"그러면 즐거운 여행 되세요! 귀여운 올랜디네브 학생 여러분!"

앞에 앉아 있던 남학생이 더욱 험악해진 얼굴로 고개를 푹 숙였다. 그가 팔짱을 풀고 손으로 얼굴을 감싸자 넥타이 옆 할로윈 브로치가 드러났다. 옆에 초조하게 앉아 있는 여학생 역시 할로윈 학과 학생인 것 같았다. 여학생은 휴와 데이브의 브로치를 보더니 한결 밝아진 표정으로 인사를 건넸다.

"신입생 맞지? 난 레베카 레브로사야. 이 친구는 나랑 같은 마을에서 온 드로이 쿠퍼. 우리도 할로윈 신입생이야. 코네인 마을이 마지막 정거장이지? 우리 마을은 스쿨버스가 가장 먼저 들르는 마을이거든. 여기까지 오면서 일곱 번이나 멈춰 서는 바람에 드로이가 멀미를 심하게 하고 있어. 이를 어쩐담? 아빠가 코네인 마을 이후로는 타마피강을 타고 이동한다 그랬는데."

"강을 타고 이동한다고? 버스가?"

휴는 놀라서 되물었다.

"그래. 세실호라고 적혀 있는 걸 봤지? 이 스쿨버스는 각 마을에 멈춰서 학생들을 태운 뒤 배로 변신해 학교까지 간대. 가엾은 드로이. 배를 타고 가면 멀미가 더 심해질 텐데."

휴는 그제야 멀미 때문에 드로이의 표정이 어두웠다는 사실을 알게 되었다. 레베카가 드로이를 소개하자 그는 희미하게 미소를 띠며 인사했는데, 회색 머리카락에 오뚝한 코, 짙은 눈썹을 가진 꽝장한 미남이었다.

버스가 서서히 강가로 움직이더니 갈대밭을 짓밟으며 타마피강으로 뛰어들었다. 물이 튀며 샹들리에와 세실의 액자, 학생들이 동시에 휘청거렸다. 드로이는 창백해진 얼굴로 울음을 터트리기 직전이었다. 휴는 순간 미나가 건네준 멀미약이 떠올랐다. 이상하게 생긴 알약을 꺼내는 것이 바보 같았다. 그러나 드로이는 멀미를 멈출 수 있다면 타마피강에라도 뛰어들 만큼 절박해 보였기에 휴는 그 약을 드로이에게 건넸다.

"드로이. 멀미약이라는 거야. 엄마 말로는 한 알만 먹으면 멀미가 사라진다는데, 글쎄 위즈는 아니라 나도 믿진 못하겠어. 그래도 필요하면 먹도록 해."

드로이는 머뭇거리지도 않고 멀미약을 한입에 삼켰다. 레베카는 드로이보다 더 고마운 표정으로 휴를 바라보며 말했다.

"그러고 보니 너희 이름도 못 들었네!"

휴는 재빨리 자신과 데이브를 소개했다.

"휴 로윈드, 데이브 스미스야. 우리 둘 다 코네인 마을에서 자랐지."

얼마 뒤 드로이가 씩 웃으며 휴에게 인사했다.

"휴. 정말 고마워. 네 멀미약 덕분에 훨씬 나아졌다."

이제 세실호는 타마피강의 물살을 가르며 조용히 이동하고 있었다. 배의 양옆으로 갈라져 날아가는 하얀색과 자주색 거위는 마치 세실호를 호위하는 듯했다. 코네인 마을의 중앙 거리쯤 다다랐을 때 내다보니, 봉조지 사장님, 베르몬드 씨, 도기 문구점 사장님을 비롯해 몇몇 올랜디들이 배를 향해 손을 흔들고 있었다. 휴는 이 모든 것이 꿈만 같았다. 확실히 지금껏 살아오며 보고 알게 된 것보다 지난 일주일 동안 본 것이 더 많았으며 알게 된 것은 그보다 훨씬 많았다. 휴는 자신이 얼마나 좁은 세상만을 보고 살았는지 새삼 깨달았다. 그러나 아직도 자신이 보았거나 알고 있는 것은 빙산의 일각이 아닐까, 라는 의심이 들었다.

몇 시간이나 지났을까. 배가 점점 느려지더니 세찬 폭포수 앞에 멈춰 섰다. 휴는 확실히 자신이 아직도 보지 못한 세계가 드넓다는 사실을 인정할 수밖에 없었다. 끝이 보이지 않는 폭포수 아래에 신비하고 기이하게 자리 잡은 올랜디네브 국립학교가 눈에 들어온 것이다. 이번에는 신입생은 물론 고학년까지 창문에 코를 바짝 대고 학교를 바라봤다. 올랜디네브 국립학교를 처음 본 휴와 데이브는 충격에 입을 다물 수 없었다. 일반인의 눈에는 보이지 않을 올랜디네브 국립학교는 마법을 부리는 것처럼 시선을 압도했고 경이로운 자태로 누구라도 할 말을 잃게 했다.

올랜디네브는 잔디 깔린 섬 위에 황제의 보좌처럼 우아하고 기품 있게 자리하고 있었다. 양옆에 약간 지대가 낮은 섬 두 개를 거느렸는데, 오른쪽 섬에는 커다란 원형 트랙이 설치된 운동장이 있었고, 왼쪽 섬에는 자전거와 자동차가 정갈하게 서 있었다. 새하얀 폭포수 앞에 둥둥 떠 있는 것처럼 보이는 올랜디네브 학교는 휴가 지금껏 봤던 중 가장 푸르고 싱그러운 나무들로 뒤덮여 있었다. 정원을 가득 메운 잔디들마다 폭포수에서 튄 물방울이 보석처럼 맺혀 있었으며, 담쟁이넝쿨이 학교 건물을 타고 올라가고 있었다.

세실호가 가까이 다가가자 올랜디네브의 모습을 더 자세히 볼 수 있었다. 족히 수백 년 전에 만들어진 궁전 또는 황제의 별장같이 느껴졌지만 낡았다는 생각은 전혀 들지 않았다. 남색 지붕과 베이지색 외벽이 푸른 담쟁이넝쿨과 함께 밝고 화사한 분위기를 자아냈다. 각진 부채꼴 모양 학교는 각 동으로 나뉘어 있었다. 높은 첨탑과 날카로운 장식물들이 하늘을 떠받치고 있었으며 중앙엔 거대한 시계탑이 있었다.

세실호가 학교 앞에 정박했다. 휴는 문이 열리면 폭포 소리가 귀가 아프도록 우렁차게 들릴 것이라고 생각했다. 그러나 실제로는 자기 방에서 듣는 개울물 졸졸 흐르는 소리만큼이나 고요하고 듣기 좋았다. 휴는 벅찬 마음을 애써 가라앉히며 데이브, 레베카, 드로이와 함께 짐을 짊어지고 계단을 내려갔다.

계단 아래에서는 각 학과 선생님들이 자기 학과 학생들을 불러 모으고 있었다.

"할로윈 학생들은 이리로 와라!"

선생님 무리 중 가장 왼쪽에 있는 심술궂은 얼굴의 남자가 소리쳤다. 그는 창백한 피부와 대비되는 새까만 꽁지머리를 하고 있었다. 콧수염은 쥐가 파먹은 듯 보기 흉했는데, 휴는 지난달 이달의 올랜디로 선정됐다는 제레미의 작품일 것이라고 생각했다.

"할로윈 귀신 수업을 맡고 있는 제이든 코넬수스다."

코넬수스! 아빠가 말한 것만큼이나 고약하게 생긴 선생이었다. 그에게서 나는 악취 때문에 말 안 해도 그가 가르곤 출신임을 확신할 수 있었다.

"가르고돔프에 가담했다가 지금은 올랜디네브의 올랜디로 살고 있대. 가르고돔프의 악질적인 습관이 남아 있어서 끔찍한 벌 주는 것을 좋아한다나."

휴가 데이브에게 속삭였다.

"요즘 학생들은 선생 앞에서 무례한 짓 하는 것을 가문의 영광처럼 여긴다. 잘나신 학부모회 덕분에 네시 괴물의 밥이 될 일은 없으리라 생각하는 녀석들도 있다. 그러나 한 번만 더 무례한 짓을 했다간 아무리 후회해도 돌이킬 수 없게 될 거다."

코넬수스가 눈을 번뜩이며 휴와 데이브를 쳐다봤다.

"이쪽은 머토 헤더익 선생이다. 일반 변장 및 현장 수업을 맡고 있다. 변장에 아주 능해서 쥐도 새도 모르게 너희를 지켜보다가 달콤한 벌을 줄 수 있으니 기대해라."

헤더익 선생은 세월의 풍파를 한 번에 맞은 노인처럼 보였다.

그러나 꼿꼿하고 단단해 보이는 자세와 세상을 모조리 분해해버릴 것 같은 차가운 눈빛은 절대 그를 얕볼 수 없게 했다. 더욱이 완전히 새로운 사람으로 변장하여 자신들의 일거수일투족을 감시할 수도 있다고 생각하니 소름 끼쳤다.

"코넬수스. 괜한 말로 신입생들을 겁주지 말게나."

어느새 코넬수스 뒤로 다가온 노인이 인자한 미소를 지으며 타일렀다. 노인이 등장하자 할로윈 학과 학생들은 물론 다른 학과 학생들과 선생님들까지 소란스러워졌다.

"예스퍼츠? 언제 도착하셨습니까?"

코넬수스가 심각한 장난을 꾸미다가 엄마에게 발각된 어린아이 같은 표정을 지으며 예스퍼츠를 바라보았다. 예스퍼츠는 껄껄 웃으며 학생들과 선생님들 앞에 조용히 섰다. 그는 소란스러운 분위기가 정돈될 때까지 잠시 말없이 미소 지으며 흥미로운 표정으로 학생들을 바라보았다. 그는 하얀 머리를 잘 정돈했으며, 빨간색과 초록색으로 이루어진 정장을 말끔히 차려입고 있었다. 행커치프가 있어야 할 자리엔 빨간 열매를 맺은 산사나무 가지가 꽂혀 있었고, 재킷에 달린 방울 모양 단추는 금방이라도 딸랑딸랑 소리가 날 것 같았다. 그 모습이 마치 위엄 있으면서도 친근하고 엉뚱한 동네 할아버지 같았다.

"반갑습니다. 올랜디네브 국립학교 학생 여러분. 이렇게 날씨 좋은 날 우중충한 실내에서 인사할 순 없겠죠? 저는 데버튼 예스퍼츠 교장입니다. 물론 올랜디네브의 대통령이기도 하지요. 하지만 부활절 토끼의 똥을 처리하는 것만큼이나 따분한 문제들을 떠들어내는 노인네들보다 행복한 표정으로 장난 거리를 꾸며내는 여러분과 함께 학교에서 생활하는 것을 훨씬 좋아한답니다."

거기까지 말하고 그는 짐짓 목소리를 낮추는 체했다.

"아! 혹시 여러분의 가족 중 올랜디네브 정부에서 일하는 사람들이 있을지도 모르겠군요. 그들에게 내 말을 비밀로 하지 않아도 됩니다. 그들도 자신들이 얼마나 지루한 사람인지 깨달을 필요가 있으니까요.

오늘부로 올랜디네브에 입학하는 신입생들이 세실호와 올랜디네브 국립학교를 볼 수 있게끔 모든 처리를 마쳤습니다. 그래도 혹시 여기까지 오는 길에 타마피강 위를 둥둥 떠 왔거나 지금도 새하얀 폭포수밖에 보이지 않는다면 선생님들에게 즉시 말해주세요. 자, 그럼 올랜디네브에서 새롭고 즐거운 한 해를 보내길 바랍니다!"

예스퍼츠는 손을 흔들며 여행 가방과 함께 사라졌다. 숨죽이고 교장 선생님의 말씀을 듣던 학생들은 다시 왁자지껄하게 떠들기 시작했다.

"조용! 조용히 해라! 네시의 밥이 되고 싶지 않으면 입도 뻥끗하지 말고 나를 따라와!"

코넬수스가 할로윈 학생들을 조용하게 하며 학교의 가장 왼쪽 동으로 이끌었다.

"이곳에는 할로윈 기숙사와 일반 수업을 제외한 할로윈 수업 교실이 있다. 당장 내일부터 헤매지 않고 수업에 들어가려면 짐을 풀어놓고 바로 학교 지리를 익히는 게 좋을 것이다. 물론 수업에 지각하여 굶주린 네시의 입속으로 들어가고 싶은 녀석들은 기숙사에 남아도 된다."

코넬수스가 복도 가장 안쪽에 자리한 커다란 나무 문을 열며 말했다.

문을 열자 가장 먼저 눈에 들어온 것은 기다란 테이블 두 개였다. 테이블 중앙엔 다 녹아 사라지기 직전인 초들이 흔들리며 타오르고 있었다. 세실호에서 본 것과 비슷한 벨벳 등받이 의자 수십 개가 테이블 아래에 가지런히 정리되어 있었다. 테이블 끝 쪽 벽의 한가운데에는 액자가 걸렸고, 그 양옆으로 기다란 통창 두 개가 나 있었다. 통창 바깥으로 커다란 호박이 주렁주렁 열린 호박밭과 그 가운데 있는 호수가 보였다.

휴는 코넬수스가 말하는 네시가 분명 그 호수 안에 있으리라고 생각했다. 통창 가운데 있는 액자 속에선 해골과 마녀들이 술을 마시고 있었다. 해골이 술을 마시면 비쩍 마른 뼈 사이로 술이 모두 새어 나오진 않을까 생각하던 찰나 갑자기 작은 비명이 들렸다. 드로이 앞에 있던 체구가 우람한 남학생이 천장을 가리키며 벌벌 떨고 있었다.

"틀렸어. 난 할로윈 학과에서 오래 버티지 못할 거야. 더럽고 어두우리란 건 예상했지만 진짜 살아 있는 박쥐가 있을 줄은 상상하지도 못했다고!"

진짜 종유석과 종유석 모양 샹들리에로 이뤄진 천장 한구석에 박쥐 다섯 마리가 끽끽거리며 매달려 있었다.

"진정해! 박쥐는 어두운 곳을 좋아할 뿐이야. 빛이 있는 아래로
는 내려오지도 않아!"

머리띠를 쓴 여학생이 긴 머리를 찰랑거리며 다가와서 말했다.

"올해 할로윈 학과 신입생은 생각보다 더 적구나. 오빠 말로는
천재적인 올랜디만 할로윈 학과의 진가를 알아본다고 했는데."

머리띠를 쓴 여학생이 악수를 청하며 말을 걸었다. 휴는 어쩐
지 그 여학생에게 다니엘이 겹쳐 보였다.

"반가워. 나는 세피엘라 드노포모야. 다들 우리 오빠 다니엘을
알지? 폽키춉키 청소년 국제 대회에서 가르고돔프를 박살 낸 국가
대표 말이야. 내 꿈은 최연소 폽키춉키 국가 대표가 되는 거야. 오빠
보다 훨씬 더 훌륭한 점수를 받는 선수가 되고 싶어. 당연히 그렇게
되겠지. 너희한테만 하는 말인데, 사실 난 어렸을 때부터 세실호를
볼 수 있었거든. 그래서 솔직히 오늘 타고 온 세실호가 그렇게 놀랍
진 않았어. 또 올랜디네브 입학을 준비하며 '펄쩍펄쩍 뛰는 자명종'
이나 '영원히 타오르는 잭 오 랜턴'처럼 성인 올랜디가 되어야만 겨
우 볼 수 있다는 신기한 위즈들을 직접 살 수 있었어. 필요하면 빌려
줄게."

다니엘보다 훨씬 더 짜증 나는 세피엘라가 말을 마쳤다. 휴는
네시의 밥이 되는 한이 있더라도 세피엘라의 도움을 받지 않겠다고
다짐했다.

두 개의 테이블 뒤로는 아치 모양 문들이 각각 열 개씩 있었다.

신입생들은 가장 바깥쪽 방을 쓰면 된다는 다니엘의 말에 따라 휴와 데이브, 드로이는 침실 문을 열고 들어갔다. 중앙에 높게 쌓인 호박 무더기를 중심으로 거미줄을 수놓은 커튼 다섯 개가 빙 둘러 있었다. 문의 맞은편에 걸린 커튼을 열어본 휴는 지쳐버린 몸을 누이고 싶은 충동을 참을 수 없었다. 올리버의 침대보다도 푹신해 보이는 침대의 삼면은 크고 작은 쿠션들로 이뤄져 새 둥지를 떠올리게 했다. 머리맡에 은은하게 빛나는 오렌지색 불빛은 열쇠 구멍 모양 창문이 난 휴의 방처럼 따뜻한 분위기를 뿜어냈다.

새로운 침대에서 편히 쉬고 싶은 사람은 휴뿐만이 아니었다. 데이브는 침대에 엎어져 미동도 없었다. 드로이와 박쥐를 무서워하는 덩치 큰 남학생은 각자의 침대에 앉아 이야기를 나누고 있었다. 문의 바로 오른편 침대를 차지한 남학생은 벌써 짐을 정리하고 있었다. 잠시 뒤 그는 힘차게 일어서며 말했다.

"자! 우리 다 같이 학교를 둘러보지 않을래? 입학 첫날부터 네 시에게 진수성찬을 차려주고 싶진 않거든!"

휴는 쉬고 싶은 충동만큼이나 올랜디네브 학교가 궁금했기 때문에 데이브를 일으켜 그의 곁으로 다가갔다.

"조 페트로나드야. 잘 부탁해." 조는 커다랗고 동글동글한 손을 내밀며 말했다.

"나는 휴 로윈드, 얘는 데이브 스미스야. 반가워."

휴는 피곤함에 찌든 데이브를 인사시키기 위해 노력했다. 데이브는 간신히 한 손을 들어 올려 조에게 인사하고는 그대로 휴의 어깨에 기대 잠이 들었다. 아무래도 멀미약은 데이브에게 더 필요했던 것 같았다.

조와 함께 둘러본 학교 내부는 미로처럼 복잡하면서도 샹들리에와 아치가 환상적으로 어우러져 꿈처럼 아름답게 느껴졌다.

할로윈 동을 빠져나와 올랜디네브의 중심 동으로 건너가니 중앙 로비로 이어지는 수많은 계단과 로비 한가운데에서 물을 뿜어내는 분수가 눈에 들어왔다. 복도 곳곳에는 키가 큰 눈사람과 얼굴이 길쭉한 눈사람, 팔이 긴 눈사람 등 다양한 생김새의 눈사람들이 미끄러지며 걸어가고 있었다. 눈사람이 지나간 곳은 깨끗하게 닦여 반짝반짝 광이 났다.

일반 변장 및 현장 수업 교실 앞에서는 옷 무더기를 들고 둥둥 떠 날아가는 큐피드도 보았다. 한껏 예민한 표정의 큐피드는 휴의 팔뚝보다 약간 작았다. 그는 끝이 뾰족한 안경을 쓰고 초록색 트위드 재킷을 입고 있었으며 바지에는 수백 개나 되는 큐빅이 박혀 있었다. 한눈에 봐도 제법 신경 쓴 복장이었다.

끊임없이 걷다 보니 더 이상 올랜디네브의 신기한 교실과 생물체들이 눈에 들어오지 않았다. 푹신한 침대와 따뜻한 밥이 눈앞에 어른거렸다. 데이브와 조 역시 어느 순간부터 말이 없었으므로 휴는 앞장서 할로윈 기숙사로 돌아갔다.

기숙사 문을 여는 순간 스테이크와 생선 요리 냄새가 코를 찔렀다. 식사를 마친 학생들은 테이블에 앉아 차를 마시며 수다 떨고 있었다. 드로이는 덩치 큰 남학생과 레베카, 머리를 땋은 여학생과 심각한 이야기를 주고받고 있었다. 휴가 그들에게 다가가니 드로이가 먼저 아는 척을 했다.

"아, 휴! 학교는 모두 둘러보았니? 우리는 수잔에게 학교에 대해 듣고 있었어. 수잔의 어머니는 올랜디네브 학부모회 대표시거든. 예스퍼츠 교장 선생님만 빼면 누구보다도 올랜디네브 학교에 대해 잘 아시나 봐."

드로이가 머리를 요란하게 땋은 여학생을 가리키며 말했다. 휴는 짧게 인사한 후 데이브와 조를 소개시켰다. 드로이 옆에 앉아 있던 덩치 큰 남학생은 자신을 리키라고 소개하며 말했다.

"수잔의 말로는 밤이 되고 기숙사의 불이 모두 꺼졌을 때쯤 저 위에 있는 박쥐들이 드라큘라로 변해 학교 곳곳을 돌아다닌대. 화장실 가다가 마주치면 어쩌지?"

어느새 그들에게로 다가온 세피엘라가 길쭉한 잭 오 랜턴을 흔들며 말했다.

"리키. 아까도 말했잖니? 랜턴을 들고 다니면 박쥐들은 기를 못 펴고 달아날 거야. 원한다면 영원히 타오르는 잭 오 랜턴을 주겠어. 『할로윈 귀신에 관한 모든 것』에 따르면 할로윈 귀신들은 잭 오 랜턴을 매우 좋아해서 랜턴의 주인을 잘 따르거든."

"나는 할로윈 귀신들이 나를 피해 다녔으면 좋겠어!"

리키가 기겁하며 말했다. 그러나 세피엘라는 들은 체도 하지 않고 리키에게 잭 오 랜턴을 떠넘겼다. 리키는 자존심 상한 표정으로 영원히 타오르는 잭 오 랜턴을 받아들었다.

올랜디네브 기념일 학교

"그리고 모두들 오늘은 일찍 잠드는 게 좋을 거야. 내일이 첫 수업인 것을 잊지 않았겠지? 애피타이저부터 디저트까지 네시의 코스 요리가 되고 싶지 않으면 어서 침실로 들어가도록 해."

세피엘라가 딱딱거리며 명령하자 아이들은 얼굴을 찌푸리며 각자의 침대로 돌아갔다.

머리맡에서 부드럽게 빛나는 오렌지색 불빛이 어서 침대로 뛰어들라고 휴를 부추기는 것 같았다. 푹신한 침대 속으로 들어간 휴는 이불 속으로 한없이 추락하는 기분을 느끼며 깊은 잠에 빠졌다.

3

멈보그 파이프

다음 날, 할로윈 기숙사는 펄쩍펄쩍 뛰어다니며 학생들을 깨우는 세피엘라의 자명종 소리와 성난 학생들의 볼멘소리로 아침부터 소란스러웠다. 레베카와 수잔, 조디 자매도 완전히 질려버렸다는 얼굴을 하고는 옷매무새를 가다듬으며 신입생 여자 침실에서 나왔다.

이렇게 해서 할로윈 기숙사는 이례적으로 이른 시간에 아침 식사를 마쳤다. 따뜻한 빵과 시리얼을 먹으니 휴는 잠이 쏟아지는 것 같았다. 그러나 세피엘라가 일반 역사 수업 교실이 멀리 있음을 상기시키며 또다시 신입생들을 쪼아댔으므로 험악한 표정으로 그 뒤를 졸졸 따라가는 수밖에 없었다.

일반 역사 수업 교실은 일반 변장 및 현장 수업 교실 맞은편에 자리하고 있었다. 휴는 어제 본 큐피드를 떠올리며 변장 수업 교실 안에는 얼마나 더 많은 큐피드가 우스꽝스러운 옷을 입고 있을지 궁금해했다. 일반 역사 수업 교실 앞에는 커다란 나무 팻말이 붙어 있었다.

더 멀리 바라보라.

더 깊이 바라보라.

소경이여.

-파브노프 보윗

교실 안에는 단 한 명의 학생도 보이지 않았다. 2층 높이의 사다리에 위태롭게 앉아 있는 보윗 선생의 뒷모습만 보일 뿐이었다. 보윗이 바라보고 있는 벽에는 올랜디네브 학교에서 가장 큰 벽화가 그려져 있었다. 벽화의 꼭대기에는 문 앞에서 본 것과 같은 문구가 멋들어지게 적혀 있었다.

벽화를 이루는 그림들은 각각 하나의 길 위에 묘사되어 역사를 표현하는 듯했다. 길의 시작엔 노부부와 어린아이들이 있었다. 그 뒤로는 크리스마스트리 밑에서 선물을 주고받는 사람들과 드라큘라 분장을 하고 드라큘라와 인사하는 꼬마가 있었다. 추수감사절 칠면조를 둘러싸고 기도하는 가족, 갓난아이를 들어 올리고 있는 할머니의 모습도 보였다. 곱슬머리 큐피드는 부활절 달걀을 발견한 붉은 머리의 소년과 사랑에 빠진 연인 위로 활시위를 잡아당기고 있었다. 벽화의 가장 아래에는 '당신이 원하는 그곳으로'라고 적힌 커다란 철제문이 그려져 있었다.

어느새 교실은 다른 학과 학생들로 가득 찼다. 한눈에 봐도 크리스마스 학과 학생이 가장 많았다. 왁자지껄한 소리를 들었는지 보윗 선생이 사다리 꼭대기에서 움찔했다. 보윗 선생이 높은 사다리 위에서 갑자기 벌떡 일어나자 학생들은 놀란 표정으로 바라보았다. 교실을 가득 메운 학생 중 절반은 보윗이 있음을 알아차리지도 못했던 것이다.

"어서 와라. 작고 어두운 눈을 가진 소경들아! 우리 올랜디네브의 역사는 수백 년을 거슬러 올라가지만 어리석게도 이제 막 올랜디네브를 보기 시작한 너희들이 이해할 수 있는 건 이 작은 벽화 속 역사뿐이구나."

그때 사다리가 흔들려 보윗은 잠시 휘청거렸지만 이내 아무 일도 없었다는 듯 목을 가다듬었다. 보윗은 세상의 모든 지혜를 통달한 군주의 연설처럼 번드르르한 목소리로 말했다.

"선생님! 저는 『올랜디네브 역사, 진실인가 거짓인가?』를 읽었습니다. 저자인 혼비에 따르면…."

세피엘라가 으스대며 손을 들었다.

"2학년쯤 되어야 도서관에서 발견할 수 있는 책이야."

데이브가 속삭였다.

"형이 매일 이야기해줬어. 원하는 곳으로의 문, 기운이 솟아나는 나무, 지혜의 샘물…."

전부 다 소문으로만 들어본 것들이었다.

"깜찍한 귀머거리야. 혼비는 너무 늙었어. 역사가란 자고로 진실만 전달해야 한단다. 혼비의 책 속 소문들로 인해 '문 앞의 돼지 코 노파'처럼 노력하지 않고 지혜를 얻기 위해 전설 속으로 뛰어든 소경들만 넘쳐나게 되었단다. 그 노인의 책은 노력해야 성공한다는 교훈 이외엔 아무것도 얻을 것이 없어." 보윗이 벽화 아래쪽에 그려진 높은 철문과 그 앞에 우두커니 서 있는 망토 뒤집어쓴 노파를 가리키며 말했다.

"우리 아빠는 '문 앞의 애꾸눈 노파'라고 했는데."

휴가 데이브에게 조용히 말했다.

"아니야. '문 앞의 주걱턱 노파'가 맞아."

데이브가 짧게 대꾸했다.

"선생님! 하지만 '원하는 곳으로의 문'은 저 벽화에도 분명히 그려져 있잖아요? 그렇다면 혼비의 책 속에 등장하는 다른 전설들도 사실일지 몰라요."

세피엘라가 지지 않고 말했다.

"더 멀리 바라보라. 더 깊이 바라보라. 소경이여. 수십 번, 수백 번이고 벽화를 들여다보며 더 깊은 곳을 통찰하기 위해 치열하게 노력하고 당당하게 지혜를 쟁취해야만 함을 잊지 말아라. 너희 중에는 골렘만큼이나 멍청한 머리를 가지고 지혜를 흉내 내보려고 노력한 학생들도 있을 것이다. 노력도 없이 원하는 것을 얻으려는, 이 노파만큼이나 어리석은 녀석들이지. 누가 뭐래도 지혜는 쟁취하는 자의 것이다. 최선을 다해 공부하여 최고의 지혜를 얻도록 해라. 그럼 수업 시작해도 되겠지?"

어느새 바닥까지 내려온 보윗이 기다란 막대를 들어 올렸다. 그의 키는 가장 앞에 앉아 있는 세피엘라의 앉은키보다 살짝 큰 정도였다. 짧게 정돈한 머리와 왼쪽 눈가에서 달랑거리는 외알 안경 때문에 탐정 놀이를 하는 어린애처럼 보였다.

"오늘은 올랜디네브의 역사를 전반적으로 훑어보겠다. 아는 사람도 있겠지만 올랜디네브의 시작은…."

보윗은 힘차게 나무 막대를 들어 올려 벽화의 왼쪽 꼭대기를 가리켰다. 그 끝은 아이들에게 둘러싸인 모자 쓴 노인을 가리키고 있었다. 노인의 아내로 보이는 부인이 그 옆에서 한 아이의 머리를 빗어주고 있었다. 노부부와 눈을 맞추고 있는 아홉 명의 아이는 하나같이 마르고 왜소했다.

"아이들을 사랑하는 올랜디네브 부부였다. 그들은 지혜가 넘쳐났지. 남들보다 더 깊은 곳을 바라볼 수 있었어. 그러나 그들에게는 아이가 없었다. 하지만 그들은 아이들이 웃는 모습을 보는 일이 더할 나위 없이 행복했기에 기념일마다 마을의 고아원을 방문했어. 아이들과 부부는 매년 즐거운 기념일을 맞았다. 나이 들어 세상을 떠날 때쯤 되었을 때, 부부는 기념일의 행복을 더 많은 아이에게 전하고 싶었지.

그래서 그들은 자신의 지혜를 아홉 명의 고아원 아이들에게 나눠주었다. 노부부의 지혜를 받은 아이들은 자라나며 노부부가 봤던 것보다 훨씬 더 넓고 깊은 세상을 볼 수 있게 되었다. 어른이 되자 그들은 자신들의 지혜와 통찰력을 가지고 더 많은 사람의 기념일을 특별하게 만들 위즈, 즉 도구를 만들고 생물들을 모으기 시작했어. 이들은 기념일을 위해 위즈를 만든 최초의 '위지'가 되었다. 아홉 명 중 변장에 능했던 파브네는…."

보윗은 나무 막대로 올랜디네브 부인이 머리를 빗겨주고 있는 작은 여자아이를 가리켰다.

"변장술을 나머지 여덟 명에게 알려줬고 덕분에 기념일의 행복을 전 세계 남녀노소 모두에게 전파할 수 있었다. 아이들은 때론 인자한 할아버지가 되어 크리스마스에 선물을 주었고 또 때로는 외로운 사람 곁에 나타나 최고의 탄생일을 보내게 해주었지. 아홉 명의 아이들은 자라나 각자 자신의 짝을 찾아 아이를 낳았고 그들에게도 지혜를 조금씩 나눠주었어. 이렇게 남들과 다른 지혜와 시각을 가지고 기념일의 기운을 전파하는 사람들이 점점 불어났지. 이들을 올랜디라고 부른다. 올랜디네브는 바로 이렇게 건국된 것이다. 이것이 올랜디네브 역사의 시작이자 올랜디네브 국립학교의 시작이다."

보윗은 가슴을 쭉 펴며 자랑스럽게 말했다. 학생들은 조용히 앉아 눈을 반짝이며 경청했다.

이제 보윗의 나무 막대는 각 기념일을 묘사한 그림을 지나 오른쪽 하단을 가리켰다. 사람들이 검은 무리와 알록달록한 옷을 입은 무리로 나뉘어 서로 등을 돌리고 있었다. 검은 무리 중 어떤 사람은 상대편을 향해 손가락질하고 있었으며 또 다른 사람은 반대쪽 무리의 사람과 손을 마주 잡고 눈물의 작별 인사를 건네고 있었다. 그들 뒤로 총을 겨눈 사람들과 피를 흘리며 죽어가는 사람들이 보였다.

"홀린독 혁명이다. 올랜디네브의 대통령이자 올랜디네브 학교의 교장인 예스퍼츠의 동생 가르고돔프가 일으킨 혁명이지."

이때 데이브가 얼굴을 붉히며 손을 들고 질문했다.

"저, 선생님. 가르고돔프는 왜 혁명을 일으켰나요?"

"역시나 떠도는 소문이지만 가장 유력한 설을 들려주마. 가르고돔프는 크리스마스 학생이었다. 그는 현장 수업에서 만난 일반인 여자를 사랑했고 그와 단란한 가정을 이루어 살아갔다. 그러나 그 여자는 의문의 사고로 목숨을 잃고 말았지. 가르고돔프는 점점 미쳐갔다. 그는 여자가 죽은 건 기념일 때문이라고 주장했지. 올랜디네브에서 찬밥 신세였던 밸런타인 학과가 인기 학과로 떠오른 것도 이때부터였다. 사랑이란 무엇인가? 도대체 사랑이 무엇이기에 사람을 이토록 미치게 만드는가?"

보윗이 잠시 말을 멈추자 밸런타인 학생들이 열렬하게 박수 쳤다. 보윗은 한 손을 들어 올려 밸런타인 학생들을 조용히 시켰다.

"이 무렵 올랜디네브 내에서도 큰 갈등이 있었다. 우리의 지혜를 가지고 무기를 만들어 사람들을 지배하자는 올랜디들이 생겨난 것이다. 이들은 가르고돔프와 함께 올랜디네브를 떠났다. 자신들을 가르곤이라 부르며 가르고돔프를 건국했지.

그러나 예스퍼츠는 기지를 발휘해 가르고돔프와 올랜디네브의 관계를 상호 협력의 상태까지 끌어올렸지. 적어도 오 년 전 가르고돔프가 죽기 전까지는 말이다. 가르고돔프 사후 그의 딸 데르키밈이 가르고돔프의 대통령과 교장을 겸임하며 가르고돔프를 마음대로 흔들고 있다. 실제로 그녀가 대통령이 된 후 가르고돔프는 매일같이 올랜디네브를 위협하고 있지."

휴은 군인인 아버지의 얼굴을 점점 보기 힘들게 되었던 때가 대략 오 년 전부터였음을 어렴풋이 떠올렸다.

"다들 가르고돔프 학생들은 미쳤다고 말한다. 그도 그럴 만하다. 그들 뒤엔 데르키밈이 불철주야 올랜디네브를 공격할 생각만 하고 있으니까. 답도 없는 상황이지만 역시 아는 것이 힘, 열심히 공부해서 언젠가 가르고돔프에 당당히 대적할 만한 올랜디들이 되길 바란다."

역사 교실을 빠져나오며 드로이가 물었다.

"아는 것이 뭐라고?"

"아는 것이 힘이다. 지혜가 있으면 더 깊이 바라볼 수 있다, 뭐 이런 뜻이야. 일반인들이 자주 사용하는 말."

세피엘라가 한마디 거들며 지나갔다.

"가르고돔프는 정말이지 끔찍한 골렘 같아. 글쎄 그들은 사람 죽이는 것을 놀이처럼 여긴대."

"그래. 그들은 매일같이 가장 잔인하게 사람을 죽이는 방법을 배운다고 들었어. 물고문하다가 죽이기, 불에 태워 죽이기, 머리를 뽑아 죽이기."

"자존심 상하지만 가르고돔프에 대적할 올랜디는 영원히 없을 거야. 그들이 워낙 잔인하니까."

조디 자매가 서로의 말이 끝나기도 전에 앞다투어 말했다.

"저기, 올랜디네브와 가르고돔프는 협력 관계라고 했지? 아무리 가르고돔프가 미쳤다고 해도 올랜디네브를 공격할 일은 없을 거야. 그렇지?"

리키가 불안한 눈빛으로 말했다.

"그건 아무도 모르지."

데이브는 쌀쌀맞게 말하며 할로윈 도구 교실로 쌩 들어가버렸다. 휴는 데이브를 따라 급히 교실로 향했다. 할로윈 도구 수업 교실 앞에는 이런 문구가 쓰여 있었다.

깊은 지혜를 가진 그대여,

지혜를 진정으로 소유할 준비가 되었는가?

-요르민 요한슨

그러나 문은 굳게 잠겨 있었으므로 할로윈 학생들이 모두 도착할 때까지 휴와 데이브는 꼼짝도 할 수 없었다. 수업 시간이 다 되었을 때, 휴가 눈을 반짝거리며 말했다.

"혹시 수업이 취소된 게 아닐까?"

"맙소사! 곧 수업이 시작할 거야. 지각하기 전에 어서 교실에 들어가야 할 텐데."

세피엘라가 발을 동동 구르며 말했다.

그때 맨 뒤에서 발랄한 여성의 목소리가 들렸다. 그녀는 이상한 물건들을 품에 잔뜩 안고 얼굴을 반이나 가리는 큰 안경을 쓰고 있었다.

"여러분? 들어가지 않고 뭐 하나요? 오늘 배울 내용이 산더미랍니다."

"저희도 그러고 싶은데, 문이 잠겨 있어요."

휴가 김빠진 목소리로 말했다.

"아! 문이 잠겨 있는 게 아니랍니다. 여러분의 대답을 듣기 위해 귀 기울이고 있는 거예요. 여러분은 질문에 대답만 하면 됩니다. 물론 당연히 '네'라고 대답해야만 교실에 들어갈 수 있죠. 자, 어서 차례대로 대답하고 교실에 들어가세요."

학생들이 너도나도 '네'라고 대답하자 문이 활짝 열리며 말했다.

"그 지혜, 나한테도 살짝 알려주구려."

휴는 그제야 자신이 "깊은 지혜를 가진 그대여, 지혜를 진정으로 소유할 준비가 되었는가?"라는 질문에 답했음을 알아차렸다.

교실의 모든 면에는 유리로 된 수납장이 있어 물건을 진열하고 있었다. 각 수납장 위에는 '할로윈' '크리스마스' '밸런타인' '탄생일' 같은 명패가 붙어 있었다. 창문에서 들어온 햇빛이 유리와 수납장 속 듬성듬성 자리한 물건에 반사되어 찬란하게 빛났다. 수납장 속 텅 빈 공간엔 아직 보지 못하는 위즈가 빼곡하게 차 있으리라.

요한슨이 서 있는 책상 뒤로는 유일하게 나무 문짝이 달린 거대한 수납장이 자리하고 있었다. 나무 문짝에는 '위험! 교장의 허가를 받아야만 사용 가능: 골 때리는 죽음을 맞고 싶은 사람에게 추천'이라고 쓰여 있었다. 요한슨은 나무 수납장 옆 가죽 트렁크에 자신이 들고 온 이상한 물건을 쏟아부으며 말했다.

"자, 여러분 제가 바로 할로윈 도구 수업을 맡은 요르민 요한슨입니다. 아까 여러분이 본 것은 제가 발명한 '질문하는 문'이랍니다. 아직 위즈 등록은 하지 않았지만 위즈로 선정되고 나면 불티나게 팔리는 건 시간 문제겠죠?"

그 말에 동의하는 학생은 아무도 없었지만, 그녀는 아랑곳하지 않고 수업을 시작했다.

"여러분! 위즈 이론서 1장을 펴주세요. 그리고… 어디 보자… 휴가 큰 소리로 읽어볼까요?"

요한슨이 커다란 안경을 쓰고 교실을 훑더니 휴의 이름을 불렀다. 휴는 깜짝 놀라 벌떡 일어나느라 의자를 넘어뜨리고 말았다.

"위즈를 처음 접한 사람들은 마법이라고 말한다. 하지만 위지의 자질을 지닌 더 깊은 곳의 통찰자는 위즈를 지혜의 산물이라고 부른다. 더 깊은 곳, 간절히 원하면 보이는 대상이 무엇인지 알고 있는 지혜자는 위지의 운명을 타고난 자다."

휴가 큰 목소리로 문장을 끝맺자 요한슨이 이어서 말했다.

"위즈! 지혜를 가진 자만 볼 수 있고 사용할 수 있으며 발명할 수 있답니다. 여러분은 올랜디네브에서 많은 것을 배우며 지금 보고 있는 위즈보다 더 다양한 위즈를 사용할 수 있게 될 겁니다.

1학년이라 위즈를 조금밖에 보지 못한다고요? 걱정하지 마세요. 오늘 배울 '반드 파이프'는 여러분 모두 볼 수 있고 능숙하게 다룰 수 있습니다. 반드 파이프는 여러분과 시작부터 끝까지 함께할 위즈입니다. 1학년생의 전부라고도 할 수 있죠."

요한슨은 가로로 누인 한 손 크기만 한 모래시계를 꺼내며 말했다.

"반드 파이프랍니다. 여기에 담겨 있는 물질을 '할로위니바'라고 하죠."

요한슨이 모래시계의 아래쪽을 가리켰다. 반드 파이프는 물방울 두 개가 맞닿아 있는 모양이었다. 요한슨이 할로위니바라고 설명한 황금빛 모래알들은 모래시계의 아래쪽에 둥둥 떠 있었다. 반드 파이프의 중심부엔 엄지와 검지가 겨우 들어갈 만한 크기의 작은 구멍과 버튼이 있었다. 요한슨이 버튼을 누르자 할로위니바가 모래시계의 위쪽으로 올라오더니 작은 구멍으로 뿜어져 나왔다. 그러고는 금세 눈앞에서 사라졌다.

할로위니바가 발사된 지점에서 작은 먼지들이 나풀나풀 날아다니는 것이 햇빛에 비쳐 보였다. 휴는 그것들을 멍하니 응시했다. 반드 파이프를 통해 뿜어져 나온 황금빛 할로위니바는 가장 앞에 앉아 있는 조디 자매와 레베카, 수잔의 콧속으로 들어간 것이 분명했다. 수잔은 요란하게 재채기를 해댔고 조디 자매와 레베카는 눈을 껌뻑거리며 행복한 표정을 지었다.

"반드 파이프와 할로위니바는 할로윈 시즌에 일반인들에게 할로윈의 기운을 전파해주는 역할을 하죠. 할로위니바를 마신 사람들은 할로윈의 낭만을 즐기고 싶어 합니다. 하지만 남몰래 반드 파이프를 사용하려면 많은 연습이 필요합니다. 올랜디네브는 원칙상 일반인의 눈에 띄지 않게 행동해야 하거든요. 여러분이 가장 쉽게 볼 수 있는 이 반드 파이프는 일반인에게도 잘 보인답니다. 자, 그런데 만약 일반인이 반드 파이프를 쏘아대는 올랜디를 목격했을 땐 어떻게 해야 할까요? 바로 이 멈보그 사탕을 이용합니다."

요한슨은 이빨만큼 작은 주황색 사탕을 한 움큼 쥐더니 조디 자매와 레베카, 수잔에게 던져줬다. 그들은 멈보그 사탕을 입에 넣더니 알쏭달쏭한 표정을 지으며 또다시 눈을 껌뻑거렸다. 확실히 그들이 느꼈던 할로윈 기운이 사라진 것 같았다.

"기억을 수정할 때 유용한 사탕이죠. 물론 멈보그 사탕에도 작은 결함이 있답니다."

요한슨이 꼿꼿하게 서서 검지를 들어 올렸다.

"첫째, 여러 사람에게 정체를 들켰을 때는 사탕을 먹이기가 꽤나 곤란합니다."

요한슨이 두 번째 손가락을 들어 올리며 말했다.

"둘째, 사탕을 너무 오래 빨고 있으면 기억력이 퇴화한다는 점이에요. 가볍게는 날짜를 착각하거나 물건을 잃어버리는 것부터 심하면 무기력감과 우울증까지 느낄 수 있죠."

그 말에 조디 자매와 레베카는 거의 동시에 사탕을 뱉었고 사탕을 잘게 씹어 먹던 수잔은 울 것 같은 표정을 지었다.

"아! 걱정할 것 없어요. 올랜디네브에서는 멈보그 사탕을 적절한 크기로 만들기 때문에 기억력에는 아무 문제 없답니다. 하지만 가르고돔프는 이 사탕을 악용하고 있어요. 오 년 전 데르키밈이 대통령이 되었을 때부터 말입니다. 그들은 멈보그 사탕으로 일반인들의 기억력을 수정해 쉽게 우울감에 휩싸이게 만들고 있어요. 행복한 기억은 멀리로 보내고 불안과 불행을 증폭시키면서 말이죠. 그들은 사람들을 자신의 손아귀에 넣고 싶어 하거든요."

목소리를 내리깔고 무섭게 말하던 요한슨이 갑자기 손뼉을 치며 발랄하게 말했다.

"그래서 저는 생각했어요! 반드 파이프에 할로위니바 대신 멈보그 가루를 넣으면 어떨까? 확실히 사탕을 먹이는 것보다는 쉽고 안전하게 기억력을 수정할 수 있을 것 같았어요! 이름하여… 멈보그 파이프!"

요한슨은 나무 수납장 옆에 놓인 가죽 트렁크를 뒤적거리더니 반드 파이프와 똑같이 생긴 모래시계를 꺼내 들었다. 그 안에는 황금빛 할로위니바 대신 주황색 멈보그 가루가 넘실거리고 있었다.

"한 가지 단점만 보완한다면 훌륭한 위즈로 인정받을 만한 가치가 있답니다. 이리나 세실의 멈보그 사탕만큼이나요."

요한슨이 반짝이는 눈으로 멈보그 파이프를 바라보며 말했다.

"선생님? 그 한 가지 단점이 무엇인가요?"

리키가 걱정스러운 목소리로 물었다.

"저, 그건 말이죠. 사실 가루가 분사되는 양이 너무 많아요…. 할로위니바가 뿜어져 나오는 양의 절반 정도만 나오면 되는데 이거 참 원…. 하지만 곧 고칠 수 있을 거예요."

요한슨이 빨개진 얼굴로 애써 밝게 말했다.

"맙소사! 선생님 그 위즈는 '위험한 위즈 등급' 3단계 정도에 해당해요! 일반인에게 위해를 가할 가능성이 있는 위즈요! 멈보그 가루가 너무 많이 분사된다면 분명 가르고돔프처럼 일반인에게 피해를 줄 게 분명해요!"

세피엘라가 큰 소리로 말하자 요한슨의 얼굴이 더욱 빨개졌다.

"가르고돔프처럼? 드노포모 양, 지금 가르고돔프라고 했나요? 난 일반인을 공격하고 싶은 마음은 골렘의 눈곱만큼도 없어요! 멈보그 파이프는 그저 개발 단계에서 흔히 생기는 작은 문제 거리를 가지고 있을 뿐이에요. 그래요, 누군가는 현재의 위즈에 만족하며 더 이상의 위즈 개발은 불필요하다고 말하죠. 그러나 지금 우리가 당연하게 사용하고 있는 위대한 위즈 역시 모두가 쓸데없다고, 위험하다고 말하던 발상에서부터 시작되었음을 잊지 마세요. 지혜를 가진 자라면 누구나 위즈를 발명할 수 있어요. 저는 그 사실을 증명해 낼 거예요."

얼굴을 붉히면서도 끝까지 당당하게 말하는 요한슨 선생님을 보며 휴는 감동을 넘어 응원해주고 싶은 마음까지 들었다. 휴 역시 말도 안 되는 장난을 꾸며낼 때 아드레날린이 솟구쳐 오르고 가슴이 뜨거워지는 경험을 해보았기 때문이다.

수업이 끝나고 세피엘라가 씩씩거리며 말했다.

"위험해. 정말 위험해. 교장 선생님께 말씀드리는 게 좋겠어. 위험한 위즈 등급 3단계에 해당하는 위즈를 만들고 있다고!"

"세피엘라. 나도 그 말에 동감해. 하지만 교장 선생님은 그렇게 한가한 분이 아냐. 학부모회장인 우리 엄마에게 말하는 게…"

수잔이 딱 잘라 말하자 휴는 조금씩 화가 나는 것 같았다. 그나마 다행인 것은 휴처럼 요한슨 선생님을 옹호하는 사람이 적지 않았던 것이다.

"얘! 요한슨 선생님은 멈보그 파이프를 개발 중이라고 하셨어. 당장 사용하겠다고 말한 적은 없다고. 한 가지 단점만 보완하면 된다는데 웬 호들갑이니?" 레베카가 말했다.

"그래. 솔직히 그 한 가지 단점이 너무 크긴 하지만 그쯤이야 금방 고칠 수 있을 거야." 드로이가 말했다.

"난 오히려 흥미로웠는걸!"

데이브가 말했다. 휴는 확실히 데이브와는 통하는 점이 있다고 생각했다. 휴도 선생님이 개발한 위즈들이 궁금해지던 참이었다. 휴와 데이브, 레베카와 드로이는 요한슨이 발명했을 또 다른 위즈들에 대해 떠들며 기숙사로 돌아갔다.

"분명 선생님이 쓰고 있던 안경도 직접 발명한 위즈일 거야. 그녀는 모든 사람 머리 위에 그의 이름이 둥둥 떠다니는 뭐 그런 광경을 보고 있을지도 모르지."

휴는 자신의 이름과 세피엘라의 이름을 거침없이 부르던 요한슨을 떠올리며 기숙사 문을 열었다. 방송반의 라디오 방송이 막 시작되고 있었다.

"교내에 계신 신사 숙녀, 유령과 눈사람, 큐피드 여러분, 오늘도 돌아왔습니다. 젝스와 맥시의 라디오 쇼! 오늘은 올랜디네브에 입학한 신입생들의 첫 수업이 있었는데요, 처음이라 긴장할 법도 했지만 잘 견뎌내신 신입생 여러분! 수고했습니다!"

촌스러운 음악이 쿵짝거리며 흘러나왔다.

"이놈의 라디오 좀 그만 들을 수 있다면 코넬수스에게 개인 수업이라도 받겠어."

휴와 데이브는 투덜거리는 여학생과 그 옆에서 라디오를 열심히 듣고 있는 다니엘 앞에 자리를 잡았다.

"오늘도 보내주셨네요. 익명의 사연입니다. 오래된 친구를 좋아하게 된 것 같아요. 처음 올랜디네브 교복을 입은 그녀를 봤을 때부터였어요. 그녀를 생각할 때마다 심장이 빠르게 뛰고, 그녀 앞에서 제 행동은 하나부터 열까지 어색하기만 해요. 용기 내서 고백하고 싶지만, 그녀의 눈을 바라볼 때마다 말문이 막혀요. 어쩌면 좋죠? 젝스와 맥시, 도와주세요!"

맥시가 간드러지게 읽자 젝스가 말했다.

"오오오. 사랑! 사랑 앞에선 누구나 '문 앞의 곱추 노파'가 되기 마련이죠. 사실 사랑에 대해선 어떠한 지혜와 지식도 무용지물이랍니다. 골렘처럼 멍청하게 고백하는 것이 도움이 될지도 모르겠네요. 이것저것 계산하다 보면 결국 용기를 잃고 고백에 실패할 게 뻔하니까요. 익명의 사연을 듣다 보니 이 노래가 생각이 나는군요. '큐피드의 풋사랑' 들려드릴게요."

느리고 애절한 노래가 흘러나와 기숙사를 가득 채웠다. 여학생 몇 명이 기숙사 테이블에 앉아 황홀한 표정으로 라디오를 듣고 있었다. 노래가 끝나자 맥시가 부드러운 말투로 말했다.

"라디오의 마지막 코너죠! 올랜디네브의 소식 알려드립니다."

"첫 번째 소식입니다. 내일 방과 후에 폽키춥키 경연대회가 열릴 예정입니다. 이달의 올랜디 다니엘의 활약으로 폽키춥키 국가 대표를 꿈꾸는 학생들이 많을 것으로 예상되는군요."

"그렇습니다! 내일 열리는 폽키춥키 대회는 누구나 출전 가능하니 여러분의 꿈을 활짝 펼쳐보면 어떨까요? 또 신예 폽키춥키 선수를 지켜볼 수 있는 멋진 기회이니 교내에 계신 신사 숙녀, 유령과 눈사람, 큐피드 여러분 모두 많은 관심 부탁드립니다."

"두 번째 소식입니다. 내일부터 우리 방송반을 포함해 올랜디네브 공식 클럽 다섯 개가 동시에 회원 모집을 시작합니다."

"우리 방송반은 언제나 신입생 여러분을 환영하고 있답니다! 올랜디네브의 모든 소식을 알고 싶다면, 그리고 올랜디네브의 모든 사실을 낱낱이 알리고 싶다면 주저 말고 방송반에 지원하세요!"

또다시 촌스러운 음악이 쿵짝거리며 라디오의 끝을 알렸다. 다니엘 옆에 있던 여학생이 다시 한 번 콧방귀를 뀌며 말했다.

"하! 올랜디네브의 모든 사실을 낱낱이 알린다? 편파적이기로는 올랜디네브와 가르고돔프, 전 세계를 통틀어 너희가 제일일 거다!"

"이봐. 케이시. 적어도 그들은 이달의 올랜디를 뽑는 안목만큼은 출중해." 다니엘이 점잖게 말했다.

"천만에! 그들이 작년에 한 짓을 벌써 잊었니? 추수감사절 애들에게 무려 뇌물을 받았어, 뇌물! 저녁마다 추수감사절 애들이 만든 칠면조 요리를 먹는 조건으로 석 달 내내 그들을 이달의 올랜디로 선정했다니까? 체크무늬 넥타이가 잘 어울린다는 이유로!" 케이시가 울분을 토했다.

하지만 클럽 모집 소식을 듣는 순간부터 휴와 데이브는 흥분감에 가슴이 두근거렸기에 어떤 소리도 들을 수 없었다. 드디어 만우절 클럽에 들어갈 수 있다니! 휴는 만우절 클럽에 들어갈 날만 손꼽아 기다렸으므로 생각보다 이른 회원 모집 소식에 뛸 듯이 기뻤다. 휴와 데이브는 올랜디네브 학교로부터 입학 편지를 받은 뒤 매일같이 만우절 클럽 이야기를 하면서 밤을 지새웠던 것이다.

데이브에게 들은 만우절 클럽은 그야말로 환상적이었다. 순수한 마음으로 장난을 꾸며내 못된 어른들과 아이들을 당당하게 혼내주는 만우절 클럽은 올랜디네브 학생들에게 영웅과도 같은 존재라고 했다. 휴는 만우절 클럽에서 멋진 장난 거리를 꾸며내고 이달의 올랜디에 선정되는 것은 물론, 엘렌과 로지마저 인정할 수밖에 없는 학교 최고의 인기 스타가 된 자신을 상상하느라 오후 수업에 좀처럼 집중할 수 없었다. 일반 지식 수업 교실에 들어가고 나서야 드로이가 입을 떡 벌린 채 옆구리를 쿡쿡 찔러대는 바람에 겨우 정신을 차릴 수 있었다.

일반 지식 수업 교실은 커다란 칠판 앞으로 책상 수십 개가 나열되어 따분한 교실처럼 보였다. 칠판 앞에 둥둥 떠 있는 투명한 유령들만 빼면. 그들은 거의 싸우다시피 빠르게 말을 주고받고 있었다. 학생들은 처음 보는 유령의 모습에 눈을 떼지 못했다. 휴 역시 선생님이 기침 소리를 내기 전까지는 유령의 말을 알아들으려고 애쓰며 그들의 모습을 자세히 관찰하기 바빴다.

"어서 들어오세요. 앞쪽부터 채워 앉는 게 좋을 거예요. 어서!"

조가 마지막으로 교실에 들어오자 선생님이 분주하게 움직이며 말했다.

"일반 지식 수업을 맡은 에보사 제키몰로입니다. 우선 수업에 대해 소개하죠. 어쩌면 여러분이 따분하다고 생각할 수 있는 산수와 과학을 가르치고 있어요."

"설마 올랜디네브까지 와서 방정식을 풀라는 건 아니겠죠?"

레베카가 치를 떨며 질문했다.

"오오. 맞아요! 여러분이 생각하는 산수가 맞답니다. 알다시피 올랜디네브를 졸업하면 다양한 직업을 가질 수 있어요. 심지어는 의사, 연구원 등 기념일과 전혀 관련 없는 직업까지도 말이죠! 우리는 자랑스러운 청소년 올랜디들이 더 폭넓은 직업을 선택할 수 있도록 최고의 교육을 제공하기로 결정했어요. 필요하다면 일반인이 배우는 지식까지도 말이에요. 하지만 걱정하지 마세요. 더 깊은 곳을 볼 수 있는 지혜자라면 산수와 과학쯤은 쉽게 자기 것으로 만들수 있답니다. 최고의 엘리트가 되기도 하고요. 올랜디의 지혜를 활용해 일반인은 상상도 못하는 위즈, 그들 말로는 '발명품'을 만들어 큰돈과 명예를 얻고 그들 속에서 살아가기도 하죠."

"하지만 선생님! 저는 랭킹 1위 폽키춉키 선수가 되는 것이 꿈이에요. 그러니까 제 말은 굳이 일반인 사회에서 살아가기 위해 산수를 배울 필요가 없다는 거죠. 솔직히 산수는 지긋지긋해요."

세피엘라가 말끝을 흐렸다.

"아! 물론 올랜디네브의 올랜디로서도 산수가 필요합니다. 현장 수업에서 만난 일반인 앞에서 기본 상식인 산수를 몰라 낭패를 겪는 일이 자주 일어나고 있거든요. 무엇보다도 올랜디네브 정부의 기념일 부서는 일반 지식 수업 성적을 엄격하게 따진답니다. 그들은 업무상 장기간 일반인과 함께 지내야 하는 경우가 많거든요. 자, 그럼 이쯤에서 위대한 학자와 위지 유령을 소개하겠어요. 먼저 우리의 자랑스러운 위지, 이리나 세실."

말싸움하던 여자 유령이 깜짝 놀라 학생들을 바라보더니 몇 개 안 되는 이빨을 드러내며 억지웃음을 지었다. 세실호에서 사진으로 본 것보다 훨씬 더 늙은 모습이었다. 그녀는 키가 크고 살집이 있는 노부인이었다. 그 몸은 뿌옇고 미끈거리는 점액질로 뒤덮여 있었다.

"그리고 올랜디네브에서 가장 유명한 학자이자 교육자인 허트 보이어."

이리나 세실의 유령 옆에서 튀어나올 듯 동그란 눈으로 통통한 배를 장난스럽게 두들기고 있는 노인이 손을 흔들었다. 그는 따뜻하고 부드러운 인상이었지만 날카롭고 뚜렷한 눈빛 때문인지 어딘가 모르게 두려운 구석이 있었다.

"올랜디네브 국립학교는 다양한 존재들의 도움을 받아 학교를 운영하고 있어요. 그중에서도 가장 바쁘고 가장 유명한 두 유령은 우리 일반 지식 수업을 도와주고 있답니다."

제키몰로가 자랑스럽게 말했다.

"앞으로 세실과 보이어는 전 세계를 돌아다니며 일반인들이 배우는 지식을 염탐하고 내게 알려줄 거예요. 볼 수 있을 때 세실과 보이어를 열심히 봐놓으세요. 그러지 않으면 다음에 비싼 돈을 내고 세실의 영혼 특강 같은 곳에 가야만 간신히 그녀를 볼 수 있을 테니까 말이죠. 그럼 세실, 보이어, 오늘도 흥미로운 일반 지식을 기대할게요."

제키몰로가 방긋 웃으며 세실과 보이어에게 인사를 건네자 그들은 돌아서서 칠판을 뚫고 사라졌다.

유령이 사라진 뒤 제키몰로는 산수 수업을 시작했다. 학생들은 어느 때보다 열심히 졸고 열심히 잡담을 주고받았으며 휴는 열심히 상상의 나래를 펼쳤다. 이제 휴는 만우절 클럽의 회장이 되어 있었다.

4
폽키쵭키 경연대회

1

방송반이 예고한 대로 다음 날부터 올랜디네브 공식 클럽들의 회원 모집이 시작되었다. 하나같이 열기가 대단했다. '세계 기념일 클럽'에서는 무려 올랜디네브 정부의 기념일 부서 직원들까지 합세해 홍보에 열을 가했다.

"여러분! 취업이 걱정됩니까? 우리 기념일 부서는 매년 세계 기념일 클럽에서 훌륭한 인재들을 선발하고 정부에서 일할 수 있는 기회를 제공하고 있습니다."

"한국의 설날에 대해 들어본 적 있습니까? 비슷한 기념일로는 중국의 춘절이 있죠. 가까운 나라들에서 유사한 기념일이 발견된다는 것이 흥미롭지 않나요? 이밖에도 매일 새로운 나라의 새로운 기념일을 공부할 수 있습니다. 우리 '세계 기념일 클럽'은 새로운 지식과 함께 늘 가슴 뛰는 행복감을 보장합니다!"

세계 기념일 클럽의 부원들과 올랜디네브 기념일 부서 직원들이 큰 소리로 외치며 유인물을 나눠주고 있었다. 휴는 머리에 원뿔 모양 독특한 모자를 쓴 기념일 부서 직원에게 유인물을 건네받으며 말했다.

"우리 엄마가 그랬는데 기념일 부서는 쉴 새 없이 일만 한대. 전 세계의 기념일마다 직원을 파견하느라 쉴 틈이 없다더라. 정말 끔찍한 부서야. 저들은 순진한 어린 양을 할 일이 산더미처럼 쌓인 지옥으로 유인하려고 온 거야."

"끔찍해! 올랜디네브 합창 클럽은 또 뭐람? 기념일을 마법처럼 장식하는 환상적인 하모니? 이봐, 휴! 할로윈을 환상적으로 기념하려면 어떤 노래를 불러야 할까?"

데이브가 방금 막 합창 클럽 부원에게 받은 유인물을 들여다보며 말했다. 그때 복도 끝에서 조디 자매가 호들갑을 떨며 다가왔다.

"휴! 데이브! 너희도 합창 클럽에 들어갈 거니? 잘 생각했어. 우리는 할로윈 학과도 크리스마스 학과만큼이나 훌륭한 합창단원을 모아야 한다고 생각해. 크리스마스 학과는 합창단원을 벌써 삼십 명 넘게 모았다더라! 우리도 어서 사람들을 모으자!"

분주하게 뛰어다니며 클럽을 홍보하는 부원들에게 각종 유인물을 받아 보았지만, 그중에 만우절 클럽을 홍보하는 유인물은 단

하나도 없었다. 사실 휴와 데이브는 아침부터 만우절 클럽을 수소문했지만, 그 누구도 만우절 클럽에 대해 제대로 알지 못했다.

"혹시 만우절 클럽이 사라진 게 아닐까?" 휴가 초조하게 물었다.

"그럴 리가! 형은 항상 만우절 클럽 부원이 상당히 많은 것처럼 말했어." 데이브가 대답했지만, 어딘가 자신 없는 목소리였다.

"하지만 이것 봐. 우리는 만우절 클럽 부원을 한 명도 보지 못했어. 심지어 만우절 클럽이 어디에 있는지, 어떻게 들어가는지조차 모른다고. 혹시 만우절 클럽이 비밀 조직은 아니겠지?"

휴는 절망적인 목소리로 말하며 폽키춉키 클럽 부원들에게 둘러싸인 다니엘을 바라보았다. 폽키춉키 클럽은 다니엘 덕분에 그야말로 초대박을 치고 있었다.

"그래! 다니엘은 알 수도 있어! 다니엘에게 물어보자!"

데이브가 갑자기 성큼성큼 걸어가며 말했다. 휴는 그 뒤를 좇으면서도 저 많은 사람을 비집고 다니엘에게 말을 걸기란 불가능할 거라고 생각했다. 그러나 데이브는 놀랍게도 그 많은 사람을 헤치고 다니엘에게 곧장 다가가 똑똑히 말했다.

"다니엘! 혹시 만우절 클럽에 어떻게 들어가는지 알아?"

"만우절 클럽?"

다니엘이 인상을 찌푸리며 말했다.

"안타깝지만 이 년 동안 만우절 클럽에 들어갔다는 학생은 단한 명도 없었어. 항간에는 클럽이 망했다는 소문도 돌고 있지. 그도 그럴 것이 학교의 온갖 장난을 꾸며내는 바람에 선생님과 학부모들 사이에서 작은 악마로 유명했거든."

"만우절 클럽이 망했다고?"

데이브가 믿을 수 없는 표정으로 되물었다.

"그러지 말고 우리 폽키춉키 클럽에 들어오지 않을래? 이십 년 동안 올랜디네브 폽키춉키 국가 대표로 뛰었던 델루디 씨가 코치로 계셔. 조금만 노력한다면 폽키춉키 교내 대회에서 상을 휩쓸 수 있을 거야. 국제 대회는 확실히 재능이 필요하지만."

휴는 갑자기 세상이 깜깜해지는 기분이었다. 만우절 클럽이 망했다니? 그렇다면 데이브와의 약속은 어떻게 되는 거지? 꼭 만우절 클럽에 함께 들어가기로 했는데.

"다니엘, 만우절 클럽이 정말로 망한 건 아니겠지? 우린 꼭 만우절 클럽에 들어가야 하거든."

휴가 간절한 마음으로 다시 한 번 물었다.

"글쎄. 그들은 오랫동안 부원을 모집하지 않았어. 해마다 너희처럼 만우절 클럽에 들어가겠다는 신입생이 많았지만 결국 아무도 들어가지 못했지. 뭐, 우리 폽키춉키 클럽은 고맙게 된 셈이지. 덕분에 새로운 부원이 많아졌거든.

그렇지! 잠시 후에 열리는 폽키춉키 경연대회를 보러 오지 않을래? 폽키춉키 경기를 보고 나면 분명 너희도 우리 클럽에 들어오고 싶어 할 거야. 기꺼이 나와 함께 VIP 좌석에서 구경할 수 있도록 허락해줄게. 이달의 올랜디는 최대 열 명까지 VIP 좌석에 데려갈 수 있거든. 세피엘라가 함께 가자고 말하지 않든?"

다니엘 주변에 모여 있던 학생들이 부러운 표정으로 휴와 데이브를 쳐다보았다. 하지만 휴는 폽키촙키 클럽에 전혀 들어가고 싶지 않았다. *만우절 클럽이 망했을 리 없어!* 마음 한구석에서 무언가가 악에 받쳐 외치는 소리가 들리는 것만 같았다.

2

다니엘의 손에 이끌려 들어간 폽키촙키 경기장은 카펫으로 덮인 원형 테이블을 중심으로 관객석이 빙 둘러 있어, 마치 커다란 서커스 천막 안에 들어와 있는 것 같았다. 원형 테이블에는 움푹 꺼진 의자 네 개가 얌전히 놓여 있었다. '사회자'라고 쓰인 자리 위에는 카드 뭉치가 있었다. VIP 구역은 일반 관객석 위에 있었는데, 선생님들과 클럽 회장들, 학과 반장들이 여유롭게 차를 마시며 이야기를 나누고 있었다.

순식간에 경기장은 학생들로 가득 찼다. 학생들은 각각 어떤 선수가 출전할지 예상하며 내기하고 있었다. 방송반의 카메라에 잡힌 학생들은 열심히 손을 흔들어댔다.

잠시 뒤 사회자가 등장하자 학생들은 일제히 박수 치며 환호성을 질렀다. 키가 큰 부활절 여학생이었는데 한 손에 작은 종을 들고 있었다. 사회자가 등장함과 동시에 방송반의 젝스와 맥시가 중계를 시작했다.

"올랜디네브의 신사 숙녀, 유령과 눈사람, 큐피드 여러분! 잘 오셨습니다. 오늘 펼쳐질 폽키츕키 경연대회는 신예 선수를 발굴하는 장이 될 것입니다. 먼저 오늘의 사회자를 소개합니다. 아론 비클러!"

사회자가 손을 흔들며 인사하자 다니엘이 말했다.

"폽키츕키 클럽의 부회장이야. 회장은 할로윈 학생이야. 원래 회장이 사회를 봐야 하는데, 오늘 출전할 선수 중에 할로윈 학생이 있나 보지?"

"이어서 오늘 펼쳐질 폽키츕키 경기의 주인공들을 소개합니다. 첫 번째 선수는 크리스마스 학과의 이사벨 데보테르입니다!"

크리스마스 학과 학생들이 환호성을 질렀다. 4학년쯤 되어 보이는 이사벨은 가슴을 쭉 펴고 자신을 향한 시선을 즐기며 당당하게 걸어 나왔다. 뒤이어 두 번째 선수가 소개되었다.

"밸런타인 학과의 에디 그레이슨!"

이사벨과 비슷한 나이처럼 보이는 깡마른 남학생이 손을 흔들며 나왔다. 에디! 에디! 밸런타인 학생들이 힘차게 구호를 외쳤다.

"마지막 선수입니다. 오늘 출전한 선수 중 나이는 가장 어리지만 폽키츕키 시합을 밥 먹듯이 해봤으며 국가 대표를 이긴 적도 있다고 하네요. 세피엘라 드노포모!"

키 작은 여학생이 긴 생머리를 흔들며 걸어 나오자 경기장 전체가 술렁였다. 휴와 데이브 역시 세피엘라가 등장하자 적잖이 당황스러웠지만 힘차게 박수를 치며 응원했다. 세피엘라는 얼굴을 붉히며 다니엘, 휴, 데이브와 할로윈 1학년생 몇 명이 함께 있는 VIP 좌석을 향해 손을 흔들었다. 다니엘은 빠르게 말했다.

"맙소사! 세피엘라가 폽키촙키 대회에 나오다니! 나한테 한마디도 하지 않았는데! 폽키촙키로 나를 이긴 적이 있다고? '문 앞의 곰보 노파' 같은 소리!"

다니엘은 궁시렁거리며 세피엘라를 향해 손을 흔들었다. 세피엘라를 응원하는 척하고 있지만, 그녀가 자신보다 높은 점수를 받을까 봐 두려워하는 것 같았다.

"각 선수들은 자리에 앉아주세요!"

젝스가 힘차게 외치자 세 명의 선수가 자기 자리에 앉았다. 세피엘라는 사회자 왼편에 앉았다.

"그럼 올랜디네브 폽키촙키 경연대회를 시작하겠습니다!"

맥시가 선언함과 동시에 우레와 같은 함성이 들렸다. 사회자는 능숙하게 카드를 섞더니 각 선수 앞에 세 장씩 나눠주었다. 선수들은 자기 앞에 놓인 카드들을 뒤집어 카펫 위에 얌전히 올려놓았다.

세피엘라의 카드에는 '오늘' '언제나' '너'라고 적혀 있었다.

"1단계 카드 뭉치군. 굉장히 쉬운 단어들이야." 다니엘이 말했다.

"참고로 국제 청소년 대회에서 사용하는 카드 뭉치는 5단계야. '양자역학' '무중력' '타란툴라' 같은 단어들이 섞여 있지."

사회자는 나머지 카드 뭉치를 다시 한 번 섞더니, 이번엔 각 선수에게 카드를 열 장씩 나눠주었다. 세 선수들은 아까와는 달리 열 장의 카드가 자신에게만 보이도록 바짝 세웠다.

"이제 세 선수는 열 장의 카드 중에서 같은 단어가 적힌 카드를 모아서 버릴 거야. 겹치는 카드가 많을수록 유리하지. 단어가 많으면 문장으로 연결하기 힘들어지거든."

다니엘이 말을 끝마치자마자 세피엘라가 카드 세 쌍을 테이블 중앙에 던졌다. '지금'이라고 적힌 카드 두 장, '항상'이라고 적힌 카드 두 장과 '심장'이라고 적힌 카드 두 장이었다.

"쯧쯧. 꽤 쓸모 있는 단어인데 아쉽게 됐어."

이제 세피엘라의 손에 들린 카드는 네 장이었다. 이사벨과 에디까지 같은 단어가 적힌 카드를 모두 버리고 나자 맥시가 소리쳤다.

"자! 그러면 지금부터 흥미진진한 폽키가 시작됩니다!"

"사회자가 종을 울리기 전까지 상대방의 카드를 가져갈 수 있어." 다니엘이 설명했다.

이사벨은 세피엘라가 손에 들고 있는 카드 네 장 중 가장 오른쪽에 있는 것을 가져갔다. 세피엘라는 크게 실망한 표정으로 이사벨을 노려봤다. 이어서 에디도 이사벨의 뭉치에서 카드를 한 장 가져갔는데 기뻐서 빨개진 얼굴로 자신의 카드 한 장과 함께 그 카드를 버렸다. 그가 버린 두 장의 카드 위엔 '계속'이라고 적혀 있었다.

"확실히 초보군. 휴, 데이브, 포커페이스는 폽키촙키의 기본 중 기본이야. 명심하도록 해." 다니엘이 엄격하게 말했다. 휴는 폽키촙키 클럽에 들어가고 싶은 마음은 전혀 없다고 항의하려다가 그만두었다. 다니엘이 진지한 표정으로 경기에 집중하고 있었기 때문이다.

마지막으로 세피엘라가 에디의 카드를 가져갔다. 세피엘라는 빙긋 웃으며 카드를 정리했다. 그 순간 사회자가 땡그랑, 하고 종을 울렸다.

"아! 사회자가 1폽키 만에 종을 울렸군요! 교내 약식 대회에선 자주 있는 일이지요. 자, 그럼 바로 춥키를 시작하겠습니다!" 젝스가 흥분한 목소리로 말했다.

경기를 지켜보던 학생들 역시 흥분과 기대감에 들떠 웅성웅성 떠들기 시작했다. 휴는 경기장을 둘러보다가 VIP 칸에 앉아 있는 헤더익과 눈이 마주쳤다. 헤더익은 휴와 데이브가 앉아 있는 VIP 칸을 뚫어지게 쳐다보고 있었는데, 휴가 그를 쳐다보는 것을 알고 이내 시선을 돌렸다.

"휴, 집중하도록 해. 지금부터가 진짜 시작이야. 이제 각 선수는 손에 든 카드를 카펫에 놓인 카드 세 장과 합할 거야. 그리고 자기 앞에 놓인 카드를 모두 활용해 끝내주는 문장을 만들어야 해. 사회자는 물론 관객의 마음까지 사로잡을 만한 멋진 문장을! 그걸 춥키라고 하지. 세피엘라의 카드가 가장 많으니 세피엘라가 가장 먼저 춥키를 시작할 거야."

세피엘라는 들고 있던 카드 세 장을 카펫 위에 놓인 세 장의 카드 옆에 나란히 놓았다. 그녀가 들고 있던 카드들 위에는 각각 '행복', '삶' 그리고 '-'가 쓰여 있었다.

"휴! 세피엘라가 마이너스 카드를 가지고 있어!" 다니엘이 펄쩍 펄쩍 뛰며 말했다. 견제하던 것도 잠시, 어느 순간부터 다니엘은 세피엘라를 진심으로 응원하고 있었다.

"마이너스 카드를 쓰면 자신이 가진 카드 중에서 사용하고 싶지 않은 카드를 버릴 수 있어."

세피엘라는 고민하지도 않고 '언제나' 카드를 마이너스 카드와 함께 테이블 중앙에 버렸다.

뒤이어 이사벨이 카드 두 장을 카펫 위에 올려놓았고, 마지막으로 에디가 한 장의 카드를 올려놓았다. 그는 '+'라고 쓰인 카드를 가지고 있었다.

"플러스 카드야. 플러스 카드를 가진 선수는 상대방의 카드 중에 원하는 카드를 빼앗아 올 수 있어."

다니엘의 말이 끝남과 동시에 에디는 세피엘라의 카드 중 '행복'을 가져왔다. 이제 세피엘라 앞에 놓인 카드는 '오늘' '너' '삶'이었다. 세피엘라는 화가 나서 얼굴이 폭발하기 직전이었다.

"세피엘라가 불리할 수 있겠군. 지금으로서는 에디가 가장 유력한 우승 후보야." 다니엘이 말했다.

"아! 에디가 세피엘라의 '행복' 카드를 가져오는군요. 자, 그럼 지금부터 선수들의 촙키 실력을 볼까요? 세피엘라! 시작해주세요!" 맥시가 말했다.

세피엘라는 초조하게 카드를 바라보더니 입을 뗐다. 다니엘은 물론 휴와 데이브 역시 덩달아 긴장했다. 휴는 땀이 나서 손바닥이 축축해지는 것을 느꼈다.

"오늘도 함께할 너 덕분에 삶은 절대로 당연하지 않아."

세피엘라는 더듬더듬 말하면서도 한 단어, 한 단어 뱉을 때마다 후련한 표정을 지었다. 방송반 카메라가 세피엘라의 얼굴을 비췄고 관객들은 세피엘라의 문장을 듣고 환호성을 질렀다. 다니엘이 기립 박수를 치며 외쳤다.

"훌륭해! 훌륭한 문장이야! 충분히 좋은 점수를 받을 수 있을 거야!"

"역시 드노포모 남매는 다르군요! 1학년에게서는 좀처럼 나올 수 없는 매끄러운 문장이 완성되었습니다!"

젝스가 소리 질렀다. 사회자는 두꺼운 종이에 세피엘라의 문장을 휘갈겨 썼다.

"다음은 이사벨의 차례입니다." 맥시가 말했다.

이사벨은 진작 문장을 완성한 듯 여유로워 보였다.

"나의 지혜는 끝없이 깊고 너의 눈은 세상을 꿰뚫어 본다."

이사벨이 문장을 끝맺자 선생님들은 흡족한 표정으로 박수를 쳤다. 우우- 크리스마스 학과를 제외한 나머지 학생들이 야유했다.

"특정인을 공략했군. 폽키촙키 대회에서 사용되는 전략 중 하나지. 그러나 학교에서 사용하기엔 무리야. 특히나 선생님들만 좋아하는 문장은 학생들에게 인기가 없지. 이사벨은 보나 마나 세피엘라보다 낮은 점수를 받을 거야. 보통 사회자들은 관객의 반응에 따라 점수를 매기거든." 다니엘이 분석했다.

사회자가 이사벨의 문장까지 옮겨 적고 나자 젝스가 외쳤다.
"에디! 마지막을 멋지게 장식할 문장을 보여주세요!"

에디는 무언가를 굳게 결심한 사람처럼 갑자기 자리에서 벌떡 일어났다. 그의 돌발 행동에 폽키춉키를 구경하던 관객과 사회자, 젝스와 맥시까지 모두 깜짝 놀랐다. 폽키춉키 경기 내내 입을 쉬지 않았던 다니엘마저 어안이 벙벙한 채로 에디를 쳐다보았다.

에디는 천천히 문장을 만들기 시작했다.

"너는 내 전부고, 삶의 이유이자 영원한 행복이야." 에디는 거기까지 말하고 뜸을 들이더니 이사벨을 바라보며 말을 맺었다. "좋아해." 수군거리는 관객들과 젝스와 맥시의 중계로 시끄러웠던 폽키춉키 경기장이 한순간에 고요해졌다.

모두가, 심지어 에디까지도 아무 말 없이 숨죽이고 있었다. 휴는 너무나 깜짝 놀라 이사벨을 쳐다볼 수도 없었다. 한 시간 같은 십 초가 지나고, 이사벨이 울음을 터뜨리며 에디의 품에 안겼다. 관객들이 미친 듯이 소리 지르며 둘을 축하했고, 젝스와 맥시는 침을 튀겨가며 훌륭한 문장이라고 칭찬했다. 어디선가 날아 들어온 큐피드들이 이사벨과 에디의 머리 위로 화살을 쏘아댔다.

"에디! 밸런타인 학과의 에디 그레이슨이 용기 내어 이사벨에게 고백했습니다. 제가 말했죠? 사랑하는 사람 앞에선 때로 골렘이 되어도 괜찮다고요! 앞뒤 따지지 않고 골렘처럼 고백하는 것입니다!" 젝스가 맥시를 부둥켜안고 방방 뛰며 말했다.

"젝스! 에디는 골렘보다 더 현명한 방법으로 고백했어요. 무려 폽키춉키로 고백했다고요! 이번 대회는 올랜디네브 역사상 최고의 폽키춉키 대회로 기억될 거예요. 다음 달 이달의 올랜디는 이미 결정된 것 같군요. 바로 올랜디네브 학교에서 최고로 용기 있는 자, 에디 그레이슨이죠!" 맥시는 만세를 부르며 말했다.

경기장의 분위기는 이전과 완전히 달랐다. 학과를 불문하고 에디와 이사벨을 축하하는 학생들의 목소리로 경기장 지붕이 들썩였다. 사회자 역시 흥분한 채 '10점'이라고 적힌 커다란 점수판을 마구 흔들었다. 세피엘라가 만든 문장은 한순간에 까맣게 잊혔다. 세피엘라가 잔뜩 성이 난 채로 경기장을 나갔지만, 누구도 그 모습을 보지 못했다.

"사회자가 에디에게 10점을 주며 이번 폽키춉키 경연대회는 에디 그레이슨의 승리로 끝이 납니다. 에디! 축하드립니다!"

젝스가 외치자 다시 한 번 에디와 이사벨을 향해 환호성이 터져 나왔다. 휴와 데이브 역시 서로를 얼싸안고 금방이라도 폭발할 것 같은 경기장의 분위기에 몸을 맡겼다. 장내는 큐피드가 뿌린 꽃가루로 난장판이 되었고, 눈사람 청소부들은 궁시렁거리면서도 기쁜 표정으로 꽃가루를 치웠다. 가끔은 이렇게 흥얼거리기도 했다.

"사랑은 위대한 것. 사랑 앞에선 골렘도 위대하다네. 그러나 에디는 말했지. 폽키춉키로!"

휴와 데이브는 어깨동무를 한 채 흐뭇하게 그 광경을 쳐다보며 생각했다. 폽키춉키도 꽤 재밌는 것 같다고.

5

물귀신 요로나

1

다음 날, 할로윈 학생들은 폽키춥키 경연대회의 열기가 채 가시지도 않았는데 아침부터 수업을 들어야 한다는 사실에 죽상을 하며 위즈 교실에 들어갔다. 폽키춥키 경연대회에서 완전히 묻혀버린 세피엘라는 더 삐뚤어지기로 결심한 듯했다. 여느 때처럼 진정으로 지혜를 소유할 준비가 되었느냐고 질문하는 문에 대고 "당신이 내 지혜의 진가를 알아볼 수 있을 만큼 깊은 지혜를 가지고 있다면 대답해줄게요."라고 새침하게 받아친 것이다. 자존심 상한 문은 세피엘라를 들여보내주지 않은 채 그대로 잠겨버렸고, 요한슨은 결국 자신이 발명한 문을 뜯어버려야 했다. 이 때문에 요한슨과 세피엘라 모두 머리끝까지 화가 났다.

"위즈 이론서 2장을 펴세요. 수잔이 읽습니다!"

요한슨이 이론서를 어찌나 힘차게 펼쳤는지 책의 가장자리가 북 찢겨 나갔다.

"위즈는 현대에 들어 도구의 의미로 사용되지만, 초대 위지들은 훨씬 더 넓은 범위의 위즈를 만들었다. 뚱뚱한 백발 노인을 모아 산타의 존재를 만든 선대 위지가 그 대표적인 예다. 또 세계 곳곳의 귀신을 한곳에 머무르게 만들고 할로윈에 활동하도록 교육한 허트 보이어도 뛰어난 교육자이자 위지로 인정받고 있다."

수잔이 말을 끝맺자 요한슨이 소리 질렀다.

"그렇다면 보이어는 어떻게 귀신을 한데 모았을까요? 스비쿱이라고 부르는 이 위즈 덕분이었습니다!"

그녀는 가죽으로 장정한 낡은 책 한 권을 책상 위에 올려놓았다. 도무지 평범한 책 이상으로는 보이지 않았다.

"유령 스비쿱이라고 합니다. 스비쿱의 종류는 다양합니다. 보이어는 땅에 사는 귀신이란 귀신은 모두 만족할 만한 스비쿱을 만들어주었죠. 그중에서도 한때 인간이었다는 자부심을 품고 살아가는 유령들은 고상한 책 모양 스비쿱을 좋아합니다.

이 작고 낡은 스비쿱이 숨기고 있는 비밀이 얼마나 많은지 아나요? 여러분은 이 책을 손쉽게 열 수 있지만, 책임은 여러분의 몫입니다. 귀신을 다루는 방법을 제대로 배우기 전까지는 이 책을 사용하지 않는 것이 좋습니다. 솔직히 말해 나는 코넬수스가 1학년에게 스비쿱을 가르친다는 사실이 걱정돼요. 스비쿱에서 빠져나간 귀신을 잡는 일은 굉장한 순발력과 지혜를 필요로 하거든요.

　물론 걱정하지 않아도 됩니다. 여러분은 할로윈 시즌이 아닐 때만 스비쿱을 배울 테니까요. 보이어는 귀신들을 할로윈 시즌에만 활동하도록 교육했습니다. 그래서 할로윈에는 스비쿱을 능숙하게 다룰 수 있는 사람들만 스비쿱을 다루죠. 스비쿱에서 나온 귀신들은 사람들을 놀래키기도 하고 자기 무덤에서 조용히 밤을 보내기도 합니다. 할로윈이 끝나면 귀신들을 다시 스비쿱으로 불러와야 합니다. 굉장히 까다로운 작업이죠. 하지만 전문가들은 손쉽게 귀신을 달래는 방법을 알고 있습니다.

　이 책 모양 스비쿱에 사는 유령들은 기본적으로 산 사람들에게 존중받기를 좋아합니다. 자신이 살아 있는 사람들보다 나이가 많다는 사실을 늘 기억하고 있죠. 이 점을 활용하면 유령을 쉽게 다룰 수 있습니다. 그리고 여러분 역시 스비쿱을 열 때는 꼭 기억해야 합니다. 늘 유령을 신사답게 대할 것."

　휴는 내심 요한슨이 자신이 발명한 새로운 위즈를 보여주길 바랐다. 하지만 요한슨은 스비쿱에 대한 나머지 지식은 코넬수스에게 배우라는 말만 남기고 무뚝뚝하게 교실을 나갔다. 세피엘라 때문에 자신이 아끼는 문을 떼어버린 일에 아직도 화가 나 있는 것 같았다. 휴도 덩달아 세피엘라에게 화가 났다. 끝까지 요한슨의 위즈를 인정하지 않는 태도가 거만하기 짝이 없었기 때문이다.

　위즈 수업이 일찍 끝나서 할로윈 학생들은 이른 시간에 일반 변장 및 현장 수업 교실로 들어갔다. 날카로운 아침 햇살이 교실 창을 뚫고 들어와 눈을 찔러댔다. 몸을 숨기고 교실 안을 떠돌아다니던 작은 먼지들이 햇빛에 하얗게 비쳤다. 순간 휴는 지금까지 봤던 어느 곳에서보다 훨씬 많은 먼지가 사방에서 버둥거리고 있음을 알아챘다. 미나가 이 광경을 보았다면 분명 기절했을 것이다.

일반 변장 및 현장 수업 교실은 올랜디네브에서 가장 큰 교실이었다. 그곳은 사실 교실보다는 거대한 옷 창고처럼 보였는데 중앙에 놓인 책상 양옆으로 옷들이 길이와 높이를 가늠할 수 없을 만큼 잔뜩 걸려 있었기 때문이었다. 형형색색의 옷은 각자 크기와 재질, 생김새가 달랐는데, 휴가 전에 봤던 것과 비슷하게 생긴 큐피드들이 날아다니며, 옷을 정리하고 있었다. 어떤 큐피드는 바닥에 내려서면 질질 끌릴 것 같은 긴 코트를 입고 있었고 또 다른 큐피드는 프릴 달린 셔츠와 멜빵바지를 입고 있었다. 큐피드들은 두 명씩 짝을 지어 옷 무더기를 들고 움직였다. 그중에는 옷 속에 숨어 농땡이를 부리며 수다 삼매경에 빠진 큐피드도 있었다.

"그 귀걸이는 어디서 구한 거죠? 분명 제 단골 가게에서는 본 적이 없어요! 그 무식한 할망구가 자기 가게는 올랜디네브의 모든 액세서리를 모아 판다고 했거든요! 순 거짓말쟁이!"

밤색 정장 위에 앉아 수다를 떨던 큐피드가 말했다. 그 큐피드는 보기 흉하게 정수리만 남겨놓고 머리를 모두 깎았는데 나름대로 자신의 패션 감각에 만족하는 것 같았다.

또 다른 큐피드 두 명이 옥신각신하며 휴의 머리 위를 지나갔다. 그들은 옷장 가장 안쪽에 있는 르네상스식 드레스의 처분을 토론하고 있었다.

"이런 식으로 버리지 않고 쌓아놓은 옷만 천 벌이 넘는다는 것, 알고 있겠죠? 더는 못 참아요! 당신 때문에 이제는 다른 옷을 정리할 공간도 없다고요. 낡은 옷에서 쉴 새 없이 떨어지는 먼지를 처리하는 건 또 어떻고요! 눈사람 청소부 눈치를 살필 때마다 얼마나 괴로운지 몰라요!"

머리를 빨갛게 물들인 큐피드가 말했다.

"오십 년만 더 기다려봅시다. 유행은 돌고 돈다니까요? 분명 언젠가 저 드레스가 쓸 만할 때가 올 겁니다. 그때 옷을 다시 만들려면 일을 두 배로 해야 한다고요!"

커다란 깃털 장식이 달린 모자를 머리에 눌러쓴 늙은 큐피드가 교실 한쪽을 가리키며 말했다.

그가 가리킨 곳에는 휴와 엘렌, 로지, 올리버가 다 들어가고도 남을 만한 커다란 사각형 기계가 연기를 내뿜으며 움직이고 있었다. 노란색 불이 깜빡거리더니 텅 빈 기계 안에서 다 늘어진 청바지가 나타났다. 청바지는 기계에서 나오자마자 앞으로 휙 날아가더니 옷 무덤 꼭대기에 떨어졌다. 교실 천장에 닿을 듯 높이 쌓인 더미에는 특이한 옷부터 평범한 옷까지 가지각색의 의상이 잔뜩 있었고, 큐피드들은 그것들을 조금씩 정리하고 있었다. 그들은 자기 몸보다 훨씬 큰 옷 무더기를 한 아름씩 안고 반대편 옷장으로 날아갔다.

그 거대한 옷 무덤과 교실의 크기에 압도되어 모두들 넋을 놓고 바라보고 있을 때였다. 뒤에서 헤더윅이 소리 질렀다.

"뭣들 하느냐? 어서 자리에 앉아라!"

헤더익은 창백한 얼굴만큼이나 하얗게 센 머리를 부스스하게 늘어뜨리고 있었다. 그 모습이 어찌나 오싹하던지 살짝 붉은 코끝만 아니었으면 모두가 입을 모아 유령이 나타났다고 소리 질렀을 것이다. 얼음장같이 차갑고 가차 없는 푸른 눈을 가진 헤더익은 늘 인상을 찌푸리고 있었으므로 학생들은 물론 선생님들조차도 그와 가까이하고 싶어 하지 않았다. 사람들은 그 살을 도려내는 듯한 차가운 눈빛에 항상 몸서리를 쳤다.

그러나 코넬수스만큼은 예외였다. 코넬수스는 늘 헤더익을 가장 친한 친구라 칭하며, 그가 말 한마디만 하면 헤더익이 나타나 학생들을 혼쭐내줄 것이라고 으름장을 놓았다. 코넬수스와의 관계는 할로윈 학생들이 특별히 헤더익을 싫어하는 이유에도 한몫했다. 코넬수스와 친한 선생이라면 코넬수스처럼, 아니 어쩌면 그보다도 더 학생들을 싫어하고 벌주기를 좋아할 게 뻔했기 때문이다. 휴는 몸을 움츠리며 헤더익과 가장 먼 책상에 자리를 잡았다.

"일반 변장 및 현장 수업에서 너희들은 지금까지 학교에서 배웠던 모든 것을 실제 세계에서 실습하게 될 것이다."

헤더익이 말을 멈추고 학생들을 한 명 한 명 바라보았다. 헤더익의 시선이 닿자 학생들은 몸을 부르르 떨며 눈을 피했다. 휴는 장기까지 꿰뚫는 듯한 차가운 눈빛에 아무 잘못이 없는데도 싹싹 빌어야 할 것 같은 느낌이 들었다. 그러나 한편으로는 드디어 반드 파이프를 실제로 사용해볼 수 있다는 생각에 가슴이 두근거렸다. 헤더익이 휴의 생각을 읽은 듯 덧붙였다.

"이 중에는 자기 실력을 간과하고 방정맞게도 실습 생각에 사로잡혀 흥분하는 학생도 있을 것이다. 그러나 '실제 세계'라는 점을 유념해야 할 것이다. 실전에서 벌어지는 일들은 누구도 예측할 수 없다. 기댈 수 있는 곳은 오직 자신뿐이지. 운 좋으면 동료들 정도가 있겠고."

이때 세피엘라가 배짱 좋게도 질문을 던졌다. 세피엘라는 최대한 헤더익을 바라보지 않으려고 노력하며 떨리는 목소리로 말했다.

"저, 선생님? 질문이 있습니다. 말씀대로라면 선생님은 저희가 실전에 나설 때 함께하시지 않는 건가요?" 지금껏 들어온 그녀의 말들 중 가장 공손하고 겸손한 말투였다.

"물론 함께한다. 하지만 내게는 현장에서 너희를 가르치는 것보다 더 중요한 임무가 있다. 바로 가르고돔프 애송이들이 기념일 시즌에 음식이란 음식에 죄다 흩뿌리고 다니는 멈보그 사탕을 수거하는 일이지. 다시 말하겠다. 나는 실전에서 너희의 실수를 수습하거나 뒤를 책임져줄 수 없다. 그러니 학교에서 확실히 배우도록 해라. 그러지 않고서는 결코 무사할 수 없다."

헤더익이 으스스하게 말했다. 학생들의 표정이 어두워졌다. 각자 현장에서 만날 수 있는 최악의 상황을 상상하는 듯 보였다. 리키는 박쥐가 가득한 동굴에 들어가야 한다는 말이라도 들은 것처럼 진저리를 쳤다.

"할로윈 시즌 학생들의 임무는 현장에서 일반인들에게 반드 파이프를 쏘는 것이다. 물론 1학년들은 배움이 짧은 만큼 올랜디가 많이 사는 비교적 안전한 지역에서 반드 파이프를 사용한다. 그러나 학년이 올라갈수록 올랜디가 거의 살지 않는, 한마디로 아무것도 예측할 수 없는 지역에서 사용하게 될 것이다.

또한 최고 학년은 스비쿱을 활용해 할로윈 시즌에 날뛰는 귀신을 상대한다. 하지만 지금은 스비쿱도 반드 파이프도 잊어라. 가장 중요한 것은 일반인들에게 우리의 정체를 들키지 않는 일이다. 지금부터 첫 실습이 진행되는 할로윈 시즌 전까지 변장술을 완벽하게 터득하도록 한다."

헤더익이 박수를 두 번 치자 큐피드 두 명이 바퀴 달린 기다란 수납장을 질질 끌며 그에게 다가왔다. 헤더익은 수납장에서 흐물흐물한 살구색 물체를 들어 올렸다. 그의 손 위에 축 늘어진 물체는 물에 흠뻑 젖은 걸레 같기도 했고 파이 반죽처럼 보이기도 했다. 헤더익은 교실을 둘러보더니 리키를 지목하며 앞으로 나오라고 지시했다.

리키는 뾰족한 바늘에 찔린 것처럼 움찔하더니 파들파들 떨면서 헤더익 곁에 섰다. 리키는 덩치가 헤더익의 두 배는 되었음에도 금방이라도 기절할 듯 사색이 되어 있었다. 헤더익이 살구색 물체를 들어 리키의 얼굴에 갖다 댔다. 리키는 소리를 꽥 질렀으나 헤더익이 매섭게 노려보자 비명을 꾹 삼켰다.

잠시 뒤 헤더익이 비켜 서자 리키는 온데간데없고 처음 보는 남자가 서 있었다. 입술 위에 거뭇한 수염이 나 있고 눈은 부리부리하게 찢어진 아저씨였다. 학생들은 수업 중이라는 것도 잊고 탄성을 질렀다. 교실이 금세 어수선해졌다. 리키만이 영문을 모른 채 멀뚱히 서 있을 뿐이었다.

"가면이다. 올랜디는 일반인 모르게 임무를 수행해야 한다. 그러려면 가면이 필요하지. 가장 얼굴과 가까운 가면을 만들 수 있도록 앞으로 수십, 수백 번 연습해라."

"선생님. 질문이 있습니다." 세피엘라가 손을 들었다. 아까보다 조금 더 자신감을 찾은 듯한 목소리였다. "왜 일반인들이 우리 정체를 알면 안 되나요?"

"이렇게 명청한 질문을 봤나! 정말 몰라서 묻는 건 아니겠지?"

헤더익이 낮은 목소리로 말하자 세피엘라의 얼굴이 확 붉어졌다. 하지만 차마 기분 나쁜 티를 내지는 못했다. 흉는 속으로 쌤통이라고 생각했다.

"기념일의 역사는 길다. 그러나 올랜디네브 부부의 등장 전후로 그 분위기는 완전히 달라진다. 그들이 지혜를 나눠준 아홉 명의 아이는 위즈를 만들었고, 그 위즈는 점차 일반인들이 특정 기념일에 떠올리는 상징으로 자리 잡았다. 우리는 위즈를 기념일에 성공적으로 안착시켰고 일반인들은 그것들을 그저 오래된 풍습 정도로 인식하기 시작했다. 위즈는 훌륭하게 자신의 역할을 다했다. 가령 일반인 대부분은 '할로윈'이라는 말을 들었을 때 '잭 오 랜턴'을 떠올리지. 그런데 이 모든 게 사실 누군가에 의해 만들어졌으며, 기념일을 즐기고 싶은 마음도 조작된 것임을 알았을 때 기념일의 의미는 어떻게 변질될까?"

헤더익은 세피엘라에게 시선을 거두고 말했다.

"누구도 예측할 수 없었다. 그리고 아무도 그것을 실험해보려 하지 않았지. 그래서 우리는 변장을 배우고 은밀하게 기념일의 기운을 전하고 있는 것이다. 앞으로 우리는 그 누구도, 심지어 가족들도 모르게 임무를 수행해야 한다. 알겠나?"

헤더익은 말을 끝내고 휙 돌아서더니 기다란 수납장을 열었다. 큐피드 보조들이 수납장에서 살구색 덩어리를 꺼내 학생들에게 나눠주었다. 휴의 앞에도 커다란 살구색 덩어리가 철푸덕 소리를 내며 떨어졌다. 덩어리는 미끈미끈하면서도 고소한 냄새가 났다. 그러나 감히 만져볼 염두는 나지 않았다. 헤더익이 섬뜩한 눈으로 학생들을 쳐다보고 있었기 때문이다.

모든 학생이 덩어리를 받자 헤더익은 능숙한 솜씨로 덩어리를 치대며 시범을 보였다. 그의 손길이 닿자 미끈미끈한 덩어리는 윤기를 거두고 얼굴의 형상을 갖춰갔다. 헤더익이 커다란 손가락으로 눈의 위치를 잡고 코가 있어야 할 부분에 작은 덩이를 덧댄 뒤 입을 뚫자 놀랍도록 얼굴과 유사한 형상이 드러났다. 학생들을 넋을 놓고 그 솜씨를 구경했다. 이윽고 헤더익은 수납장에서 날카로운 도구를 꺼내 눈썹과 콧구멍을 묘사했다. 장인의 손끝에서 인간이 탄생하는 순간이었다. 휴는 빨리 가면을 만들어보고 싶어서 손이 근질거렸다.

헤더익이 빠른 속도로 시연을 마쳤을 때, 그의 앞에는 어엿한

여인의 얼굴이 나타나 있었다. 학생들은 일제히 감탄했다. 헤더익이 한 번 더 박수를 치자 큐피드 보조들은 날카로운 도구를 학생들에게 나눠주었다.

드디어 가면 만들기가 시작되었다. 덩어리의 차가운 촉감은 밀가루 반죽과 비슷했지만, 손이 닿는 대로 움푹 들어가는 것이 훨씬 부드러웠다. 휴는 올리버의 얼굴을 떠올리며 아기자기하고 사랑스러운 눈매를 만들기 위해 노력했다.

세피엘라는 큐피드 보조에게 여러 가지를 묻더니 후추통 같은 것에 담긴 까맣고 허연 가루들을 받아냈다. 그녀는 빠른 손놀림으로 나이 지긋한 노인을 만들어냈다. 날카로운 도구로 이마 부분을 쿡쿡 찌르자 그럴듯한 주름이 잡혔다.

휴는 세피엘라에게 질 새라 가면의 눈을 찌르며 쌍꺼풀을 만들려 했다. 그러나 날카로운 도구가 눈 위를 지나자 눈두덩이가 완전히 함몰되어버렸다. 그사이 세피엘라는 까만 가루를 정성스레 뿌려 대충 깎은 수염을 만들었으며 허연 가루를 뭉쳐 기미를 만들어냈다. 거의 완벽에 가까운 솜씨였다.

휴는 결국 쌍꺼풀 만들기를 포기했다. 눈두덩이에 반죽을 이어 붙이자 올리버의 얼굴과는 다르지만 사람 얼굴 비슷한 것을 만들 수 있었다. 휴는 변장 및 현장 수업이 매우 재미있었다. 물론 헤더익 선생이 가까이 올 때마다 손이 자꾸 미끄러지긴 했지만, 자신의 변장술도 그럭저럭 괜찮다고 생각했다. 적어도 데이브보다는 훨씬 나았다. 데이브가 만드는 가면은 노튼 슈비 노인의 얼굴과 흡사해 보였기 때문이다. 그러나 헤더익은 차가운 눈빛으로 데이브를 훑고 지나갈 뿐 그가 만든 얼굴에는 관심조차 주지 않았다. 데이브는 더욱 의기소침해졌다.

"나한테 기대조차 하지 않은 거야. 내가 만든 얼굴은 거들떠보지도 않았어!"

데이브가 점심을 먹으며 말했다. 그러나 그의 옆에서 더욱 의기소침해 있는 리키를 보고 말끝을 흐렸다.

"나는 헤더익이 너무 무서웠어. 그가 가까이 올 때마다 얼굴에 손바닥만 한 구멍을 내버렸지. 차라리 너처럼 거들떠보지도 않았으면 좋았을 텐데. 내가 만든 얼굴을 보며 뭐라 했는지 너희도 다 들었지?"

리키가 우울하게 말하자 드로이가 헤더익의 말투를 따라 했다.

"여기는 당밀 타르트를 만드는 곳이 아니다. 할로윈 학과 수업에 추수감사절 학생이 들어온 모양이군. 어서 네 반죽을 가지고 조리실로 들어가거라."

레베카가 깔깔 웃자 세피엘라가 날카롭게 말했다.

"조용히 해! 여기 어딘가에 헤더익 선생님이 변장한 채 숨어 계실 수도 있어, 드로이! 네가 흉내 냈다는 사실을 선생님이 아시기라도 한다면!"

"그만해, 세피엘라. 지금 여기에 변장한 헤더익일 수도 있겠다고 의심할 만한 사람은 너뿐이니까. 아까 네 얼굴이 이 당근만큼이나 빨개졌을 때 헤더익이 네 얼굴을 자세히 살피는 것을 분명히 봤거든. 지금쯤 너와 똑같이 생긴 얼굴을 만들고 있을 거야. 어쩌면 벌써 만들어서 덮어쓰고 지금 우리 앞에서 버럭버럭 화내고 있을지도 모르지."

휴가 말하자 세피엘라는 얼굴을 더 빨갛게 붉히며 그를 노려봤다. 휴는 수프 속 당근을 포크로 푹 찍어 먹으며 호탕하게 웃었다. 얄미웠던 세피엘라에게 복수한 것 같아 속이 시원했다.

2

그날의 마지막 수업은 할로윈 귀신 수업이었다. 귀신들은 낮에는 보통 스비쿱 안에서 잠을 잔다. 잠자는 귀신을 깨우고 싶은 사람은 아무도 없었으므로 수업은 땅거미가 질 무렵에 시작되었다. 귀신들의 기분이 좋을 때 그들을 다뤄야 하는데, 억지로 잠에서 깨어난 귀신의 기분이 좋을 리가 없으니까.

교실은 할로윈 기숙사에서 내다보이는 호박밭과 호수 위에 있었다. 교실 문을 열었을 때 눈 앞에 펼쳐진 광경은 이루 말할 수 없을 정도로 오묘하고 신비로웠다. 바닥 중앙에 네모난 구멍이 뚫려 있었는데, 구멍 아래에는 시커먼 호수의 수면이 잔잔하게 흔들리고 있었고 그 위로 잭 오 랜턴이 둥둥 떠 있었다. 잭 오 랜턴의 은은한 불빛이 호수에 비친 모습은 밤하늘의 오로라처럼 아름다웠다.

교실은 튼튼한 나무를 기둥으로 삼고 있었다. 나무들은 양쪽 벽을 따라 올라가서 가지를 뻗었다. 양쪽 나무의 가지가 휘어져 천장의 뼈대를 이루었고, 나뭇잎이 천장을 빽빽하게 가렸다. 나무 기둥 사이로는 커다란 창이 나 있었다. 창문을 통해 보이는 호박밭과 호수는 올랜디네브의 싱그러운 숲과 어울려 무척이나 아름다웠다.

이 아름다운 교실에 한가지 흠이 있다면 그건 코넬수스였다. 그는 교실 맨 앞 의자에 다리를 꼬고 앉아 칠판을 탕탕 두드려대며 학생들을 재촉했다. 칠판 양옆으로는 가죽 책들이 줄지어 꽂혀 있었다. 학생들이 모두 교실에 들어오자 코넬수스는 조를 시켜 책을 나눠주었다.

"지금 나눠주는 책은 허트 보이어의 『할로윈 귀신 다루기』다. 일 년 동안 너희는 이 책을 통해 할로윈 귀신을 직접 만나고 다루는 방법을 배울 것이다."

휴는 조에게 책을 받자마자 표지를 넘겨 보았다. 책 읽는 것은 따분했지만 할로윈 귀신에 대한 책만큼은 예외였다. 안에 보물이라도 숨겨진 것처럼 소중하게 여겨지고 기대되었다. 첫 장에는 다음과 같은 글이 쓰여 있었다.

시도 때도 없이 나타나 사람들을 놀래키는 것 이외엔 흥미가 없었던 귀신들에게 '책'이라는 친구를 만들어주고, 그들이 할로윈 전까지 스비쿱을 안락한 보금자리로 느낄 수 있도록 평생을 바쳐 교육한 허트 보이어 씀.

– 교육받다가 크게 혼나고 토라진 모든 귀신에게 심심한 사과를 전하며.

다음 장엔 허트 보이어가 직접 쓴 것으로 보이는 글씨가 번쩍 번쩍 빛나고 있었다.

귀신을 제대로 다루기 위해선 귀신을 제대로 알아야 한다.
귀신을 다루기 위한 용기와 기술은 정보에서 나온다.

그다음 장부터 각종 스비쿱과 귀신을 다루는 방법이 소개되었다. 그중에는 흡혈귀는 관 모양 스비쿱에 살고 있다는 뻔한 내용부터 어떤 귀신들은 바이올린과 의자, 또는 인형 모양 스비쿱에 살고 있다는 내용도 있었다.
"5쪽을 펴라!"
코넬수스가 방금 받은 것과 비슷한 책을 나눠주며 말했다. 5쪽에서는 위즈 수업 때 배운 유령 스비쿱에 대해 설명하고 있었다. 그 아래로 유령 스비쿱을 여는 방법이 적혀 있었다.
"지금 나눠주는 책은 유령 스비쿱이다. 절대 열지 말아라. 유령에게 당하기 싫으면 꼼짝도 하지 말아라."
모두에게 책을 나눠준 뒤 코넬수스가 말했다.
"오늘은 유령 스비쿱을 열어보기로 한다. 할로윈이 아니니 유령은 잠자코 있을 것이다. 호들갑 떨지 말고 시키는 대로만 따라 해

라. 물론 유령에게 기본적인 예의도 갖추지 않은 학생들은 호되게 당할 것이다. 유령 스비쿱을 다룰 때 가장 중요한 것이 있다."

"늘 유령을 신사답게 대할 것."

문득 위즈 수업 시간에 배운 내용이 떠올라 휴는 홀린 듯 대답했다. 코넬수스는 살짝 놀란 표정을 짓더니 이내 화를 버럭 냈다.

"내 말을 끊지 마라!"

휴는 말을 끊은 것보다도 자신이 정답을 말했기 때문에 코넬수스가 화를 낸 것이라고 생각했다.

"늘 유령을 신사답게 대해야 한다. 유령 스비쿱을 열 때도 노크를 한 뒤 조심스럽게 의사를 물어야 한다. 따라 해라."

"유령 계십니까?" 코넬수스가 선창하자 학생들이 따라 했다. "유령 계십니까?"

"작고 앙증맞은 손으로 감히 스비쿱을 열어도 괜찮겠습니까?"

코넬수스가 퉁명하게 말하자 학생들은 키득거렸다. 휴와 데이브는 더욱 크게 웃었는데 그 때문에 코넬수스는 완전히 기분이 상한 것 같았다.

"유령들은 살아 있는 모든 사람을 낮잡아 본단 말이다. 최대한 스스로를 낮추고 유령에게 알랑방귀를 뀌어야 해!" 코넬수스가 소리쳤다.

하지만 휴는 코넬수스가 울퉁불퉁하고 주름진 손을 겸손하게 맞잡고 있는 모습을 보고 웃음을 그칠 수가 없었다. 그러자 코넬수스는 짜증스러운 목소리로 말했다.

"네가 그렇게 잘났다면 앞에 나와서 시범을 보여봐라. 유령 달래는 것이 얼마나 까다로운지 알게 될 거다. 당장 이리 나와! 다들 휴가 하는 것을 잘 보고 따라 해라!"

휴는 갑자기 심장이 덜컥 내려앉는 것 같았다. 친구들 앞에서 낡은 가죽 책을 바라보며 아양을 떨 것을 생각하니 다리가 후들거렸다. 휴의 앞에 앉은 세피엘라는 벌써 킥킥대며 한바탕 웃을 준비를 했다. 데이브만은 작게 응원해줬다.

"잘할 수 있어!"

교탁 위에 얌전히 놓인 가죽 책에 대고 말을 거는 것이 바보 같았다. 휴는 자신 없는 목소리로 속삭였다.

"유령 계십니까?"

"더 크게!" 코넬수스가 호통쳤다.

"유령 계십니까? 작고 앙증맞은 손으로 스비쿱을 열어도 괜찮을까요?"

그러자 갑자기 스비쿱 속에서 소름 끼치는 노인의 목소리가 들려왔다. 마치 날카로운 칼들이 맞부딪치는 듯 기분 나쁘게 끽끽대는 소리였다.

"젖비린내 나는 어린 녀석이 감히 내 집 문을 열겠다고? 그건 안 되지. 절대 허락할 수 없다!" 노튼 슈비 노인만큼이나 심술궂은 목소리가 툴툴댔다.

할로윈 학생들은 휴의 눈치를 보며 숨죽여 웃었다. 하지만 세피엘라와 코넬수스는 학교가 떠나가라 크게 웃어댔다. 휴는 세피엘

라가 코넬수스의 사돈의 팔촌 정도는 되지 않을까 진지하게 생각
했다.

"유령님! 오늘 날씨가 좋은데 스비쿰에서 나와 신선한 공기를
마시는 것이 어떨까요?"

휴가 다시 한 번 간절한 목소리로 애원하자 갑자기 유령이 소
리를 빽 질렀다.

"네가 나를 농락하는구나! 내가 숨을 쉴 수 없다고 놀린 거지?
살아 있는 주제에 죽은 자를 무시해? 내 다시 한 번 죽는 한이 있어
도 이 스비쿰을 떠나지 않을 게야! 네놈 같은 애송이 말은 절대 듣
지 않을 거라고!"

갑작스러운 호통에 휴는 어안이 벙벙해져 코넬수스를 바라봤
다. 코넬수스는 배꼽을 잡고 웃다가 간신히 숨을 내쉬며 말했다. 그
모습을 바라보고 있자니 점점 약이 올랐다. 저 재수 없는 콧수염을
잡아 뜯어버릴 수만 있다면….

"예끼! 이놈아! 네 눈은 장식이냐? 『할로윈 귀신 다루기』 책을
읽어보지 않은 게야? 어서 가서 「유령을 다룰 때 절대 하면 안 되는
것」을 읽어라! 네가 얼마나 큰 실수를 했는지 알게 될 거다."

휴는 코넬수스의 말에 머리끝까지 화가 나 쿵쾅거리며 자리로
돌아갔다. 이제 휴를 보며 웃는 학생은 세피엘라 빼고는 아무도 없
었다.

휴는 이를 갈며 「유령을 다룰 때 절대 하면 안 되는 것」을 모두
외워버릴 심산으로 책을 확 열어젖혔다. 그때였다. 올랜디네브에 살

아 있는 모든 것이 몸을 떨게 할 만큼 강한 진동과 고막이 찢어질 듯한 비명이 들려 왔다. 휴는 온몸의 털이 바짝 곤두서는 것 같은 처절한 비명이 어디서 흘러나왔는지 알기 위해 두리번거렸다.

비명은 휴의 손에 들린 스비쿱에서 나온 것이었다. 정확히 말하면 스비쿱 속 유령이 내지른 소리였다. 안타깝게도 휴가 집어 들어 펼친 것은 『할로윈 귀신 다루기』가 아니었다. 휴는 유령과 눈이 마주치는 순간 차가운 안개 속에 서 있는 것 같았다. 머리에 있던 모든 것이 잊히는 느낌이 들었다. 지금 어디에 있는지, 무슨 일을 하려고 했는지, 곁에 있는 사람은 누군지, 심지어 자신이 누군지까지 헷갈리기 시작했다.

눈앞에 있는 유령은 지금까지 휴가 봤던 그 어떤 것보다 끔찍했다. 세실과 보이어의 유령보다 훨씬 더 부패한 유령은 거의 해골이나 다름없었는데, 동그란 눈알과 투명한 피부의 핏줄까지 어느 것하나 소름 돋지 않는 부분이 없었다. 유령은 휴의 코앞에서 악담을 퍼부었지만, 너무 놀란 휴의 귀에는 대부분 들리지 않았다. '버르장머리 없는 녀석'이니 '골렘의 코딱지만 한 꼬맹이'니 하는 심한 욕설만 간간이 들어왔다.

유령이 휴의 팔을 덥석 잡자 휴는 기겁했다. 그 손은 평생 얼음물에 담갔다 꺼낸 것처럼 차가워서 마치 칼로 살을 조금씩 도려내는 것 같았다. 휴는 깜짝 놀라 스비쿱을 던져버렸다. 유령을 마주하고 욕을 먹으며 팔을 붙잡히는 것보다 더 끔찍한 일은 없으리라 생각했지만 진짜 끔찍한 일은 바로 다음에 일어났다. 휴가 내팽개친 스비쿱이 커다란 창 너머로 날아가 호수에 떨어진 것이다. 스비쿱이 수면에 첨벙 하고 부딪치는 소리를 들으며 휴는 지금껏 아름답다고 생각했던 저 호수 안에 네시 괴물이 살고 있다는 사실을 떠올렸다. 스비쿱이 호수에 떨어지자 휴의 코앞에 있던 유령은 기겁하며 달아났고 그제야 휴는 유령이 어떻게 생겼는지 볼 수 있었다. 키가 크고 뚱뚱한 유령 부인이었다. 그녀는 드레스 자락을 펄럭이며 교실을 떠났다.

이 모든 일이 한순간에 일어났다. 세피엘라는 언제 정신없이 웃었냐는 듯 깜짝 놀라 일그러진 얼굴을 하고 있었으며, 리키는 기절하기 일보 직전이었다. 휴는 망연한 눈으로 데이브를 찾았으나, 그 또한 머리부터 발끝까지 덜덜 떨고 있었다. 그제야 자신이 실수로 『할로윈 귀신 다루기』가 아니라 그 곁에 있던 유령 스비쿱을 열었다는 사실을 알게 되었다. 지금 그 스비쿱은 네시가 사는 호수 바닥에 가라앉아가고 있다. 그리고 코넬수스는 남의 속도 모르고 입맛을 다시며 휴의 실수에 걸맞는 지독한 벌을 생각해내려고 애쓰고 있었다.

"휴. 네게 줄 벌이 떠오르지 않는다는 것이 안타깝구나. 1학년이니 아량을 베풀겠다. 그저 가서 도망간 유령을 찾아오렴."

코넬수스가 부드럽게 말했다. 그 꾸며낸 듯한 말투는 역겹기 짝이 없었다. 그는 두 손을 살살 비비며 절망한 휴의 표정을 살피고 있었다. 그 모습이 마치 어떤 생일 선물을 먼저 열어볼지 고민할 때처럼 행복해 보였다.

남은 수업 시간 동안 휴는 신나게 유령 스비쿱을 열어보는 친구들 사이에서 도망간 유령을 어떻게 찾아올 수 있을지 머리에 쥐가 나도록 궁리했다. 그 와중에도 화나는 것은 휴를 수업 내내 비웃었던 세피엘라가 가장 먼저 유령을 스비쿱에서 꺼내는 데 성공했다는 것이었다. 그녀는 온갖 거짓말과 감언이설로 유령을 꼬셨다. 특히 "당신의 드높은 지혜의 발끝에도 미치지 않는 자들이 판치는 세상에서 숭고한 죽음을 맞은 위대한 유령님'이라고 말했을 때는 너무 얄미운 나머지 그녀를 네시 호수에 던져버리고 싶은 충동까지 느꼈다.

마침내 구역질 나는 할로윈 귀신 수업이 끝났다. 교실을 나가는 학생들이 한두 마디씩 거들며 지나갔다.

"너는 눈이 발에 달렸니? 열기 전에 최소한 표지 정도는 확인했어야지!" 세피엘라가 이런 멍청이는 도저히 못 참겠다는 듯 화난 목소리로 말했다.

"휴. 영원히 타오르는 잭 오 랜턴을 가져가. 올랜디네브의 밤은 무척이나 무섭다고 들었어. 잠들지 않는 학생들을 잡아가는 드라큘라를 포함해서 말이야." 리키가 진지하게 말하며 잭 오 랜턴을 손에 들려주었다. 랜턴이 흡사 절규하는 귀신처럼 보였다.

"아무래도 호수에 가서 스비쿱을 찾아와야 할 것 같아. 유령도 돌아올 집이 있어야 돌아오든 말든 하지." 휴가 말했다.

"휴. 요한슨 선생님께 네시 괴물을 무찌를 수 있는 위즈가 있는지 물어보는 게 좋겠어."

드로이의 말을 듣고 휴는 요한슨에게 네시와 싸울 때 최소한 정신이라도 멀쩡히 유지하게 하는 발명품이 있는지 물어보기로 결심했다. 애써 마음을 굳게 다잡으며 가장 마지막으로 교실을 나왔을 때, 휴는 이루 말할 수 없는 안도감과 행복감을 느꼈다. 데이브가 여태껏 휴를 기다리고 있었던 것이다.

"왜 이렇게 늦게 나와? 밤이 더 늦기 전에 빨리 유령을 찾아야지. 자, 어서 출발하자!" 데이브는 휴보다 먼저 발걸음을 옮기며 말했다.

휴는 차마 데이브가 이번 역경에도 함께해주기를 바라지 못했다. 하지만 떠올려보면 데이브는 언제나 휴와 함께했다. 처음 만났을 때 그들은 다짐했다. 언제 어디서든, 어떤 여정이든 늘 함께하자고. 너무나 말도 안 되는 사고가 생기는 바람에 그 다짐을 잊어버린 것이다. 휴는 처음으로 데이브가 꽤나 듬직하다는 사실을 인식했다. 데이브와 함께라면 혹여나 네시의 입속에 삼켜지더라도 무사할 것 같았다. 더 이상 잭 오 랜턴에서 흘러나오는 불빛이 을씨년스럽게 느껴지지 않았다. 그들은 주황빛이 은은히 퍼지는 올랜디네브의 복도를 말없이 함께 걸었다. 지금 그곳은 다시 아름다웠으며, 세상에서 제일 안전했다.

3

육중한 나무 문이 처량하게 떨어져 있는 위즈 교실은 마치 요한슨의 뻥 뚫린 마음을 보여주는 듯했다. 요한슨은 질문하는 문을 어떻게든 고쳐보려고 땀을 뻘뻘 흘리고 있었다.

"무슨 일인가요? 이렇게 늦은 밤에! 별일이 아니라면 내일 다시 찾아오세요. 보다시피 나는 지금 할 일이 아주 많거든요." 요한슨은 이마에 송골송골 맺힌 땀을 닦으며 휴를 거들떠보지도 않고 말했다.

"요한슨 선생님, 선생님의 도움이 필요합니다." 휴는 최대한 정중하게 말하려고 노력했다.

"그게 무슨 말이죠? 맨날 이상하고 쓸데없는 위즈만 만드는 내 도움이 필요하다니요? 다른 데 가서 알아보세요."

요한슨은 분명 세피엘라가 퍼붓는 악담을 들었을 것이다. 어느새 그녀의 눈은 눈물로 가득 찼다. 요한슨은 땀을 닦는 척하며 어색하게 눈가를 훔쳤다. 학생들 앞에선 큰소리쳤지만 그녀 역시 자신의 위즈가 쓰레기 취급받는 것을 의식하고 있었던 것이다. 어쩌면 스스로도 그런 것이 아닐까 의심하고 있었을지 모른다. 그렇게 생각하니 요한슨에게 더욱 연민이 느껴졌다.

"아니요! 저는 요한슨 선생님의 도움이 필요해요. 세상 어디에도 없는 특별한 위즈가 필요하다고요! 네시와 싸워도 끄떡없을 만큼 강력한 위즈 말이에요."

그 말에 요한슨은 휴를 퍼뜩 돌아보았다.

"내 위즈가 필요하다고요? 내가 만든 위즈 말이에요?"

요한슨이 믿을 수 없다는 듯 눈을 끔뻑거리자 휴는 다시 한 번 힘차게 말했다.

"네시와 싸워 이길 수 있는 위즈요!"

"안타깝게도 나는 네시를 본 적이 없어요. 네시를 알아야 위즈를 만들 텐데요!" 요한슨이 힘 빠진 목소리로 말했다.

"그럴 리가요! 학교 호수에 네시가 살고 있어요! 저는 호수에 들어가서 네시와 싸워야 해요!"

"호수에 네시가 산다고요? 말도 안 되는 소리 말아요. 호수에 들어간다는 건 또 무슨 소리죠? 올랜디네브의 호수는 깊이를 가늠할 수 없어요. 거기 들어가는 것은 자살 행위라고요. 정신 차리고 어서 기숙사에 들어가 잠이나 자도록 해요."

요한슨은 휴가 잠꼬대 비슷한 걸 한다고 생각하는 것 같았다. 결국 휴는 모든 자초지종을 설명할 수밖에 없었다. 할로윈 귀신 수업에서 저지른 실수와 호수에 빠진 스비쿱, 도망간 유령까지. 휴는 말하면서도 요한슨 역시 자신의 명청한 실수를 비웃지는 않을까 걱정했다. 하지만 요한슨은 휴의 말을 듣고 곰곰이 생각하더니 교무실을 분주하게 돌아다녔다.

"학교 호수에 들어가는 것은 정말로 현명한 일이 아니에요. 호수에서 어떤 일이 벌어질지 모르거든요. 아무래도 날이 밝은 뒤 부모님께 연락드려 새 스비쿱을 사 오는 것이 좋겠어요. 유령이 그걸 마음에 들어 할지는 모르겠지만요.

그 전까지는 이걸 활용해서 유령을 찾아봐요. 내가 얼마 전에 발명했어요. 아직 실험해보진 않았지만 분명 유용할 거예요. 써보고 이 위즈가 얼마나 대단했는지 알려줘요. 친구들에게 자랑하는 것도 잊지 말고요!"

요한슨은 서랍을 열고 한참 찾더니 한구석에서 나침반 같은 물건을 꺼내 들었다.

"귀신 탐지 나침반이에요. 할로윈 귀신을 잡아들일 때 유용한 물건이죠. 나침반을 열면 바늘이 귀신이 있는 방향을 가리킬 거예요. 유령을 잡은 뒤에 후기를 들려주는 것 절대 잊지 말아요! 건투를 빌죠."

요한슨은 자신의 위즈가 누군가에게 도움이 될 수 있다는 사실에 신이 난 것처럼 보였다. 휴 역시 적어도 유령을 찾을 걱정은 덜었기에 마음이 편해졌다. 그러나… 엄마에게 스비쿱을 구해달라고 편지를 쓸 수는 없었다. 가족에게 보내는 첫 편지가 이달의 올랜디에 선정됐다든지 아무도 모르는 학교의 비밀 통로를 발견했다든지 하는 자랑스러운 소식이 아니라 사고를 쳤다는 비보일 수는 없었다. 엘렌과 로지가 이 사실을 알면 학기 시작한 지 일주일도 되지 않아 벌을 받았다고 놀려댈 게 틀림없었다. 차라리 네시와 싸우는 게 낫지, 동생들에게 무시당하는 것은 참을 수가 없었다. 무엇보다 사고 치지 않기로 엄마와 몇 번이고 약속하지 않았는가? 엄마는 사고를 치면 바로 탄생일 학과에 집어넣어 공부만 시킬 것이라고 으름장을 놓았었다. 여러 모로 집에 알리지 않고 스스로의 힘으로 해결해야만 했다. 반드시 저 호수 밑에서 스비쿱을 꺼내와야 한다! 하지만 어떻게?

호박밭이 있는 호수에 찾아가는 동안 휴와 데이브는 어떻게 하면 안전하게 스비쿱을 가져올 수 있을지 궁리했다. 그러나 아무리 생각해도 코네인 마을에 살고 있는 자주색 거위에게 스비쿱을 가져오라고 시키는 것 빼고는 딱히 뾰족한 수가 없었다. 하지만 자주색 거위를 머나먼 올랜디네브까지 데려올 방법이 없었으므로 그마저도 불가능에 가까웠다. 결국 휴와 데이브는 별다른 방도 없이 새카만 호수 앞에 다다랐다.

호수는 검게 칠해놓은 것처럼 어두웠다. 가슴속에서 두려움이 일렁거렸다. 하지만 달리 방법도 없지 않은가? 휴는 몸을 풀고 옷을 가볍게 하며 호수 밑바닥에 가라앉아 있을 스비쿱에 온 정신을 집중했다. 이 일은 데이브는 물론 그 누구도 대신할 수 없었다. 오늘 밤 휴는 반드시 스비쿱을 가져와야만 한다.

"데이브. 내가 한참 동안 나오지 않으면 꼭 누군가를 불러와야 해. 선생님이라든지….'

휴는 말끝을 흐렸다. 자신을 도울 만한 선생님이 도무지 떠오르지 않았던 것이다.

"선생님 누구? 요한슨 선생님? 그녀가 너를 구해줄 수 있을까?"

데이브는 초조한 듯 손톱을 물어뜯으며 말했다.

"적어도 물에 빠진 사람을 구하는 위즈쯤은 가지고 있겠지."

휴는 애써 담담하게 말했다. 그 말은 어쩌면 데이브보다도 자신을 안정시키기 위한 것처럼 들렸다.

뒷일까지 부탁했겠다, 이제 지체할 이유가 없다. 당장 호수에 뛰어들어야 한다. 훈훈한 바람이 갑자기 살을 에는 듯 날카로운 바람으로 바뀌어 갈비뼈를 쿡쿡 쑤시는 것 같았다. 간신히 붙들고 있던 실오라기 같은 자신감마저 맥없이 날아가버렸다. 먼저 호수 안을 살펴보는 것이 좋겠다는 생각이 들었다. 절대 무서워서가 아니었다. 들어갈 때 들어가더라도 스비쿱이 어디 있는지 위치 정도는 확인해야 하지 않겠는가.

휴는 숨을 한껏 들이마시고 곧장 호수 안으로 머리를 처박았다. 하얀 물체가 그의 얼굴 앞을 아슬아슬하게 스쳐 지나가는 바람에 하마터면 부딪칠 뻔했다. 휴는 눈을 의심했다. 물밑에 젊은 여자들이 있었던 것이다. 그들은 긴 머리를 쉴 새 없이 어루만지며 두 눈을 동그랗게 뜨고 휴를 빤히 바라보고 있었다. 마치 그가 호수 안으로 들어오기를 오랫동안 기다린 것처럼. 휴는 너무 깜짝 놀라 하마터면 호수 안으로 고꾸라질 뻔했지만, 다행히 데이브가 그의 팔을 잡아 끌어 올려주었다. 휴는 정신이 나간 사람처럼 허우적대며 호수 안에서 본 것을 설명하려고 애썼다.

"머리카락, 머리카락이 엄청나게 길어! 그걸 쉴 새 없이 만지고…. 얼굴! 그 얼굴들과 부딪칠 뻔했어! 여러 명이야. 사람이 저 안에 있다니까!"

데이브는 얼빠진 표정으로 휴를 바라봤다. 아무래도 호수 안에 들어가는 게 너무도 무서웠던 나머지 휴가 미쳐버렸다고 생각하는 것 같았다.

"아무래도 내가 들어가는 게 좋겠어. 너는 여기서 기다려."

데이브는 옷을 훌렁 벗으며 큰 결심을 한 것처럼 말했다. 휴는 그 행동에 다시 한 번 없던 용기가 솟아났다.

"아니야, 데이브. 이 일은 내가 끝내야 해. 저 안에 있는 여자들이 나쁜 사람 같지는 않거든. 그저… 내가 신기했던 것 같아."

방금 본 여자들에게 날카로운 손톱이나 이빨 같은 것은 없었다. 무엇보다 동그랗게 뜬 눈이 호기심에 가득 찬 금붕어만큼이나 온순해 보였다. 이제 휴는 정말 호수 속으로 들어가기로 마음먹었다. 조금만 더 지체했다가는 데이브가 대신 호수에 들어가버릴 것이었다. 휴는 한껏 부풀어 오른 심장의 박동을 느끼며 천천히 호수 속으로 들어갔다. 심장이 입 밖으로 튀어나올 것 같았다. 부드러운 머리카락이 간지럽히듯 휴의 살결을 스쳐 갔다.

그제서야 휴는 호수 안이 칠흑같이 어두웠던 이유를 알 것 같았다. 검고 긴 머리카락이 물속에 가득 풀려 있었던 것이다. 리키가 준 영원히 타오르는 잭 오 랜턴만이 어둠 속에서 밤하늘의 별처럼 환했다. 휴는 어쩌면 그녀들이 자신에게 전혀 관심이 없는지도 모른다고 생각했다. 그리고 실제로 그러기를 바랐다. 그러나 그 바람을 완전히 짓밟는 듯 곧이어 한 무리의 여자들이 휴에게 다가왔다. 검은 물속에서 하얀 얼굴이 떼 지어 오는 모습은 마치 밤하늘에 수십 개의 달이 떠 있는 듯 이상한 인상을 주었다. 그들이 더 가까이 오자 휴는 그들의 목소리를 들을 수 있었다. 상상했던 것보다 훨씬 부드럽고 평범한 목소리였다. 마음이 조금 안정되며 그들의 목소리에 귀를 기울일 수 있게 되었다.

"그가 나를 다시 찾아온 걸까?"

가장 앞에 있는 물귀신이 말했다. 그녀는 긴 머리를 사정없이 빗으며 불안한 눈빛으로 휴를 바라보았다. 금방이라도 울음을 터뜨릴 것처럼 얼굴을 찡그리고 입을 떡 벌리고 있었다.

"진정해! 쟤는 아직 어린애야. 게다가 잭과 함께 있잖아. 공격하지 않아도 돼."

또 다른 귀신이 말했다. 휴는 리키에게 고마움을 느끼며 할로윈 기숙사의 박쥐를 모조리 쫓아내주겠다고 다짐했다.

"그래? 그렇다면 우리 다 같이 가서 말을 걸어보자!"

갑자기 귀신 하나가 빠르게 다가오더니 말했다.

"안녕! 무슨 일로 들어왔니? 바쁘지 않다면 우리 이야기를 들어주지 않을래?"

고맙지만 저는 지금 바빠요. 무엇보다 숨이 막혀서 여기 오래 있을 수도 없고요. 휴는 뻐끔거렸지만 그럴 때마다 호수의 차가운 물이 입속으로 들어왔기 때문에 아무 말도 할 수 없었다. 게다가 이 이상 잠수했다간 스비쿱을 찾기도 전에 숨이 막혀 죽어버릴 것 같았다. 휴는 호박밭으로 돌아가기 위해 빠르게 헤엄쳐 올라가기 시작했다. 그러나 휴가 아무 말도 하지 못한 것을 긍정의 의미로 여겼는지 물귀신들은 너도나도 신나서 휴와 함께 헤엄쳤다. 어떤 귀신은 휴보다 앞서 나가며 자기 이야기를 했고, 또 다른 귀신은 휴에게 팔짱을 끼며 친한 척을 했다.

휴는 그들을 헤치고 겨우 호박밭에 올라갔다. 다시 만난 데이브가 그 어느 때보다 반가웠지만, 숨이 턱까지 차서 그저 이렇게 말할 뿐이었다.

"데이브! 물귀신을 어떻게 따돌릴 수 있을까? 어서! 생각해봐! 호수 안에 물귀신이 있다고! 게다가 그들은 엄청나게 말이 많아!"

데이브는 입을 떡 벌리고 휴의 뒤편을 바라볼 뿐 아무 말도 하지 못했다. 휴는 데이브의 시선을 따라 다시금 자신이 빠져나온 호수를 바라봤다. 이제 물귀신들은 호수 바깥으로 튀어 오르며 자기 이야기를 들어달라고 애원하고 있었다. 자기가 먼저 이야기하겠다며 서로 싸우기도 했다. 휴와 가장 가까이 있던 물귀신은 자신들을 요로나라고 소개하며 이야기를 들어주면 원하는 것은 무엇이든 들어주겠다고 말했다.

갑자기 데이브가 손바닥을 짝 치는 바람에 물귀신과 휴 모두 데이브를 쳐다봤다. 데이브는 갑작스럽게 시선이 몰리자 당황하면서도 휴에게 빠르게 귓속말을 했다.

"휴! 물귀신에게 부탁하자! 이야기를 들어주고 스비쿱을 가져다달라고 하는 거야!"

하지만 물귀신이 스비쿱이 뭔지는 알까? 휴는 반신반의했지만, 물귀신을 안전히 따돌리고 스비쿱을 찾기 위해선 그 방법밖에 없다는 생각이 들었다.

"지금부터 할 말이 있으면 차례대로 이야기하세요. 제 앞에 있는 요로나부터 이야기를 시작해주세요!"

휴가 짧게 말하자 물귀신들이 순식간에 줄지어 섰다. 어떤 물귀신은 조리 있게 말하기 위해 할 말을 연습하기도 했고, 어떤 귀신은 더 분주하게 머리를 빗었다. 또 어떤 귀신은 자신이 하고 싶은 말을 부풀리기도 했다. 그들은 대부분 자신의 죽음과 관련된 실연, 배신 등에 대해 말했는데, 하나같이 한이 가득 맺혀 있었다. 그 사연들은 각자 달랐지만 끝은 거의 비슷했다.

"어디 물에 들어오기만 해보라지! 반드시 그 작자의 피를 얼어붙게 만들어 평생을 후회하며 살게 할 거야!"

하고 싶은 이야기를 모두 털어놓은 물귀신들은 이제야 마음이 편한 듯 물 위를 둥둥 떠다니며 곡예를 펼치고 있었다. 어떤 물귀신들은 휴에게 거듭 고맙다고 말했다. 휴는 오랫동안 참고 기다린 말을 했다.

"사실 저도 요로나들에게 바라는 게 있어요."

가장 앞에 있는 물귀신을 보며 조용히 말했을 뿐인데 한순간에 호수에 살고 있는 모든 물귀신이 휴를 바라보며 눈을 반짝였다. 휴는 조금 더 목소리를 높여 말했다.

"저는 호수 어딘가에 가라앉은 스비쿱을 찾고 있어요. 그것은 낡은 가죽 책 모양이죠. 그 물건을 가져다주지 않겠어요?"

휴의 말이 끝나기가 무섭게 모든 물귀신이 일제히 물속으로 들어갔다. 휴는 잠깐 그들이 자기 말을 무시하고 달아난 게 아닐까 생각했다. 그러나 걱정이 무색하게 이내 물귀신들은 자부심 넘치는 표정으로 각자 무언가를 건져 나타났다.

첫 번째 귀신이 들고 온 것은 물에 푹 젖어 쭈글쭈글해진 가죽 장지갑이었다. 지갑 속에는 누렇게 변색된 '초속 10킬로미터 스피드 신발 가게' 명함 두 장이 척 달라붙어 있었다. 두 번째 귀신은 누군 가의 교과서를 가지고 나왔다. 지난 학기가 끝나자마자 호수에 던져 버린 것 같은데 어떻게 형체가 온전한지 의아할 지경이었다. 여드름 난 얼굴을 마구잡이로 그려놓은 낙서가 물에 번진 채 남아 있었다.

세 번째, 네 번째 귀신도 마찬가지였다. 귀신들은 모두 빈손으 로 돌아오거나 쓸모없는 것만 가지고 왔다. 이대로 스비쿱을 찾을 수 없게 되는 것인가? 휴는 아득해졌지만 애써 미소 지으며 말했다.

"모두들 애써주셔서 고마워요."

그때 뒤늦게 물 밑에서 마지막 귀신이 나타나 말했다. 그녀는 자랑스럽게 책을 흔들며 다가왔다.

"내가 가지고 온 책도 한번 봐주겠니?"

휴는 그 책이 스비쿱임을 알아채고 뛸 듯이 기뻤다. 휴가 감사 인사를 전하자 그 요로나는 얼굴이 빨개져 "천만에."라고 말했고, 주위에 있는 물귀신들은 부러운 표정으로 쳐다봤다.

이렇게 해서 드디어 찾게 된 스비쿱은 물에 젖어 쭈글쭈글했지 만, 그 무엇보다 소중했다. 휴는 스비쿱을 꼭 안고 학교로 들어갔다. 불빛 하나 없이 어두운 복도가 호수에서 얼마나 오랜 시간을 보냈 는지 짐작할 수 있게 해주었다. 그러나 어두운 복도를 밝히는 영원히 타오르는 잭 오 랜턴 덕분에 차가운 몸이 따뜻해지는 것을 느낄 수 있었다.

"휴. 이제 요한슨의 나침반을 사용하자. 유령은 금방 찾을 수 있을 거야." 데이브가 밝은 목소리로 말했다.

과연 데이브의 말대로 유령을 순식간에 찾을 수 있었다. 나침반의 바늘이 빙글빙글 돌더니 수평으로 가지런히 섰기 때문이다. 동시에 휴는 자신의 왼편에서 두런거리는 소리를 들을 수 있었다. 유령이 무언가와 이야기하는 소리처럼 들렸다. 휴와 데이브는 뜻밖의 행운에 서로를 마주 보고 빙긋 웃었다.

유령은 일반 역사 교실에 있었다. 휴가 조용히 문을 열자 작은 문틈으로 유령의 뒷모습이 보였다. 휴를 오싹하게 했던 유령의 치맛자락이 펄럭거렸다. 그 유령은 벽화 속 올랜디네브 부부에게 말을 걸고 있었다.

"휴. 유령을 스비쿱에 넣으려면 굉장히 오랫동안 설득해야 할 거야. 네 이야기는 들으려고 하지도 않을걸." 데이브가 조용히 속삭였다.

"데이브. 나라도 그럴 거야. 이럴 때는 다른 수가 없어." '유령을 다룰 때 절대 하면 안 되는 것'을 하는 수밖에는. 휴는 수업 시간 내내 읽었던 내용의 네 번째 구절을 떠올렸다.

유령을 억지로 스비쿱에 넣지 않을 것.

다음 할로윈 때 유령이 말을 듣지 않을 확률 100퍼센트.

하지만 유령이 끝까지 말을 듣지 않는다면 유령을 스비쿱에 강제로 넣어야 한다.

스비쿱을 연 채로 유령의 몸에 손을 넣고 스비쿱을 닫는다.

올랜디네브 할로윈 법 제3조 1항에 따라 만일의 상황에만 사용할 것.

그때 휴는 아주 이상한 광경을 목격했다. 벽화에 대고 주절거리던 유령이 말을 멈추자 벽화 속 올랜디네브 씨가 깔깔 웃었다! 그는 올랜디네브 부인의 팔을 잡아당기며 배를 잡고 웃다가 다시금 조용히 말했다. 휴는 잠시 놀라 머릿속이 하얘졌지만, 이내 정신을 차렸다. 올랜디네브에서 신기한 일을 겪는 것도 이제 너무나 당연한 일상처럼 익숙해지기 시작했다. 휴는 조용히 숫자를 세기 시작했다.

"10, 9, 8, 7, 6, 5, 4, 3, 2, 1! 간다!"

휴는 재빨리 유령에게 뛰어가 스비쿱을 열고 덮쳤다. 놀란 얼굴을 볼 새도 없이 유령은 스비쿱 속으로 빨려 들어갔다. 어찌나 빠르게 들어갔는지 눈 깜짝할 사이에 유령은 온데간데없고, 휴 앞에는 올랜디네브 부부의 벽화만 남았다. 말하지 않고 웃지도 않는 그것은 아주 평범한 벽화처럼 보였다. 안전하게 스비쿱을 닫자 안도감과 피로감이 동시에 엄습해 왔다. 데이브가 빠르게 달려와 휴를 껴안았다.

"휴! 정말 잘했어! 이제 끝났어!"

"고마워! 데이브!"

비록 오늘 밤이 평생처럼 길게 느껴지긴 했지만, 그만큼 승리 감도 굉장해서 머리가 핑 도는 것 같았다. 휴는 물속에서 본 요로나의 모습을 실감 나게 묘사하며 역사 교실을 나섰다. 그런데 갑자기 데이브가 쉿 소리를 냈다.

"조용히 해! 헤더익의 목소리가 들린 것 같아!" 데이브가 작게 말했다.

휴는 너무 신난 나머지 역사 교실 앞에 헤더익의 교실이 있다는 사실을 깜빡했다. 하지만 그 교실에서 들려 오는 것은 궁시렁거리는 큐피드의 목소리뿐이었다.

"내일 당장 그 드레스를 버려야겠어. 이상한 드레스야. 정말 이상해! 스스로…."

빨간 머리를 한 큐피드가 교실을 나오다가 휴와 데이브를 발견하고 말을 멈췄다. 휴는 큐피드가 그냥 지나가기를 간절히 바라며 큐피드에게 손을 내저었다.

"만우절 클럽 악동들이 오늘 밤에 활동하는지는 아무도 몰랐지." 다행히도 큐피드는 조용히 말하며 지나갔다.

휴와 데이브는 큐피드가 자신들을 '만우절 클럽 악동'이라고 부른 것에 어리둥절해하며 서로를 쳐다봤다. 그때 헤더익의 화난 목소리가 들렸다. 최대한 작게 말하는 것 같았는데도 당황하고 화난 기색을 감출 수 없었다.

"말도 없이 들어오면 어떻게 합니까?"

"무슨 문제라도 있나? 아주 급한 일이라네! 만우절 악마들이 오늘 밤 내 교실을 습격한 게 틀림없어. 어라! 헤더익, 당신의 방도 마찬가지군!" 코넬수스의 목소리였다.

"만우절 클럽 애들은 이런 사소한 짓거리는 하지도 않는다고 말하지 않았습니까? 만우절 클럽 눈에 띄고 싶은 신입생 짓이겠죠! 다시 한 번 말하지만 내 방에서 나가세요!"

헤더익이 차갑게 말했다. 헤더익이 자기에게 말하는 것도 아닌데 그 말을 듣는 휴는 눈물이 핑 돌 만큼 무서웠다.

"알았네, 알았어! 여하튼 학기 초라 그런지 매번 신입생들이 난리라니까! 만우절 클럽에 들어가려고 발악하는 모습이란!"

코넬수스가 마지못해 헤더익의 방을 나오며 말했다. 그는 헤더익의 호통에 한껏 기죽은 것 같은 모습이었다.

역사 교실에 숨어 있는 휴는 방금 엄청난 소식을 들은 것 같다는 생각에 심장이 밖으로 튀어나올 것 같았다. 심장이 어찌나 빠르고 시끄럽게 뛰는지 코넬수스와 헤더익의 귀에도 들릴 것 같았다. 곁에 있는 데이브 역시 터질 듯한 심장을 진정시키려 애쓰고 있었다. 이제 휴와 데이브의 심장 소리는 장단을 주고받으며 신나게 쿵덕거렸다.

"데이브! 너도 들었지? 만우절 클럽에 들어가는 방법!"

"그럼! 똑똑히 들었지. 만우절 클럽에 들어가려면….'

휴와 데이브는 동시에 외쳤다.

"만우절 클럽이 인정할 만큼 끝내주는 장난을 쳐야 해!"

6
현장 수업

1

그날 이후 휴와 데이브는 하루도 쉬지 않고 학교에 온갖 말썽을 일으켰다. 휴가 풀어놓은 세피엘라의 자명종이 코넬수스 교실에 있는 스비큽을 망가뜨리는 바람에 수업이 취소된 사건도 있었는데, 그들은 그 일로 세피엘라를 제외한 모두의 찬사를 받았다. 휴는 만우절 클럽에 스카우트되는 상상을 하느라 잠을 이루지 못했다. 데이브는 방송반에 세피엘라를 향한 가짜 연애편지를 보냈다. 젝스와맥시가 그 편지를 어찌나 간드러지게 읽었는지, 세피엘라는 차마 얼굴을 들지 못하면서도 내심 설레는 표정을 지었다. 나중에 데이브의 장난이었음이 들통났을 때 세피엘라의 표정은 노튼 슈비 노인의 것보다 더 끔찍했다. 세피엘라는 삼 일 동안 아무 말도 하지 않았다.

드로이는 "올랜디네브에 들어온 뒤 최고로 행복했던 삼 일"이라고 말했고, 휴 역시 데이브의 기발한 장난에 혀를 내두르며 칭찬했다.

하지만 쉴 새 없이 장난치는 것도 굉장히 지치는 일이었다. 특히 미나에게 징계 편지가 갔을 땐 거의 올랜디네브를 그만둘 뻔했다. 하지만 한스의 격려로 휴는 계속해서 장난을 칠 수 있었다. 사실 한스는 미나 몰래 기발한 장난 거리 몇 가지를 알려주었는데, 코넬 수스의 교무실을 핑크색 레이스로 뒤덮기 같은 유치한 것들이 대부분이었다.

휴와 데이브가 장난치는 데 정신 팔려 있는 동안 올랜디네브의 시간도 빠르게 흘러갔다. 세피엘라가 폽키춉키 클럽에서 연승을 거두어 이달의 올랜디 후보로 거론되기도 했다. (휴 인생 최악의 날이었다. 세피엘라는 벌써 이달의 올랜디가 된 것처럼 할로윈 학생들을 자기 휘하에 두려고 했기 때문이다. 할로윈 학생들이 휴와 데이브에게 제발 세피엘라를 골탕 먹여달라고 애원하는 일도 있었다.) 그리고 어느새 시험이 코앞에 다가왔다. 선생님들 중에는 휴와 데이브에게는 보지도 않고 최하점을 주겠다고 벼르는 사람도 있었다.

징계 편지를 받은 이후로 미나는 한 주에도 여러 번씩 휴의 학교생활을 묻는 편지를 보내 왔다. 엘렌의 열렬한 응원과 한스의 격려가 없었다면 휴는 지금쯤 만우절 클럽에 들어가려는 노력을 그만두었을 것이다. 한번은 엘렌이 휴에게 보내려고 여러 가지 장난 거리를 가득 적어둔 편지를 미나가 발견한 적이 있었다. 그 이후 엘렌은 어디서든 만년필로 휴에게 편지를 보냈다. 그 내용은 거의 엘렌이 생각해낸 장난 거리였는데, 학교에서는 도저히 할 수 없는 수위 높은 장난들이었으므로 행동에 옮긴 것은 하나도 없었다. 또 엘렌은 가끔 자신이 새롭게 발견한 물건들과 코네인 마을의 소식들을 알려주기도 했다. 그 덕분에 노튼 슈비 노인에게 성질 고약한 손자가 있다는 것과 봉조지 카페 사장이 일반인 아가씨를 좋아한다는 사실을 알 수 있었다.

할로윈을 일주일 앞두고 휴와 데이브는 잠시 장난치는 일을 그만두기로 했다. 그 기간에 있는 시험 때문에 장난칠 짬이 전혀 나지 않았던 것이다. 특히 헤더익의 현장 수업에서 낙제하는 학생은 매일 헤더익과 일대일 보충수업을 해야 한다는 전언이 있었다. 휴는 변장술과 반드 파이프 연습에 목숨 걸고 매진했다. 그 덕분에 가장 난이도가 높은 어린 여자아이의 얼굴까지 흉내 낼 수 있는 정도가 되었다. 데이브도 조금 이상하지만 성인 여자 얼굴과 비슷한 가면을 만들어냈다. 사실 비정상적으로 흘러내리는 눈두덩이의 살 때문에 사람보다는 만들다 만 파이 반죽 같았지만, 데이브에게는 굳이 말하지 않았다.

현장 수업을 위한 모든 준비를 마친 휴는 피곤했던 하루를 마무리하며 더욱 피곤할 다음 날을 그려보았다. 첫 현장 수업은 올랜디네브와 가장 가까운 코네인 마을에서 진행된다고 했다. 휴는 주체할 수 없이 기뻤지만, 가족에게도 정체를 들켜서는 안 된다는 말을 듣고 실망을 금할 수가 없었다. 데이브와 젊은 부부로 변장하여 함께 활동하기로 약속했다는 것이 그나마 다행이었다. 엘렌이 어설

프게 변장한 자신과 데이브의 얼굴을 알아보고 놀리지는 않을까 걱정되었다.

문득 오늘 엘렌이 보낸 편지를 확인하지 않았다는 사실을 깨달았다. 엘렌은 답장을 보내지 않으면 금방 삐져버렸으므로 반드시 오늘이 지나기 전에 답을 보내야 했다. 휴는 서랍을 열어 엘렌의 글로 빼곡한 종이를 꺼내 들었다. 오늘 보낸 편지는 종이의 가장 아래쪽에 빽빽하게 적혀 있었다.

오빠! 오늘은 노튼 슈비 노인의 손자가 얼마나 고약한 인간인지 알려줄게. 그 애는 첫 만남부터 나와 로지의 성질을 긁어댔어. 글쎄 우리가 자주색 거위를 부르기 위해 타마피강으로 다가가면 어디선가 나타나 거위를 모두 흩어놓는 것 있지? 걔가 매일 타마피강에서 물수제비를 떠대는 바람에 자주색 거위가 모두 날아가버렸다는 것을 코네인 마을의 올랜디라면 모르는 사람이 없어! 물론 그 애는 자기가 이웃에 어떤 피해를 주고 있는지 눈곱만큼도 모르겠지!
한번은 그 모습이 너무 꼴 보기 싫어서 개미 크로켓을 선물로 준 적이 있어. 엄마가 텃밭에서 말썽 부리는 개미를 쫓아내기 위해 최근에 산 물건이야. (참고로 이 개미 크로켓은 나도 쉽게 발견할 수 있었어. 물론 로지는 전혀 보지 못했지.)
그는 배가 고팠는지 내가 준 크로켓을 허겁지겁 먹다가 목이 막혀 얼굴이 시뻘게졌어. 얼마나 쌤통이었는지! 아직도 그 얼굴을 떠올리면 웃음을 참을 수가 없어. 더 중요한 부분은 그다음이야. 그가 맛있는 개미 크로켓을 다 먹자마자 개미들이 그의 주변으로 몰려온 거야! 그는 결국 노튼 슈비 노인의 집까지 줄행랑을 쳤지만, 개미들은 크로켓 냄새를 맡고 끝까지 그를 따라갔지.

그 이후로 그 애는 나를 마주칠 때마다 인상을 찌푸리며 피하기 시작했어. 그뿐이 아니야! 한번은 엄마가 그 애를 우리 집으로 초대했는데 글쎄 걔가 나한테 뭘 줬는지 알아? 구더기가 가득한 시든 꽃이었어! 그래서 나는 어떻게 하면 걔를 더 기막히게 골탕 먹일 수 있을까 궁리하고 있어. 아! 오빠만 있으면 그 애가 코네인 마을에 다시는 얼쩡거리지도 못할 만큼 훌륭한 장난을 칠 수 있을 텐데!

편지를 모두 읽자 이루 말할 수 없을 만큼 뿌듯하고 당당한 기분이 들었다. 엘렌에게 뛰어난 장난꾸러기임을 인정받자 만우절 클럽에 들어가기 위해 장난치며 쌓인 피로가 모두 씻겨 내려가는 것 같았다. 사실 휴는 갈수록 장난치는 것이 즐겁지 않고 피곤해졌다. 죄책감마저 들었다. 그런데 엘렌의 편지에 다시금 자신감이 솟아나는 것 같았다. 엘렌을 도와 노튼 슈비의 손자를 골탕 먹일 방법이 봇물 터지듯 떠올랐다. 아무래도 일주일 동안 잠자고 있던 장난 본능이 다시 깨어나 머릿속을 헤집고 다니는 것 같았다.

노튼 슈비와 그의 손자까지 깜짝 놀랄 만큼 훌륭한 장난이라?

휴는 태어나서 가장 깜짝 놀랐던 스비쿱 소동을 떠올렸다. 그때 처음으로 마주한 유령은 상상할 수 없을 만큼 무서웠다. 그때의 충격과 공포를 노튼 슈비와 그의 손자에게 선물할 수 있다면….

휴는 곧장 자리에서 일어나 코넬수스의 교실에 몰래 숨어들었다. 칠판 옆으로 휴가 호수에 빠뜨리는 바람에 쭈글쭈글해진 스비쿱이 보였다. 스비쿱을 노튼 슈비 노인에게 건네주자. 이 안에 있는 유령은 분명 그의 집을 한바탕 뒤집어놓을 것이다! 매일 호통을 치던 노튼 슈비 노인이 집 안을 쏘다니는 유령 때문에 괴로워할 것을 생각하니 절로 웃음이 나왔다. 휴는 스비쿱을 몰래 가지고 나와 데이브에게 계획을 설명해주었다.

"데이브. 내일은 여러 모로 중요한 날이야. 나는 내일 노튼 슈비에게 이걸 건네줄 거야."

휴는 자고 있는 데이브를 억지로 흔들어 깨우며 말했다. 데이브는 비몽사몽하여 눈을 반쯤 감고 있으면서도 휴의 생각에 전적으로 동의한다는 듯 고개를 세차게 끄덕였다.

"스비쿱 아니야? 노튼 슈비 노인이 그걸 열게 하려는 거지?"

"그래. 억지로 스비쿱에서 나오게 된 유령은 머리끝까지 화가 나서 노튼 슈비를 괴롭힐 게 분명해. 그의 손자까지 괴롭히면 더욱 좋고."

휴는 혼자만 그토록 소름 끼치는 경험을 했다는 것이 못내 억울했다. 그런데 이제 그 경험을 나눠주고 싶은 사람이 생겼다! 바로 노튼 슈비 노인이었다! 휴는 죽도록 행복했다. 노튼 슈비 노인은 이

올랜디네브 기념일 학교

제까지 휴를 괴롭혔던 나날들에 대한 대가를 치르게 될 것이다. 휴는 새로운 장난 계획을 질리도록 곱씹으며 다음 날 해가 밝기를 기다렸다.

2

다음 날 아침부터 할로윈 1학년생은 일반 변장 및 현장 수업 교실에 모였다. 큐피드들은 분주하게 움직이며 학생들의 이름표가 달린 옷들을 옮기고 있었다. 빨간 머리 큐피드와 이상한 모자를 쓴 큐피드는 여전히 드레스 처분을 토론하며 옷들을 학생들 앞에 풀썩풀썩 내려놓고 있었다. (그 드레스만큼 소름 끼치는 옷은 한 번도 본 적이 없어요! 당장 갖다 버리겠어요!)

교실 한가운데에서는 헤더익이 팔짱을 끼고 큐피드와 학생을 내려다보고 있었다. 그의 차가운 눈빛이 손에 들린 총 모양 흡입기의 유리에 반사되어 더욱 무섭게 번뜩였다.

머리를 하나로 땋은 큐피드가 '휴 로윈드'의 이름표가 붙은 빨간색 원피스와 '데이브 스미스'의 이름표가 붙은 적갈색 와이셔츠를 휴와 데이브 앞에 내려놓았다. 키 작은 조 앞에는 올리버가 입을 것 같은 멜빵바지가 놓였다.

"지금부터 십 분 안에 모든 변장을 마치도록 한다!"

헤더익의 목소리에 아이들은 하나같이 몸을 부르르 떨며 탈의실로 들어갔다. 분홍색 실크 커튼으로 된 탈의실 안에는 옷 세 벌 정도와 화장품, 액세서리, 모자가 정리되어 있었다. 휴는 그가 만든 젊은 여자 얼굴 앞에 섰다. 썩 잘 만든 가면은 아니었지만, 코네인 마을 사람들을 속이기엔 충분한 얼굴이었다. 모든 준비를 마쳤을 때, 휴는 이제껏 세상에 존재한 적 없는 새로운 사람으로 다시 태어난 듯한 이상한 기분을 느꼈다.

"새미 부보아스."

휴는 자신의 새로운 이름을 되뇌며 커튼 밖으로 나섰다. 그곳에는 알 수 없는 사람들 한 무리가 어색하게 머리를 만지며 서 있었다. 레베카와 수잔, 드로이는 일반인 여학생으로 변장했고, 세피엘라는 키가 크고 뚱뚱한 중년 남성이 되었다. 나머지는 누가 누군지 알 수 없었지만 하나같이 어리숙하고 못생긴 얼굴을 하고 있었다.

"지금부터 반드 파이프를 받아라. 올랜디에게 반드 파이프를 쏘아도 문제는 없지만 할로위니바의 양은 한정되어 있으니 일반인에게만 사용하는 게 좋다. 물론 일반인과 올랜디를 얼마나 훌륭하게 구별해내는가 또한 평가 항목에 들어간다. 두 가지만 잘 지키면 다들 좋은 점수를 받을 수 있을 것이다. 일반인 눈에 띄지 않게 행동할 것, 최대한 적은 멈보그 사탕을 사용할 것."

헤더익의 말에 어수선한 분위기가 단번에 정리되었다,

"지금부터 조용히 따라와라."

휴는 작은 주머니에 스비쿱을 구겨 넣으며 헤더익을 따라갔다.

데이브가 뒤따라오며 불안한 표정으로 귓속말했다.

"휴. 만약 유령이 노튼 슈비 노인의 집에서 멀리 달아나면 어쩌지? 올랜디네브를 뒤져서 찾아야 했던 그때처럼!"

"걱정 마. 그때는 스비쿱이 호수에 빠졌잖아. 이번에는 스비쿱이 있으니 유령은 그저 노튼 슈비를 깜짝 놀래키고는 다시 그 안으로 돌아갈 거야." 휴는 다시 한번 스비쿱 작전을 머릿속에서 점검하며 침착하게 말했다.

1학년생들은 학교를 나서 종종걸음으로 헤더익을 따라갔다. 휴는 발에 꽉 끼는 구두를 신고 뛰어가느라 엉거주춤한 자세가 되었지만, 햇볕이 따사로운 아침에 마을로 돌아간다는 설렘에 발이 따끔거리는 줄도 몰랐다.

헤더익과 함께 향한 곳은 형형색색의 자전거와 자동차가 늘어선 세 번째 섬이었다. 그 섬은 올랜디네브 학교가 있는 본섬보다 작았지만, 똑같이 푸른 잔디와 나무들로 뒤덮여 있었다. 알록달록한 자전거와 자동차 들이 잔디 위에 수놓은 커다란 꽃처럼 보였다.

"지금부터 짝과 함께 자전거 혹은 자동차에 올라탄다! 모두 다 탄 뒤에는 핸들 중앙의 빨간 버튼을 눌러라!" 헤더익이 학생들에게 크게 소리쳤다.

"다른 마을에 도착하면 어쩌지?" 리키가 초조하게 물었다.

"코네인 마을만 정확하게 떠올리면 문제없어. 물론 전적으로 네 뇌의 기능에 달려 있지만."

뚱뚱한 아저씨로 변장한 세피엘라가 말했다. 음성 변조 알약 덕분에 목소리가 굵고 낮아졌지만, 재수 없는 말투만큼은 여전했다. 휴는 나쁜 아저씨의 정강이를 차버리고 싶다는 생각이 들었다.

휴와 데이브는 가장 앞에 놓인 파란색 자동차에 올라탔다. 내부는 매우 좁았고 중앙에 놓인 핸들 이외엔 어떤 장치도 없었다. 또 칠면조 요리 냄새가 은은히 풍겨 왔는데 분명 이전에 추수감사절 학생이 이 차를 탔을 것이다. 휴와 데이브는 오랜만에 마을로 돌아간다는 설렘과 시험에 대한 긴장 사이에서 초조하게 다리를 떨며 코네인 마을을 떠올렸다.

"데이브. 준비됐지?"

데이브는 금방이라도 토할 것 같은 표정이었다. 휴는 데이브를 불안하게 살피며 말했다. 데이브는 말없이 고개만 끄덕였다.

휴는 결연한 표정으로 힘차게 버튼을 눌렀다. 순간 자동차가 빠르게 앞으로 미끄러졌다. 휴는 손의 뼈마디가 하얗게 불거질 정도로 운전대를 꽉 붙잡았다. 곧장 타마피강으로 추락하는 것은 아닐까 심각하게 생각했다. 그러나 잠시 후, 휴는 창문 밖으로 보이는 풍경에 감탄하지 않을 수 없었다. 눈 깜짝할 사이에 코네인 마을의 도로와 자주색 거위가 떠가는 타마피강이 나타난 것이다!

"데이브! 데이브! 성공했어! 코네인 마을이야!"

데이브 역시 빠르게 질주하는 자동차가 물속으로 가라앉을 줄 알았는지 두 눈을 꼭 감고 숨을 참고 있었다. 그 찡그린 모습이 마치 호두 파이 같았으므로 휴는 웃음을 참을 수 없었다.

엘렌과 로지, 올리버, 엄마가 금방이라도 자신을 반기기 위해 뛰어나올 것 같았다. 하지만 지금 휴와 데이브는 코네인 마을에 막 이사 온 못생기고 젊은 부부였다. 뒤이어 할로윈 학생들과 헤더딕까지 도착하자 코네인 마을 입구는 처음 보는 사람들로 가득 찼다.

"놀랍게도 모두 목적지에 무사히 도착한 것 같구나. 그럼 지금부터 시험을 시작하겠다. 모두 반드 파이프를 들도록! 잊지 말아라. 되도록 일반인에게만 반드 파이프를 사용할 것. 할로위니바를 마신 일반인에게 또다시 반드 파이프를 쏘지 않을 것.

오늘 시험의 평가 기준은 너희들이 올랜디와 일반인, 할로위니바를 마신 사람과 그러지 않은 사람을 얼마나 잘 구별하는가에 있다. 물론 일반인에게 절대 정체를 들켜서는 안 된다는 것은 기본 중 기본이지. 그럼 지금부터 시험을 시작한다!"

헤더딕이 선언하자 학생들은 분주하게 흩어졌다. 휴 역시 한 손에는 작은 반드 파이프를, 다른 한 손에는 핸드백을 들고 마을로 들어갔다. 익숙한 거리를 한참 걷자 봉조지 카페가 나왔다. 봉조지 사장은 모르는 여자에게 정신없이 근육을 자랑하고 있었다. 봉조지 사장이 흠뻑 빠졌다는 일반인 아가씨가 틀림없었다.

휴와 데이브는 짧게 시선을 주고받은 뒤 카페 안으로 들어갔다. 아니나 다를까 봉조지 사장은 아가씨에게 올랜디만 볼 수 있는 특별한 음료를 만들어주고 있었다.

"내 마음을 사로잡은 아름다운 아가씨에게만 드리는 스페셜 메뉴요. 여태까지 이 음료를 맛본 사람은 아무도 없지. 여기, 마롱 프라푸치노를 드리지."

휴는 메뉴판 아래쪽에 반듯하게 적힌 '마롱 프라푸치노'라는 글자를 발견할 수 있었다. 확실히 올랜디네브 학교에 다니면서 볼 수 있는 메뉴가 훨씬 많아졌다. 휴는 당장 라임 아이스크림을 주문하고 싶은 충동이 들었지만, 메뉴판 상단에 있는 라떼를 주문한 뒤 젊은 아가씨 뒤로 다가갔다.

물방울무늬 스카프를 두른 일반인 아가씨 뒤로 반드 파이프를 쏘자 황금색 할로위니바가 조용히 아가씨의 콧속으로 날아 들어갔다. 아가씨와 얼굴을 거의 맞대고 있던 봉조지 사장이 요란하게 기침을 하는 바람에 휴와 데이브는 간이 콩알만 해졌다. 그러나 다행히도 봉조지 씨는 아가씨의 진한 향수 냄새 때문이라고 생각하는 것 같았다. 할로위니바를 마신 아가씨는 갑자기 편안하고 행복한 표정을 지었다. 봉조지 사장은 그 표정에 더욱 푹 빠진 듯했다.

"마롱 프라푸치노가 마음에 들었군요! 다음에는 더 맛있고 특별한 음료를 드리리다!" 봉조지 사장이 가슴을 쭉 펴며 말했다.

휴와 데이브는 킥킥거리며 카페를 나섰다. 그들은 곧장 다음 가게들을 방문해 일반인에게 반드 파이프를 쏘아댔다. 서점에서 나오던 할머니에게 반드 파이프를 들켜서 멈보그 사탕을 쓴 것만 빼면 완벽했다. 충분히 시험을 통과하고도 남을 것 같았다.

휴와 데이브는 얼마 남지 않은 할로위니바를 확인하며 마지막 목적지인 노튼 슈비 노인의 집으로 향했다. 작은 언덕을 올라가니 곧바로 휴의 집이 눈에 들어왔다. 방 안은 환하게 밝혀져 있었고, 열쇠 구멍 모양 창문에서는 알 수 없는 연기가 모락모락 피어나왔다.

휴는 자신의 방에 말도 없이 침범한 사람이 누군지 확인하고 싶었다. 하지만 데이브가 타마피 강가에 있는 헤더익을 가리키며 시험 중임을 상기시켰다.

그때 얼굴이 빨개진 채로 어쩔 줄 모르는 미나와 처음 보는 키 큰 소년이 집 밖으로 나오는 것이 보였다. 소년은 화상을 입은 듯 이마가 벌게져 있었다. 미나는 어쩔 줄 몰라 하며 그를 배웅하고 집 안으로 들어갔다. 잠시 뒤 "엘렌!"이라고 외치는 미나의 목소리가 휴와 데이브에게까지 들려 왔다.

엘렌이 소년을 골탕 먹인 것이 틀림없다! 그렇다면 저 소년은 노튼 슈비의 손자일 것이다! 엘렌의 편지를 통해 상상한 그는 말을 조금도 듣지 않는 올리버 또래의 꼬맹이였다. 하지만 실제로 본 그는 키가 크고 멀리서도 알아볼 수 있는 다부진 몸을 가지고 있었으며, 나이도 휴보다 훨씬 많아 보였다. 휴는 호기심이 발동하여 곧장 노튼 슈비 노인의 집으로 달려갔다. 휴와 데이브는 그의 집 대문을 두드렸다. 노튼 슈비 노인을 일부러 찾아와서까지 만난다고 생각하니 몸서리가 쳐졌지만, 한편으로는 노인의 손자가 너무나도 궁금했기에 얼른 그의 집으로 들어가고 싶었다. 잠시 뒤 노튼 슈비 노인이 평소와 똑같이 화난 얼굴로 문을 열었다.

"누구요?"

그는 손자의 얼굴을 이리저리 살피느라 정신이 팔려 휴와 데이브를 바라보지도 않고 말했다. 데이브는 최대한 공손한 말투로 말했다.

"이웃집에 이사 온 사람들인데요, 인사드리러 왔답니다! 선물도 가져왔어요!"

휴는 반드 파이프를 손에 꼭 쥐고 노튼 슈비 노인의 대답을 기다렸다. 그는 씩씩거리며 휴와 데이브에게 다가왔다.

"이웃집이라고! 내 이웃이라곤 빌어먹을 꼬맹이 네 명이 살고 있는 요상한 집밖에 없단 말이다! 오늘도 그중 한 명이 내 손자 얼굴을 엉망으로 만들었지!"

휴는 로윈드 남매를 모욕하는 노튼 슈비의 말에 얼굴이 딱딱하게 굳었다.

"세상에! 아무 이유도 없이 그랬을 리가 있나요? 손자가 나쁜 짓을 했겠죠?"

휴가 소리치자 데이브와 노튼 슈비가 눈을 치켜떴다.

"말도 안 되는 소리! 스티븐! 이리 와서 말해봐라. 네가 무슨 짓이라도 했느냐? 너는 왜 하루가 멀다 하고 그 집에 가서는 이 꼴을 당해 오느냔 말이다!"

노튼 슈비가 호통을 치자 그의 손자가 슬그머니 다가왔다. 가까이서 본 그는 휴가 생각했던 것보다 키가 크고 훤칠했다. 딱 봐도 휴보다 나이가 많아 보였지만 금방이라도 울음을 터뜨릴 것처럼 심란한 표정을 빨간 얼굴 가득 띄우고 있었다. 엘렌이 스티븐을 골탕먹이는 데 성공한 것이 분명했다. 그렇다면 휴 역시 쐐기를 박아야 했다. 스티븐이 코네인 마을을 떠났다는 소식을 신나게 전해 오는 엘렌의 모습을 떠올리며 휴는 스비쿱을 건넸다.

"저런. 살모사 화상이군요! 얼른 치료해야 해요! 여기, 세상에 존재하는 다양한 질병과 상해의 치료법을 담은 책을 선물하고 싶네요. 부디 완쾌하기를 바라요."

휴는 스티븐의 손에 떠넘기다시피 억지로 스비쿱을 쥐여주고는 잽싸게 노튼 슈비의 집을 나섰다. 데이브는 휴의 뒤를 따라나서며 말했다.

"휴! 노튼 슈비에게 반드 파이프 쏘는 것을 잊었어!"

"그는 할로위나바를 마실 자격도 없는 사람이야. 기념일의 행복을 느낄 필요가 전혀 없어!"

휴는 노튼 슈비가 로윈드 남매를 욕했던 것을 곱씹었다. 하지만 오늘 밤 정신 나간 유령이 그의 집을 헤집고 다닐 때 잔뜩 당황할 그의 얼굴을 떠올리자 기분이 나아지는 것 같았다.

휴와 데이브는 타마피 강가에서 오리 모양 피리를 불고 있는 여자아이에게 마지막으로 반드 파이프를 쏜 뒤 학교로 돌아왔다. 올랜디 중에 그렇게 우스꽝스러운 피리를 부는 사람은 본 적이 없었기 때문이다.

"휴. 네 계획은 완벽했어! 오늘 밤 노튼 슈비 영감이 얼마나 깜짝 놀랄까? 그 얼굴을 보지 못하는 게 아쉬울 정도야." 데이브가 옷을 갈아입으며 말했다.

"그래. 그 스티븐이라는 손자는 다시는 코네인 마을에 얼씬거리지도 못할 거야. 이참에 노튼 슈비 노인도 함께 마을을 떠났으면 좋겠군!"

휴는 변장을 지우며 대꾸했다. 까무잡잡하고 깡마른 얼굴에 어울리지 않게 젊은 여자 옷을 입은 자신의 모습에 자꾸만 웃음이 나왔다. 동시에 만우절 클럽에서 휴와 데이브가 시험 시간 중에도 얼마나 기가 막힌 장난을 쳤는지 알아주길 간절히 바랐다.

변장 및 현장 수업 교실을 나올 때 휴의 마음은 더욱 가벼웠다. 헤더익이 매긴 현장 수업 점수를 얼핏 봤는데, 휴와 데이브의 점수가 세피엘라 다음으로 가장 높았기 때문이다. 휴는 엘렌에게 편지를 쓰기 위해 곧장 기숙사로 달려갔다. 오늘만큼은 엄마에게도 편지를 쓰고 싶었다. 시험 잘 봤다고!

휴는 피곤한 몸을 이끌고 책상 앞에 앉아 편지를 써 내려가기 시작했다.

엘렌! 실은 오늘 코네인 마을에 시험을 보러 갔어. 물론 네가
스티븐을 얼마나 제대로 골탕 먹였는지도 똑똑히 보았지.
그래서 나도 스티븐에게 기막힌 선물을 줬어. 너도 곧 있으면
알게 될 거야. 운이 좋으면 스티븐을 영영 보지 않을 수도 있어.

휴는 엘렌에게 짧은 편지를 쓴 뒤 곧바로 침대에 뛰어들었다. 온몸이 모래주머니를 매단 듯 무거웠다. 종일 긴장한 채 걸어 다닌 탓이다. 새의 둥지같이 푹신한 침대에 누운 지 얼마나 지났을까, 누가 휴를 철썩철썩 내리치는 것 같았다. 내일은 병동에 가봐야겠다. 가만히 있는데도 몸이 쑤시는 듯이 아프다니… 아무래도 몸살이

났나 보다….

"휴! 휴!"

휴를 부르는 목소리가 꿈결처럼 아득히 들려 왔다. 철썩철썩 내리치는 힘도 더 강해졌다.

"휴! 빨리 일어나! 큰일 났어!"

데이브의 목소리였다. 아프다. 너무 아프다…. 이건 꿈일 리 없다! 데이브가 목덜미를 잡고 휴를 일으켜 세웠다. 별이 총총히 떠 있는 올랜디네브의 밤하늘이 눈에 들어왔다.

"휴! 지금 당장 헤더익의 교무실로 가야 해. 그가 우리를 찾는다고!"

데이브는 겁에 질린 얼굴을 휴에게 바짝 대며 정신없이 중얼거렸다.

"어쩌지? 장난친 걸 들켰나 봐. 아아! 일반인에게 그런 장난을 치면 안 되는 거였는데! 스비쿱이 아직도 영감의 집에 있다면 어떡해? 그럼 우린 발뺌도 못해! 이 일이 엄마 귀에 들어가기라도 하면… 난 죽었다!"

"제발 진정해! 오늘 헤더익은 우리에게 가장 높은 점수를 줬어. 우리가 장난치는 걸 봤다면 높은 점수를 주기는커녕 당장 우리를 타마피강에 처박았을 거라고."

휴는 침착하게 말하면서도 헤더익이 그들을 부른 이유를 조금도 짐작할 수 없어 숨이 막혔다.

'훌륭한 점수를 받았다고 칭찬하려는 걸까? 그렇지만 칭찬하려고 이 밤에 부른다고? 그것도 헤더익이? 우리가 예상치 못하게 높은 점수를 받아서 의심하는 건지도 모른다. 하지만 당연하지! 코네인 마을은 우리 고향이라고! 혹시 뒤늦게 우리 변장술의 결점을 지적하려는 걸까? 세상에서 가장 못생긴 사람을 만들었다고? 하지만 적어도 리키보다는 나았는데!'

휴는 온갖 생각에 무거워진 머리를 정돈하며 급히 기숙사를 나왔다. 헤더익의 교무실까지 달려가는 짧은 순간에도 온갖 생각이 어찌나 핑글핑글 돌아갔는지 교무실 문 앞에 다다랐을 때는 어쩌면 헤더익이 만우절 클럽의 회장이고 그들을 직접 스카우트하기 위해 부른 것은 아닐까, 하는 이상한 생각까지 하고 있었다.

데이브는 완전히 겁에 질린 표정이었다. 곧 있으면 오줌을 쌀 것 같았다. 이렇게 깊은 밤에 헤더익을 마주해야 한다니! 올랜디네브에 다니는 학생이라면 누구라도 겁먹지 않을 수 없을 것이다. 휴는 떨리는 손을 문고리에 올려놓았다. 헤더익의 눈빛만큼이나 차가운 문고리에서 달칵 소리가 들렸을 때는 수명이 다하는 것 같았다.

조용히 문이 열리자 헤더익 앞에 앉아 있는 민머리 뒤통수가 보였다. 교실에 헤더익말고도 다른 사람이 있었다. 데이브와 단둘이 헤더익을 대면하지는 않아도 된다는 생각에 아주 약간 안심이 되었다. 하지만 그것도 잠시, 곧이어 그 민머리 뒤통수가 고개를 돌리자 휴는 방망이로 얻어맞은 것처럼 얼어버렸다. 데이브도 마찬가지였다. 데이브는 입을 떡 벌린 채 정신 나간 사람처럼 꽥 소리를 질렀다. 그러나 휴는 그마저도 할 수 없었다. 스비쿱의 유령을 처음 봤을 때보다 더 놀라서 누가 그의 목덜미를 꽉 움켜쥐기라도 한 양 아무 말도 할 수 없었다. 그 민머리 뒤통수의 주인은 어느 때보다도 분개하여 반쯤 정신이 나간 것 같은 노튼 슈비 노인이었기 때문이다.

7

이리나 세실

1

"그러니까, 오늘 낮에 영감님을 찾아온 낯선 이웃에게 당하셨다고요." 헤더익이 휴와 데이브에게 눈짓하며 말했다.

휴와 데이브는 헤더익의 교무실에 들어온 이후로 벌벌 떨며 아무 말도 못하고 서 있었다. 헤더익의 눈빛에서 해치지는 않겠다는 의중을 읽었기에 그저 멀찍이 앉아 침만 꿀떡꿀떡 삼켰다. 아직도 그가 노튼 슈비 노인이라는 게 믿기지 않았지만, 목소리와 그가 설명하는 상황이 모두 맞아떨어졌다.

"젊은 부부가 찾아와서는 스티븐에게 이 스비쿰을 주었다네. 나는 스티븐에게 절대 그 책을 만지지 말라고 당부했어. 그런데 그 멍청한 녀석이 그만 책을 열어버렸지 뭔가. 그리고… 스티븐이, 스티븐이 그만!"

노튼 슈비는 말을 잇지 못한 채 머리를 짚고 휘청거렸다. 어떻게 노튼 슈비가 '스비쿱'이라는 말을 아는지, 스티븐은 또 어쨌다는 건지 전혀 감을 잡을 수 없었다. 스비쿱이 있는 한 유령은 빠져나오더라도 다시 자신의 스비쿱으로 돌아가게 되어 있다. 그런데 유령이 그러지 않고 스티븐을 잡아먹기라도 했다는 것인가!

"유감스럽게도." 드디어 헤더익이 휴와 데이브를 지목하며 말을 이었다. "영감님이 보셨던 젊은 부부는 현장 실습 중인 휴와 데이브였습니다."

휴는 온몸이 뻣뻣하게 굳는 것 같았다. 노튼 슈비 노인의 얼굴이 유령만큼이나 창백하고 무시무시하게 변했다. 다행히도 그가 한바탕 욕을 쏟아부으며 휴에게 달려들기 직전에 헤더익이 입을 뗐다.

"그러나 스티븐에게 일어난 일은 뭐라고 설명할 수가 없습니다. 그의 영혼이 멀쩡한 몸을 두고 스비쿱에 빨려 들어가다니…. 정말로 이상한 일이군요."

"스비쿱에 빨려 들어갔다고요?"

휴와 데이브는 깜짝 놀라 소리쳤다. 헤더익의 교무실에 들어온 뒤 처음 뱉은 말이었다. 산 사람의 영혼이 스비쿱에 빨려 들어갈 수 있다는 말은 들어본 적이 없었다. 어떻게 몸과 영혼이 분리된다는 거지?

"그래. 지금 스티븐은 껍데기만 남은 채로 의자에 앉아 멍하니 한 곳을 응시하는 것 외엔 아무것도 할 수 없다. 먹지도, 움직이지도 못하지. 산 것도, 죽은 것도 아닌 상태가 되어버렸다는 뜻이다." 헤더익이 짜증스럽게 미간을 찌푸리며 말했다.

"영혼이 빨려 들어갔다고? 그럼 스티븐을 꺼내려면 어떻게 해야 한단 말인가?"

노튼 슈비는 휴와 데이브에게 화내는 것도 잊은 채 악을 썼다. 휴는 처음으로 그에게 미안한 감정이 들었다. 유령을 처음 봤을 때 영혼까지 싸해지던 느낌이 떠올랐다. 스티븐은 너무나 큰 충격을 받아 혼이 나간 걸지도 모른다. 이제 휴가 할 수 있는 일이라곤 고개를 숙이고 잘못했다고 비는 것밖에 없었다. 하지만 아무리 빌어도 스티븐의 영혼은 돌아오지 않는다….

"저… 스비쿱을 그냥 열면 안 되나요?"

데이브 역시 죄책감을 느끼는지 기어 들어가는 목소리로 우물거렸다.

"이놈이! 뭘 잘했다고 입을 여는 게야!" 노튼 슈비 노인이 딱밤을 때릴 기세로 주먹을 휘둘렀다.

"인간이 스비쿱을 열더라도 그 안에 있는 유령이 문을 열지 않으면 안 된다."

헤더익이 딱딱하게 말했다. 휴는 죄책감에 어쩔 줄 모르면서도 내심 의아했다. 전에 그가 실수로 스비쿱을 열었을 때는 유령이 냅다 튀어나오지 않았던가? 헤더익도 휴의 생각을 읽었는지 냉랭한 목소리로 설명을 이어갔다.

"스비쿱은 자기 주인의 말을 따른다. 스비쿱을 연다 해도 유령

올랜디네브 기념일 학교

이 밖으로 나올 의사가 없으면 문은 열리지 않아. 인간이 스비쿱을 열고, 유령이 스스로 원하여 밖으로 나온다. 반드시 이 두 가지 조건이 모두 충족되어야만 유령을 스비쿱 밖으로 불러낼 수 있다.

물론 유령들은 일 년에 몇 번 되지 않는 외출 기회를 마다하지 않지만, 자존심이 너무 강한 탓에 인간이 아부를 떨어야만 못 이기는 척 밖으로 나오는 거다. 그들은 인간의 예의 없는 행동을 절대 용서하지 않아."

"그… 그러면 선생님, 스티븐을 스비쿱 밖으로 나오게 하려면 어떻게 해야 하나요?"

"그걸 알 수 없다는 게 문제다. 유령들에게 자문을 구해봐야겠지만, 지금으로선 스비쿱의 원래 주인을 찾는 게 급선무다. 그가 다시 자기 집으로 돌아가길 원한다면 스비쿱은 억지로라도 스티븐의 영혼을 쫓아낼 거다. 앞서 말했듯 스비쿱은 자기 주인의 말을 무척 잘 따르는 데다가, 하나의 스비쿱에 두 유령이 있을 수는 없거든. 고로… 스비쿱의 주인 유령을 찾아야겠다. 영감님, 날이 밝는 대로 무슨 수를 써서라도 유령을 찾아내겠습니다."

그러자 노튼 슈비 노인은 갑자기 사색이 되어 휴와 데이브를 가리켰다.

"날이 밝는 대로라고! 안 될 말이야! 이 일이 그녀의 귀에 들어가면 당신은 물론이고 이 애들까지 무사할 수 없을걸세! 데르키밈 그 여자는 자기 학생을 끔찍하게 아끼니까!"

노튼 슈비의 말에 지금까지 침착했던 헤더익의 눈동자가 크게 흔들리기 시작했다. 휴 역시 데르키밈이라는 말을 듣는 순간 표현할 수 없는 두려움이 엄습해 왔다.

"그 말씀은 스티븐이…."

헤더익이 떨리는 목소리로 말했다. 휴와 데이브는 깜짝 놀라 헤더익을 쳐다보았다. 그가 그처럼 동요하는 모습은 지금까지 본 적이 없었다. 휴는 지금까지 그가 그저 얕보며 복수의 대상이라고만 생각했던 가르고돔프가 얼마나 두려운 존재인지 어렴풋하게나마 느낄 수 있었다.

"맞네. 스티븐은 가르고돔프 학생이야." 노튼 슈비는 퉁명스럽게 말하면서도 두려움에 몸을 부르르 떨었다.

처음으로 인생의 위기라는 것을 제대로 맞은 느낌이었다. 엄마의 당부에도 불구하고 제멋대로 굴다가 누군가를 심각한 위협에 처하게 했다. 장난치는 것은 좋았지만, 자신의 장난으로 누군가가 다치는 것은 전혀 원하지 않았다. 무척 두려웠지만, 노튼 슈비와 스티븐에 대한 미안함과 데르키밈으로부터 무사해야 한다는 마음이 두려움보다 컸다. 오늘 밤 자신의 장난을 수습하지 않으면 자신은 물론 데이브까지 크게 다칠 것 같았다.

"저도 유령을 찾아볼게요!"

두려움을 이기기 위해 일부러 크게 외친 말이 헤더익의 찬장에 놓여 있는 수백 개의 유리병에 부딪치고 메아리로 되돌아왔다. 그리고 정적이 찾아왔다. 어두컴컴한 헤더익의 방에 자신을 쳐다보는 여섯 개의 눈이 초롱초롱 빛났다. 헤더익의 차가운 눈은 더 이상 차갑게 느껴지지 않았고, 노튼 슈비의 성난 눈빛도 어느새 손자를 지켜야 한다는 책임감으로 빛나고 있었다. 데이브는 금방이라도 "안 돼!"라고 단호하게 외칠 것처럼 눈을 부릅떴다. 휴는 한순간 알코올이 섞인 멈보그 사탕 냄새를 맡은 것 같았다. 정적을 깬 사람은 헤더익이었다.

"안 된다. 내가 지금부터 데르키밈이 알아채기 전에 유령을 찾아내겠다. 너희는 기숙사에서 꼼짝도 하지 말아라. 이 어두운 밤에, 특히나 가르고돔프가 미쳐 날뛰는 지금 같은 때에 홀로 돌아다니는 것은 상상도 하지 마라. 다시 한 번 말하겠다. 기숙사에서 절대 나오지 마라. 알아들었나? 어서 기숙사로 돌아가!"

헤더익이 어느새 다시 차갑고 번뜩이는 눈빛을 하고 음절마다 힘을 실어 말했다. 데이브 역시 그의 말에 전적으로 동의한다는 듯 고개가 부러지도록 끄덕였다.

"휴. 이건 네 잘못이 아니야. 너는 그저 장난을 쳤을 뿐이야. 스티븐의 영혼이 빠져나가길 바랐던 것도 아니잖아. 이건 학교 안에서 도망친 유령 찾기와는 차원이 달라. 헤더익도 벌벌 떠는 가르고돔프와 연관된 일이라고!"

기숙사로 돌아가는 내내 데이브는 휴가 당장이라도 학교를 박차고 유령을 찾으러 나갈 것처럼 그를 예의주시하며 빠르게 말했다. 휴는 만우절 클럽에 들어가겠다고 온갖 장난을 꾸며냈던 일이 전생처럼 아득하게 느껴졌다. 이제 그 만우절 클럽마저도 너무나도 쓸데없고 하찮으며 유치하게 여겨졌다.

"헤더익은 반드시 스티븐을 찾을 수 있을 거야. 오히려 우리가 개입하는 게 일을 더 방해할 수도 있어!"

"데이브! 조용히 해! 난 반드시 유령을 찾으러 가야겠어. 내가 저지른 멍청한 실수에 대해 사죄하고 싶다고!" 휴는 답답한 심정에 소리를 질렀다. 그러자 데이브가 우뚝 멈춰 섰다.

"나는 네가 이곳에서 나가지 못하게 지킬 거야. 가르고돔프에게 당하고 싶은 거야?"

데이브에게서 처음 들어보는 우렁찬 목소리였다.

"크리스 형처럼? 인정사정도 없이?"

데이브가 미친 듯이 소리 지르며 두 주먹을 부들부들 떨었다.

"그들은 제정신이 아니야! 넌 걔네를 몰라. 네가 헤더익도 벌벌 떠는 그들을 당해낼 수는 없어! 그래, 유령을 찾고 스티븐을 원래대로 돌려놓았다고 치자. 그다음엔 어떻게 할래? 네 장난을 어떻게 설명할 거냐고! 그는 가르고돔프야. 네 장난쯤은 우스울 만큼 끔찍한 녀석이라고. 만약 네 장난 때문에 그런 일을 당했다는 걸 알면 그는 너를 죽여버릴 거야. 크리스를 죽였던 것처럼 너도 죽일 거라고!"

데이브는 이제 거의 악에 받쳐 소리치고 있었다. 그러나 휴도 물러설 마음은 없었다.

"데이브! 모든 가르곤이 사람을 죽이는 건 아닐 거야! 스티븐이 크리스를 죽였니? 스티븐은 크리스의 죽음과 무관해. 그는 가르곤이기 전에 누군가의 손자이자 가족이야. 나는 지금 내가 한 짓을 후회해. 네가 느꼈던 슬픔을 노튼 슈비 영감이 똑같이 느끼게 한 것을 후회한다고!"

이제 휴는 머리끝까지 화가 났다. 그래서 데이브의 얼굴이 일그러지는 것을 보면서도 끝까지 말을 이어나갔다. 말을 끝냈을 때, 휴는 지금 느끼는 감정이 무엇인지 분명하게 알 수 있었다. 스티븐을 영영 돌려놓지 못할 수도 있다는 두려움, 노튼 슈비에게 가족 잃는 고통을 안겨주어야 한다는 두려움, 데르키밈으로부터 해를 당할 수도 있다는 두려움. 휴는 데이브를 두고 성큼성큼 걸어갔다. 데이브가 그의 뒤에 대고 악을 썼다.

"너 자신보다 그 가르곤이 더 중요해? 선생님의 반대와 위험을 무릅쓰고 구하겠다며 나설 만큼? 그들은 아무 이유 없이 사람을 죽여. 우리 형에게도 그랬다고! 크리스도 누군가의 가족이라는 걸 그들이 알았을까? 내가 형을 얼마나 많이 사랑하는지는? 아마 몰랐을 거야. 생각하기도 전에 그저 올랜디라는 이유로 죽였으니까! 그들은 완전히 미쳐 있어. 반성의 기미도 보이지 않아! 그들은 다 똑같아. 하나같이 고문과 살인밖에 모르는 미치광이야! 그런 가르곤을 도와줄 필요는 추호도 없다고!"

휴는 데이브의 말을 무시한 채 기숙사 문을 쾅 닫았다. 그의 책상 위에는 엘렌의 편지가 놓여 있었다.

휴! 도대체 무슨 짓을 한 거야? 스티븐이 꼭 죽은 것 같아!
노튼 슈비 노인은 제정신이 아닌 듯 날뛰더니 어딘가로
사라졌어. 지금 엄마와 내가 스티븐을 간호하고 있어.

편지를 보는 즉시 무슨 일인지 말해줘.
스티븐을 어떻게 치료해야 하는지 알려달라고!

휴는 이제 자신이 해야 할 일이 무엇인지 알 것 같았다. 당장 할로윈 기숙사를 빠져나갈 것이다. 유령을 찾을 뾰족한 수도, 스스로를 보호할 방법도 없었지만, 당장 무엇이라도 하지 않으면 죄책감에 깔려 죽을 것 같았다.

휴는 말없이 방을 나섰다. 뒤따라 들어온 데이브는 이제 그를 말리지도 않았다. 방에 있던 리키와 조, 드로이가 호기심 넘치는 표정으로 그들을 쳐다보고 있었다. 방문을 쾅 닫자 리키와 조, 드로이가 데이브에게 득달같이 달려들어 질문하는 소리가 생생하게 들려왔다. 무슨 일이야? 뭔데? 왜 그래? 둘이 싸웠어? 그러나 데이브가 뭐라고 대답하는지는 들리지 않았다.

짧은 순간 휴는 데이브가 자신을 따라 나올지도 모른다고 기대했다. 그러나 빛을 삼키며 닫혀버린 기숙사 문은 다시 열릴 기미가 보이지 않았다. 배신감이 밀려들었다. 어떤 여정도 함께하기로 약속했잖아. 그들은 늘 함께여야만 했다. 즐거운 모험에서든 한 치 앞도 볼 수 없는 위험한 모험에서든 언제나. 그러나 지금 휴의 곁에는 아무도 없다. 데이브는 조금도 망설이지 않고 새로 만난 친구들과 함께 따뜻하고 안전한 기숙사 안에 남았다. 나를 추위와 위험 속에 혼자 남겨두고! 분노로 몸이 떨렸다. 자신이 저지른 용서받을 수 없는 잘못에 대한 분노와 데이브에 대한 실망감과 서운함에서 오는 분노…. 휴는 그것들로부터 멀리 달아나려는 듯 어두운 복도를 내달렸다.

2

순식간에 요한슨의 교무실에 도착한 휴는 질문하는 문을 부술 기세로 두드렸다.

"요한슨 선생님! 계세요? 선생님의 도움이 필요해요! 선생님의 위즈가 필요해요!"

"휴? 저런. 질문하는 문이 또다시 고장 나겠네요! 좀 살살 두드려줬으면 좋겠는데 말이죠! 그 문을 고치는 데 꼬박…." 요한슨이 중얼거리며 휴 앞에 나타났다.

"귀신 탐지 나침반이요, 어서 그 나침반을 주세요!"

"어라! 입이 마르도록 칭찬했던 그 나침반 말인가요? 이번에는 크라켄이랑 싸우러 가기라도 하는 건가요? 꼴이 말이 아니네요. 두려움에 벌벌 떠는 것이…." 요한슨이 낄낄거렸다.

"아니요! 지금은 유령을 잡으러 가야 해요. 세상을 떠돌아다니는 어떤 유령을요!"

휴가 성이 나서 말을 끊자 요한슨은 깜짝 놀란 표정을 지었다.

"세상이라뇨? 설마 이 시간에 학교 밖으로 나가겠다는 건가요? 제정신이 아니군요! 지금 같은 때 밤중에 혼자 돌아다니는 건 너무 위험해요! 학교를 나가려면 교장 선생님의 허락을 받아오도록 하세요. 그 전에는 절대 내 위즈를 내주지 않겠어요!"

휴는 얼떨떨해졌다. 자신의 위즈를 사용하겠다면 언제나 좋아서 껌뻑 죽는 요한슨이 단호하게 말하는 것을 보니 말문이 막혔다. 결국 또다시 휴는 그녀에게 모든 사실을 털어놓았다. 자신의 장난이 불러온 끔찍한 결과와 그로 인해 그가 느끼는 죄책감까지…. 이번에도 역시 요한슨은 호통치지 않았다. 오히려 애정과 연민이 섞인 부담스러운 눈빛으로 휴를 쳐다보았다.

"오. 자신의 실수를 책임지겠다는 용기는 아주 감동적이지만… 여전히 학교 밖은 위험해요. 특히 이렇게 어두컴컴한 밤에는. 올랜디네브 학생이, 그것도 할로윈 학생이 밖에 나갔다가 끔찍한 사고라도 당한다면 나는 절대 견딜 수 없을 거예요!"

요한슨은 무언가를 떠올리며 몸을 부르르 떨었다.

"그렇지! 내가 보호자로 함께 갈게요. 어른이 한 명쯤 같이 있으면 아무도 쉽게 해치지 못할 거예요."

갑작스러운 제안에 휴는 어안이 벙벙해졌지만, 분주하게 움직이는 요한슨을 막을 수 없었다. 요한슨은 재빨리 옷을 여미고 커다란 가방에 자신이 발명한 위즈를 쏟아부었다.

"만약을 위해서."

넋놓고 쳐다보는 휴를 향해 요한슨이 윙크했다. 그 모습은 꼭 소풍 가는 아이 같았는데, 휴는 요한슨이 위즈를 사용해볼 구실을 찾아 신이 났을지도 모른다고 생각했다. 정작 휴는 요한슨과 함께 하는 것이 전혀 안심되지 않았다. 헤더익도 이 일이 가르고돔프와 연루되었다는 사실을 알고 크게 동요했는데, 요한슨은 가르고돔프를 길거리 똥개만큼도 무서워하지 않는 것 같았다. 휴는 더욱 걱정되었다. 아무래도 요한슨은 가르고돔프를 잘 모르는 게 분명해. 이런 사람과 함께 가는 것이 정말로 도움이 될까? 하지만 생각을 마치기도 전에 요한슨이 앞장섰으므로 결국 휴는 그녀와 함께 터벅터벅 길을 나섰다.

올랜디네브의 밤공기는 기분 좋은 신선함을 머금고 차갑게 흔들렸다. 학교 정원을 초연히 밝히는 이슬 맺힌 가로등은 볼 때마다 새로운 아름다움을 뿜어냈다. 하지만 휴에게 올랜디네브의 아름다운 풍경은 사치였다. 지금 그는 껍데기만 남은 듯 공허한 마음으로 유령을 찾고 있다. 그런 그의 마음을 아는지 모르는지 요한슨은 콧노래를 흥얼거리며 나침반을 꺼내 들었다. 나침반의 빨간 바늘이 빙그르르 돌더니 올랜디네브 학교 밖 숲의 한가운데를 가리켰다.

"그렇지! 숲에 있을 줄 알았다! 어서 가보죠." 요한슨이 싱긋 웃으며 앞장서 걸어갔다.

나뭇잎이 바람에 흔들리는 소리와 발을 디딜 때마다 바스러지는 낙엽 소리가 기분 좋게 울려 퍼졌다.

"휴. 아무리 생각해도 이 귀신 탐지 나침반은 곧 위즈 등록에 성공할 것 같군요. 혹시 올랜디네브의 위즈 등록 부서에 가서 증언해주지 않겠어요? 이 위즈가 얼마나 유용한지!"

요한슨이 휴의 눈앞에서 나침반을 흔들며 말했다. 휴는 건성으로 대답했다.

"네. 알겠어요. 나침반이 얼마나 훌륭한지…."

휴는 터벅터벅 걸으며 나침반의 빨간 바늘이 요란하게 움직이는 모습을 지켜보았다.

"아아. 정말로 고마워요. 휴는 정말이지 내가 만나본 중에 가장 지혜가 뛰어난 학생이에요. 위즈를 보는 눈이 아주 높다는 말이죠! 이 위즈를 만들기 위해 얼마나 많은 시행착오를 거듭했는지… 한번은 말이죠…."

요한슨은 잠시도 쉬지 않고 말했고, 휴는 요한슨과 함께 온 것을 후회했다. 학교 밖 세상의 밤은 너무나도 고요했고 들려 오는 것은 낙엽 부스러지는 적적한 소리뿐이었으며… 찰랑. 그때 휴의 귀에 찰랑거리는 물소리가 들렸다.

"선생님? 나침반이 가리킨 곳이 여기가 맞죠? 제 생각에는 조금만 있으면 물이…."

휴가 말을 끝내기도 전에 요한슨이 소리쳤다.

"아하! 이럴 줄 알았어요. 어디 보자 고무보트가… 고무보트를 분명히 챙겼을 텐데!"

요한슨은 달빛을 받아 반짝거리는 강이 코앞에 다가올 때까지 가방을 뒤적거렸다. 끝내 가방 속에 있는 모든 물건을 꺼내 휴의 손에 들려주고 나서야 꼬깃꼬깃 접힌 고무보트를 찾아 꺼낼 수 있었다. 요한슨이 휴의 손에 들린 위즈들을 하나하나 설명해주며 다시

가방에 넣는 동안 휴는 꿈틀꿈틀 펼쳐지며 커지는 고무보트만 쳐다보고 있었다. 종이 쪼가리처럼 자그마했던 보트가 기지개를 켜며 조금씩 자라나기 시작하더니 이내 나룻배 모양이 되었다.

"그리고… 멈보그 파이프까지! 멈보그 파이프가 뭔지는 잘 알죠?"

휴가 마지막으로 들고 있던 멈보그 파이프까지 가방에 넣자 요한슨은 손을 탈탈 털고 고무보트에 올라탔다. 휴는 타고 있는 보트를 바라보며 잠시나마 요한슨이 함께여서 다행이라고 생각했다. 그러나 보트를 타고 강을 떠가는 내내 요한슨이 입을 쉬지 않자 그런 생각도 감쪽같이 사라졌다.

"어디까지 말했죠? 그래! 이 위즈는 말이죠, 개구쟁이 할로윈 귀신들을 잡기 위해 만든 거예요."

요한슨이 손에 든 나침반을 소중하게 들여다보며 말을 이어나갔다.

"가끔 악동 귀신들이 멀리 달아나 고생하는 경우가 있거든요. 감수성이 풍부한 귀신들을 다루려면 위즈도 역시나 까다롭게 만들어야 한답니다. 발명하는 동안 얼마나 많이 폭발했는지!

고생 끝에 귀신 탐지 나침반 몇 개를 만들었는데 그만 바늘에 표시하는 것을 잊어버렸지 뭐예요? 결국 다시 분해해서 나침반 바늘을 빨갛게 칠하는 작업을 하는 데 꼬박 한 달이 걸렸죠. 이 빨간 바늘이 없으면 귀신이 정확히 어떤 방향으로 갔는지 알 수가 없거든요. 그렇게 완성한 것이 바로 이 나침반이에요!"

휴는 멍하니 그 말을 듣고 있다가 벌떡 일어났다. 그 바람에 고무보트가 뒤집힐 뻔했다.

"방금 뭐라고 하셨죠?" 휴는 자기가 잘못 들었길 바라면서 되물었다.

"뭘 말이죠? 나침반을 왜 만들었는지요?" 요한슨이 어리둥절한 표정으로 휴를 살피며 말했다.

"아니요! 그다음에!"

"감수성이 풍부한 귀신을 다루려면 까다로운 위즈가 필요하다!"

"그다음이요!"

"아하! 나침반의 빨간 바늘 말이죠? 내가 만들었지만, 그 섬세함이 어느 위지 못지않다고 자신 있게 말할 수 있어요."

휴는 스비쿱 사건이 있었던 날 자신이 사용한 귀신 탐지 나침반이 어떻게 생겼는지 똑똑히 기억했다. 분명 그 나침반에는 빨간색 바늘이 없었다! 민둥한 은색 바늘만 추를 중심으로 좌우를 가리키고 있었다…. 갑자기 요한슨이 외쳤다.

"이쪽이다!"

한참을 떠가던 고무보트는 그 말을 듣고 저절로 방향을 틀더니 강가에 정박했다. 학교에서 꽤 멀리 나왔는지 숲의 공기는 더 무겁고 바람도 더욱 차졌다. 보트에서 내린 요한슨은 갑자기 아무 말 없이 나침반을 따라 걷기만 했다. 두려움이 엄습했다. 제발 요한슨이 아무 말이라도 해줬으면 좋겠다고 생각하는 순간, 그녀가 걸음

올랜디네브 기념일 학교

을 멈췄다. 두려움을 누르고자 발밑에서 바스락거리는 낙엽 소리에
만 집중하던 휴는 하마터면 요한슨과 부딪칠 뻔했다. 그녀가 멈춘
곳은 공동묘지 입구였다. 창살이 두꺼운 커다란 대문이 서 있었다.
요한슨은 말없이 나침반을 휴에게 보였다. 나침반은 자신이 옳은
길을 인도했다고 자부하는 듯 흔들림 없이 공동묘지 안을 가리키
고 있었다.

　휴는 요한슨에게 건네받은 나침반을 들고 앞장서서 걸어가기
시작했다. 요한슨이 그러라고 시킨 것은 아니지만, 왠지 그래야 할
것 같았다. 공동묘지에 들어서자 축축한 잔디와 낮게 깔린 안개가
다리를 적셨다. 옷들도 무서웠는지 살갗에 철썩 달라붙어 떨어질
줄을 몰랐다. 휴는 후들후들 떨리는 다리에 힘을 주며 나침반을 앞
세워 앞으로 나아갔다.

　얼마 가지 않아 나침반의 바늘에서 철컥 소리가 났다. 휴는 잠
깐 나침반이 고장 난 것은 아닐까 생각했다. 그러나 요한슨은 씩 웃
으며 앞으로 걸어 나가더니, 어떤 비석 주위를 빙글빙글 돌며 수색
하기 시작했다. 그러자 갑자기 키가 크고 살집이 있는 여자 유령이
비석 속에서 쑥 튀어나왔다. 그 유령은 벌벌 떨며 말했다.

　"잘못했어! 내가 잘못했어! 이젠 정말 망했군! 하지만 일부러
그런 건 아니야!"

　유령은 겁에 질려서 완전히 제정신이 아니었다. 휴가 가까이 다
가가니 유령은 깜짝 놀라 다시 비석 속에 숨어버렸다. 휴는 비석에
적힌 이름을 읽을 수 있었다.

이리나 제보 매트 세실

– 세상에서 가장 위대한 위지의 영혼을 기리며

"어서 나와요, 세실! 우린 당신을 해치지 않아요. 당신을 찾으러 올랜디네브 학교에서 나왔다고요!"

요한슨이 장난스럽게 소리치자 이리나 세실은 비석 밖으로 고개만 빼꼼 내밀었다.

"저는 올랜디네브의 선생이랍니다. 인제 그만 나와주세요. 도대체 뭘 잘못했다는 거죠?"

요한슨이 애정이 가득 담긴 눈빛으로 세실을 바라보며 말했다. 세실은 비석 밖으로 나오더니 헛기침을 하고 말했다.

"내가 미쳤었지. 하지만 누구라도 그랬을 거예요. 오오. 그 답답한 스비쿱에 도대체 얼마나 갇혀 있었는지! 눈에 보이는 게 없었다고요! 이건 전적으로 나를 가둔 그 녀석 잘못…."

휴는 눈앞이 캄캄해졌다. 아, 휴가 가둬버린 유령은 스비쿱의 주인 유령이 아니라 이리나 세실이었다. 스비쿱의 주인 유령과 뒷모습이 똑 닮은…. 나침반의 은색 바늘을 잘못 읽고 역사 교실에 들어선 순간부터 일은 잘못되었던 것이다. 휴는 절망감에 고개를 푹 숙였다. 이리나 세실은 얼른 휴에게 다가와 빠르게 말했다.

"네가 그 아이의 친구인 게로구나. 얘야. 미안하다. 도대체 내가 무슨 짓을 한 건지! 난 이제 망했어! 난 끝났어!"

"세실! 진정하세요. 자, 심호흡하고."

요한슨은 얼른 곁으로 가서 이리나 세실을 안정시키려 했다.
그러나 그녀는 더 거세게 흐느낄 뿐이었다.

"제발 나에게 호흡하라고 하지 마요! 난 더 이상 내뱉을 숨이
없다고!"

요한슨은 얼굴을 약간 붉히며 뒤로 물러났다. 이리나 세실은
이를 갈며 말했다.

"난 분명히 나를 시기하고 자유를 갈망하는 어떤 유령의 짓이
라고 생각했어요. 모두가 알다시피 나는 모두에게 사랑받는 위지는
아니었거든요. 나를 이곳에 가둔 유령은 분명 안티 세실 클럽의 회
원이라고 생각했어요. 그들은 살았을 적에도 나를 끈질기게 괴롭혔
죠. 그중에는 유령이 되어서까지 나를 괴롭히는 자도 있었어요! 난,
안티 세실 클럽 회원 유령이 나를 스비쿱에 가두고 자유를 찾아 떠
나버렸다고 생각했어요.

내가 뭘 어쩔 수 있었겠어요? 문이 열릴 때까지 기다리는 수밖
에는! 그리고 마침내 누군가가 문을 열었을 때… 난 너무 흥분하여
그자의 머리를 그대로 스비쿱에 처박았어요!

그런데 아, 아아! 스비쿱이 그 소년의 영혼을 실컷 빨아들였어
요. 그러자 그 소년은… 내 눈앞에서 죽은 것처럼 늘어졌어요. 나는
정말이지 그렇게 될 줄은 몰랐어요. 산 사람의 영혼을 스비쿱에 처
넣다니! 난 분명 유령 법정에서 무기징역을 받을 거예요. 위지로서
내가 이룬 업적은 물거품이 되겠죠!"

이리나 세실은 미친 듯이 빙글빙글 돌며 눈물 콧물을 사방에

흩뿌렸다.

"괜찮아요! 괜찮아! 아직 이 일을 아무도 몰라요. 그러니 희망은 있다고요. 스비쿱의 진짜 주인을 찾으면 돼요!" 요한슨이 그녀를 위로하기 위해 힘차게 말했다.

"무슨 말도 안 되는 소리죠? 이 세상이 얼마나 넓은데요! 유령을 도대체 어떻게…."

가만히 이리나 세실과 요한슨의 이야기를 듣고 있던 휴의 뇌리에 번뜩 어떤 생각이 스쳐 지나갔다. 스비쿱 소동이 있던 날, 휴는 나침반의 바늘이 역사 교실을 가리켰다고 생각했다. 그러나 그것은 착오였다. 색칠되지 않은 바늘을 보고 착각한 것이다. 하필이면 마침 이리나 세실이 역사 교실에서 수다를 떨고 있었기 때문에 완벽하게 속았다. 그렇다면 그날 나침반의 바늘이 가리킨 곳은 틀림없이 역사 교실 맞은편 헤더익의 교실, 그러니까 변장 및 현장 수업 교실일 것이다! 어쩌면 스비쿱의 진짜 주인 유령은 아직 그곳에 있을지도 모른다. 올랜디네브 학교에!

휴는 서둘러 학교로 향했다. 요한슨과 이리나 세실의 유령은 영문을 모른 채 허겁지겁 휴를 따라갔다. 휴는 고무보트에 올라가서야 자신의 계획을 설명했다.

"어쩌면 스비쿱의 주인 유령은 지금 학교에 있을지 몰라요. 헤더익의 교실에요! 우리는 당장 학교로 돌아가야 해요. 그리고 유령을 찾아 노튼 슈비 노인의 집까지 데려가야 하죠. 얼른 움직여요!"

요한슨은 서둘러 고무보트에 명령을 내렸다. 그러자 보트는 잠시 뒤로 물러서더니 앞으로 미끄러지며 빠르게 강을 헤치고 나아갔다. 휴는 잠시 피로감을 느꼈지만 스비쿱 유령을 찾기 전까지는 조금도 쉴 수 없었다. 어찌저찌 유령을 잘 찾아낸다 해도 단단히 화가 난 그녀를 스비쿱으로 돌려보낼 수 있을지는 미지수였다. 휴는 꼬이고 꼬인 일을 생각하다가 진저리가 나서 한숨을 내뱉었다. 그러자 아직도 휴를 스티븐의 친구로 오해하고 있는 이리나 세실의 유령이 눈치를 보며 다가왔다.

"얘야. 정말 미안하구나. 도대체 내가 무슨 짓을 한 건지! 뭐든 내가 도울 일이 있으면 말하렴."

사실 휴는 이리나 세실에게도 미안한 입장이었지만, 스티븐을 구하는 일이 가장 급했기에 시치미를 뗐다.

"유령을 설득하는 일을 도와주시면 고맙겠어요…."

휴가 먼 산을 바라보며 말끝을 흐리자 이리나 세실이 눈을 깜빡이며 미소 지었다.

"맡겨만 주렴! 이래 봬도 내가 생전에 가장 인기 있는 여자 위지 1위를 한 적이 있단다. 물론 안티 세실 클럽 회원들은 나를 끔찍이도 싫어하지만 말이야. 만약 스비쿱의 유령이 안티 세실 클럽의 회원이라면…."

이리나 세실이 머리를 긁적이며 말을 줄였다. 그러나 얼른 휴의 눈치를 살피더니 희망차게 말했다.

"최선을 다하마! 네 친구를 꼭 되찾아주겠어!"

"그런데 왜 스티븐은 스스로 스비쿱 밖으로 나오지 못하는 거예요?" 휴는 이리나 세실의 어색한 미소를 무시하며 말했다.

"배우지 못했잖니! 스비쿱 밖으로 빠져나오는 방법을! 저 잘나신 보이어 영감에게 직접 배운 유령들도 스비쿱에서 살아가는 법을 익히는 데 수십 년이 걸렸어. 하물며 아직 아가처럼 어린 영혼이 어떻게 빠져나오는 방법을 알겠니?"

휴는 끄덕이며 이마를 짚었다. 결국 스티븐을 꺼내려면 스비쿱 유령을 만나는 수밖에는 없겠구나. 학교에 가까이 갈수록 날이 점점 밝아 왔다. 입이 바짝바짝 말랐다. 유령을 설득하는 데 실패하면… 그땐 어쩌지?

저 멀리 올랜디네브 학교가 나타났다. 이른 새벽이라 그런지 학교는 아직 고요에 싸여 있었다. 강가에 소리 없이 정박한 보트가 바람을 뿜어내며 찌그러지기 시작했다. 요한슨은 보트를 재촉하며 휴와 세실에게 먼저 떠나라고 손짓했다.

학교 안은 더욱 고요했다. 휴는 종종걸음으로 변장 및 현장 수업 교실에 도착해 조심스레 안을 살폈다. 거대한 옷 무더기가 나란히 서 있을 뿐, 큐피드 한 명조차 보이지 않았다. 어둠과 먼지에 둘러싸인 교실은 으스스한 분위기를 자아냈다. 저기 어디엔가 유령이 있을 것이다. 그때 갑자기 세실이 휴의 등 뒤에서 크게 소리쳤다.

"실례합니다! 나는 세실이에요! 이리나 세실이라고 들어보셨겠죠? 가장 위대한 위지, 이리나 세실 말이에요. 나랑 이야기를 나누지 않겠어요?"

이렇게 크게 소리치면 귀신도 놀라서 달아나겠어! 휴는 그녀의 입을 틀어막으려 했으나 그녀의 몸은 안개같이 뿌옇고 투명했기에 그대로 고꾸라지고 말았다. 그러는 사이 이리나 세실은 교실 안으로 사라졌다. 때마침 뒤늦게 도착한 요한슨이 귀신 탐지 나침반을 꺼냈다. 나침반의 바늘이 휙휙 돌아가더니 왼쪽 옷 무더기를 가리켰다. 그곳에는 오래된 드레스와 연회복이 가득했다. 큐피드들이 정성스레 관리했으나 너무 오래된 탓인지 퀴퀴한 냄새를 풍겼고 먼지가 굴러다니고 있었다. 바늘이 가리키는 쪽으로 좀 더 가까이 다가가자 레이스가 화려한 르네상스식 드레스가 나타났다.

교실의 끝에 다다라서 더 이상 나아갈 곳이 없게 되었을 때 나침반이 철컥 소리를 내며 멈췄다. 이 근처에 유령이 있을 것이다. 휴와 요한슨은 옷들을 들춰보며 유령을 찾기 시작했다. 얼마 지나지 않아 그들은 르네상스식 드레스 속에 웅크린 희뿌연 형체를 발견했다. 휴가 드레스를 꺼내자 그 안에서 뚱뚱한 유령이 기어 나왔다! 스비쿱 소동 때 보았던 그 유령이었다. 오랫동안 밖에 나와 있었기 때문인지 유령은 활기차 보였다. 잠시 그 얼굴에 혈색이 도는 것이 아닌가 착각할 정도였다. 유령은 휴의 얼굴을 알아보고 약간 눈을 흘겼지만, 곧 드레스들을 이리저리 헤집고 다니며 콧노래를 불렀다.

"내 사랑! 내가 가장 좋아하는 드레스! 평생 구경도 못 해본 드레스가 잔뜩 쌓여 있다니! 여긴 천국이야!"

스비쿱 유령은 휴의 몸을 그대로 통과해 지나가더니 손도 닿지 않을 만큼 높이 걸려 있는 드레스로 다가갔다. 청록색 드레스가 들썩였다. 유령은 쉬지 않고 움직이며 다음 드레스로 향했다. 이런 식으로 몇 번을 반복하자 휴는 애가 탔다. 지체할 시간이 없었다. 그래서 최대한 소리를 죽이고 이리나 세실을 불렀다.

"세실! 이리나 세실! 도와줘요!"

그러자 세실이 옷장 아래 틈으로 미끄러져 나왔다.

"저기 있어요! 저 유령이에요. 그녀를 안정시키고 설득 좀 해주세요!"

이리나 세실은 윙크를 하고 돌아서 유령을 따라갔다. 휴는 두 유령이 둥둥 떠 있는 곳을 바라보며 간절히 기도했다. 제발 유령이 말을 듣길!

세실이 유령의 어깨를 톡톡 치자 스비쿱 유령이 휙 돌아봤다. 방금 막 발견한 분홍색 드레스 덕분에 그녀의 얼굴에는 웃음꽃이 피어 있었다. 그러나 세실을 마주하자 그녀의 얼굴은 곧 딱딱하게 굳었다. 세실도 마찬가지였다. 정중한 척하던 미소를 금세 거두고 얼굴을 심하게 일그러트리며 욕지거리를 내뱉었다. 그러고는 휴의 앞으로 돌아와 속사포처럼 빠르게 말했다.

"얘야. 내가 웬만하면 도와주려고 했단다. 하지만 앤드리아라면 말이 달라지지. 망할 앤드리아는 조금도 말이 통하지 않아. 정말 최악이야. 내 말을 들으려고도 하지 않을 거야. 암. 당연하지. 저 귀머거리 할망구!"

"잘 아는 유령인가요?"

휴가 다그쳐 묻자 이리나 세실은 한쪽 입꼬리를 희미하게 올리며 말했다.

"한때 가장 친한 친구였지."

"아! 당신의 자서전 53쪽에서 본 적 있어요! 올랜디네브 학창 시절, 이리나 세실과 앤드리아 포바는 둘도 없는 단짝이었다. 그런데 그들은 함께한 세월이 무색하게 서로의 적이 되어버렸다." 요한슨이 자서전의 문장을 그대로 읊었다.

"흥. 다 그녀 때문이야. 난 진심으로 앤드리아를 사랑했어. 그러나 앤드리아는 단 한 번도 나를 친구로 생각한 적 없다더군. 그게 우리의 마지막이었어. 매일 폽키츕키 시합을 하며 밤을 새웠던 시간도, 함께 산책하던 시간도 그녀의 말 한마디로 물거품이 되었지. 그녀는 나보다도 훌륭한 폽키츕키 선수였어. 그런데 내가 위지로 큰 성공을 거두자 샘이 난 거야. 어른이 되어갈수록 우리 사이는 점점 멀어졌어. 그러다가 그녀가 먼저 결혼하고 우리는 거의 남남이 되었지. 앤드리아는 기회만 주어졌으면 안티 세실 클럽의 회장까지 되었을 거야! 그녀가 나를 얼마나 시기했는지! 이젠 생각만 해도 치가 떨리네."

이리나 세실은 주먹을 부르르 떨더니 화를 못 이기고 교실 밖으로 뛰쳐나갔다. 이리나 세실이 지나간 자리에는 먼지가 그대로 쌓여 있었다. 앤드리아는 천장에 멍하니 떠 있었다. 휴가 요한슨을 바라보자 요한슨은 어깨를 으쓱거리더니 부드러운 목소리로 앤드리아를 불렀다.

"저, 앤드리아?"

그러나 앤드리아는 미동도 없이 그대로 떠 있었다.

"우리와 이야기를 나누지 않겠어요?"

그러자 앤드리아가 허공을 응시하며 천천히 바닥으로 내려왔다. 방금 보았던 활기찬 얼굴은 온데간데없이 사라지고 십 년은 더 늙은 듯 힘이 없어 보였다.

"여러분이 이리나 세실의 친구라면 할 말이 없어요. 여러분도 나를 똑같이 생각하겠죠. 질투심 많고 이기적인 친구, 이리나 세실의 그림자, 그녀의 시녀로."

앤드리아는 어깨를 늘어트리며 천천히 뒤돌아섰다.

"잠깐만요! 이리나 세실은 조금 전에도 늘 당신을 사랑했다고 말했어요. 그녀의 자서전에도 나와 있는 말이죠. 세실은 당신을 시녀처럼 대한 적이 없어요. 언제나 가장 소중한 친구로 대했죠." 요한슨이 다급하게 말했다.

"세상이 그랬어요. 모두가 나를 보고 그랬다고요. 이리나가 앤드리아를 그저 데리고 다녀줄 뿐이라고. 심지어 부모님까지 우리는 어울리지 않는다고 했죠. 이리나는 위지로 승승장구하는데 너는 어떻게 먹고살 거니? 그런 말들을 듣다 보니 나는 그녀 곁에 있는 게 점점 비참해졌어요. 이리나는 점점 바빠졌죠. 자신과 걸맞은 사람들과 파티를 즐겼고 그들과 식사했어요. 이리나도 결국 세상 사람들과 다르지 않았어요. 나를 부끄러워했죠. 나를 거들떠보지도 않았고 나보다는 더 유명한 사람과 어울리고 싶어 했죠. 난 더 이상 비참해지기 싫었어요. 그래서 내가 먼저 그녀와의 관계를 정리했죠. 애초에 우리는 친구가 될 수 없었어요. 평범하기 그지없는 나는 머리가 비상한 이리나에게 어울리지 않으니까요. 어쩌면 우리는 단 한순간도 친구가 아니었는지도 모르죠. 뒤늦게 깨닫고 그녀와의 관계를 정리했을 때는 굉장히 후련했어요. 역시 나는 나같이 평범한 사람과 어울려야 해요."

그렇게 말하는 앤드리아의 눈에는 눈물이 가득 차올랐다. 요한슨은 할 말을 잃고 휴를 바라보았다. 휴는 앤드리아를 향해 차분히 말했다.

"아니요. 당신은 아직도 이리나 세실을 그리워하고 있어요. 전혀 후련한 표정이 아닌걸요. 당신은 세실을 포기했지만 세실은 당신을 포기하지 않았어요. 세실은 끝까지 당신을 사랑했죠. 세상의 시선과 친구의 사랑, 둘 중에서 당신에겐 뭐가 더 중요했나요? 당신은 세상의 말과 시선 때문에 소중한 친구를 잃고 말았어요. 세실은 변하지 않았어요. 위지로 유명해진 뒤에도 당신을 변함없이 좋아했죠. 변한 것은 당신 마음이에요. 하지만 전적으로 당신 잘못이라는 건 아니에요. 당신은 비참했고, 세상의 시선에 지쳐 있었으니까요. 세실의 행동 하나하나를 비관적으로 보게 되었던 것도 이해해요. 하지만 한 번이라도 세실과 제대로 이야기를 나눠봤나요? 한 번이라도 진정으로 그녀의 입장을 생각해봤어요?" 자신도 모르게 감정이 격해졌다. "친구를 잃고 난 뒤 당신은 정말로 행복했나요?"

앤드리아는 한동안 말없이 휴의 눈을 바라보았다. 그러고는 고개를 절레절레 흔들었다.

"이리나와 절교한 후 세상은 더 이상 나를 비웃지 않았어요. 그런데 참 이상하죠? 나는 전혀 행복하지 않았어요. 이리나가 없는 내 삶도 나름대로 잘 굴러갔어요. 그러나 항상 나사 하나가 빠진 듯 공허한 느낌은 지울 수가 없었어요."

"함께하지 않을 때조차 여러분은 서로를 깊이 생각하고 있었던 거예요."

요한슨이 미소 지으며 앤드리아의 뒤를 바라보았다. 커다란 연미복이 들썩거리더니 흐느끼는 소리가 났다. 잠시 뒤 이리나가 손수건에 얼굴을 파묻고 나타났다.

"난 한 번도 맘 편히 행복해할 수가 없었어! 위지 랭킹 1위에 올랐을 때도 나를 축하해주는 수많은 사람 가운데 네가 없다는 사실이 슬펐어. '내가 너무 잘난 까닭이지' 생각하고 떨쳐버리려다가도 쌀쌀하게 말하던 네가 생각나 완전히 절망에 빠졌지. 단 한 번도 친구였던 적이 없다니! 어떻게 그런 말을 할 수 있어? 난 죽을 때까지 그 말을 잊을 수 없었어. 너를 증오하고 원망하면서도 결국 너를 그리워하며 죽었지. 내 인생은 화려했지만 쓸쓸했어! 너 때문에!"

"심하게 말한 건 미안해! 나 또한 너처럼 화려한 삶이 아니더라도 나름대로 행복하다고, 너 없이도 행복할 수 있다고 생각했고, 그렇게 살려고 노력했어. 처음엔 성공하는 듯했지. 남편과 나는 보란 듯이 행복했거든. 그러나 네 빈자리는 무엇으로도 메꿔지지 않았어. 그건 알고 있니? 이 계집애야!"

이리나 세실과 앤드리아는 가슴을 들썩이며 서로를 노려보더니 동시에 눈물을 터뜨렸다. 그러고는 서로를 껴안았다. 다시 하나가 된 그들을 바라보는 휴는 마음 한구석이 시큰거렸다. 어느새 밤하늘이 물안개 색으로 옅어지고 있었다. 이리나 세실은 그제야 정신을 차렸는지 다급히 말했다.

"앤드리아. 가장 급한 일이 있어."

이리나 세실이 자초지종을 모두 설명하자 앤드리아는 조금 서운해하는 듯했다.

"이제야 너를 만났는데 다시 스비쿱으로 돌아가라고?"

이리나 세실 역시 아쉬운 표정을 지었지만, 휴의 단호한 얼굴을 보고는 얼른 덧붙였다.

"저 아이에게도 우리가 서로를 생각하는 것처럼 소중한 친구가 있어. 그 친구를 찾아야만 해. 우리는 함께할 수 있었던 수많은 순간을 놓쳤지만, 저 아이는 그걸 놓치지 않도록 도와주자. 조금만 있으면 할로윈이니 그때 못 다한 축제를 열자고!"

앤드리아는 빙긋 웃었다. 그러고는 말없이 휴를 앞세웠다. 휴는 두 유령과 요한슨과 함께 노튼 슈비 노인의 집으로 향했다.

8
만우절 클럽

1

코네인 마을에 거의 다 왔을 때는 새벽 별이 반짝이고 있었다. 휴는 안도감에 무너져 내리는 것 같았다. 동시에 어제부터 겹겹이 쌓인 피로가 마치 망치처럼 휴를 두들겨대는 것 같았다. 어제 코네인 마을로 시험을 치러 왔던 일이 벌써 옛날처럼 까마득했다. 그때는 데이브와 함께였는데….

데이브를 떠올리자 몸 안에 있던 생기가 모두 빠져나가는 것 같았다. 더 이상 데이브에 대한 분노도, 미움도 느껴지지 않았다. 모든 감정이 사라진 듯했다. 감정이라는 것이 도대체 언제 존재했던 것인가도 알 수 없을 만큼 허무하고 공허했다. 세상의 모든 재미와 행복이 한순간에 사라져버린 것 같았다.

올랜디네브 기념일 학교

하염없이 걷다 보니 어느새 자신의 집이 나타났지만, 휴는 눈길 한 번 주지 않고 곧장 노튼 슈비의 집으로 향했다. 물론 열쇠 구멍 모양 창문이 난 침실에서 모든 걱정을 잊고 잠에 빠져든다면 참 행복할 것이다. 하지만 스티븐의 영혼이 돌아오지 않는다면 잠을 잘 자격도 없었다.

휴는 조용히 노튼 슈비의 집 문을 두드렸다. 한바탕 욕지거리가 들려 올 것이라 예상했지만, 노튼 슈비 노인은 다 죽어가는 얼굴로 말없이 문을 열고 휴를 들여보낼 뿐 아무 말도 하지 않았다. 그 모습에 휴는 더욱 죄책감을 느꼈다.

곳곳에 먼지가 쌓이고 거미줄이 휘감은 그의 집에 어울리지 않게 향긋한 오렌지 파이 냄새가 풍겼다. 잠시 뒤 부엌에서 미나가 잰걸음으로 나왔다. 휴는 미나가 자신을 못 보기를 바랐지만 그럴 수 있을 리가 없었다. 휴를 발견한 미나의 눈이 휘둥그레졌다.

"안녕하세요?" 요한슨이 이른 새벽치고는 발랄하게 인사를 건넸다.

"휴? 네가 왜 여기에… 아 네, 안녕하세요?"

휴는 노튼 슈비 노인이 미나에게 아무 말도 하지 않았다는 사실에 내심 크게 놀랐다.

"우리 용감무쌍한 휴가 스비쿰의 유령을 찾아왔답니다! 실종되었던 이리나 세실 역시 휴 덕분에 찾을 수 있었죠!" 요한슨이 이리나 세실을 부추기며 모두에게 자랑해 보였다.

"휴! 이 밤에 어떻게 여기 온 거냐? 유령은 또 무슨 말이고?" 미나는 빠르게 캐물으면서도 휴의 눈을 뒤집어 까고 곳곳을 살폈다.

"스비쿱의 유령을 찾았다고! 어서 올라가라!"

노튼 슈비 노인의 다 죽어가던 얼굴에 금세 혈색이 돌았다. 그는 도무지 노인네의 몸짓이라곤 생각할 수 없을 만큼 빠른 속도로 계단을 올랐다.

2층 스티븐의 방 침대 곁에서 엘렌이 꾸벅꾸벅 졸고 있었다. 올리버는 아예 침대 위에서 깊은 잠에 빠져 있었다. 침대 주인인 스티븐은 커다란 안락의자에 앉아 허공을 응시하고 있었다. 창백하고 눈매가 또렷한 모습은 마치 밀랍 인형 같았다. 그의 눈은 생기를 잃은 것처럼 탁하고 공허했다. 멋스럽게 꼬불거렸던 검은색 머리카락도 힘을 잃고 축 늘어진 것처럼 보였다.

그의 앞에 너덜너덜해진 스비쿱이 열려 있었다. 휴는 지체하지 않고 앤드리아를 향해 눈짓했다. 그러자 앤드리아는 손을 흔들며 인사하고는 순식간에 스비쿱 속으로 곤두박질쳤다. 뚱뚱한 앤드리아가 스비쿱 속으로 흔적도 없이 빨려 들어갔다. 동시에 스비쿱 속에서 가녀리고 창백한 영혼이 빠져나와 눈 깜짝할 새에 스티븐의 입속으로 들어갔다.

"스티븐?"

노튼 슈비 노인이 떨리는 손으로 차가운 스티븐의 손을 꼭 잡으며 말했다. 미나 역시 곁에 서서 걱정스러운 눈빛으로 스티븐을 바라보았다. 휴는 마음이 무너져 내리는 것 같았다. 무엇인가 잘못되었다고 생각했다. 아무리 기다려도 밀랍 인형같이 딱딱한 그의 모습이 원래대로 돌아오지 않았던 것이다. 휴는 지푸라기라도 잡는 심정으로 요한슨과 이리나 세실을 번갈아 쳐다보았지만, 그들 역시 불안한 표정으로 연신 다리를 떨 뿐이었다.

노튼 슈비 노인은 죽는 한이 있어도 놓지 않겠다는 것처럼 스티븐의 손을 꼭 잡은 채 그를 바라보았다. 미나는 고개를 푹 숙이고 눈물을 훔쳤다. 어느새 엘렌도 깨어나 휴의 곁으로 다가왔다. 휴는 제발 엘렌이 자신에게 아무 말도 하지 않기를 바랐다. 하지만 엘렌은 당최 휴의 마음을 알아주는 법이 없었다.

"휴!"

"……."

"오빠!"

"……."

"스티븐을 봐!"

"나도 알고 있어, 엘렌. 그러니까 지금은 제발…."

"스티븐이 조금씩 움직인다고! 그의 눈을 봐!"

엘렌이 소리치자 2층에 모인 모든 어른과 유령, 방금 막 일어난 올리버까지 눈을 크게 뜨고 스티븐을 바라보았다.

"스티븐? 스티븐! 정신이 드는 게냐? 뭐라고 말 좀 해봐라!"

노튼 슈비 노인은 어느새 굵은 눈물을 뚝뚝 흘리며 스티븐에게 매달려 있었다. 휴는 크게 울음을 터뜨리고 싶었다. 온 세상을 짊어진 듯한 불안감이 그때까지 단 한순간도 쉬지 않고 그를 괴롭혔던 것이다.

스티븐은 말없이 미소 지으며 자신의 방을 둘러보았다. 그의 까만 눈은 번뜩이며 빛났고 창백하던 얼굴도 분홍빛으로 생기가 돌았다. 인사하듯 2층에 모인 사람들의 얼굴을 하나하나 돌아보던 스티븐의 얼굴이 휴를 마주하는 순간 잠시 딱딱하게 굳었다. 휴는 스티븐이 자신을 알아본 것은 아닐까 생각했다. 일순간 그의 눈이 혜더익의 것처럼 매서워졌기 때문이다. 하지만 이내 그는 다시 환희와 기쁨으로 빛나는 눈을 하고 몸을 일으켜 휴에게 악수를 청했다. 가까이에서 보니 스티븐은 훨씬 더 키가 크고 손도 커다랬다. 웃을 때마다 보이는 보조개가 그를 더욱 매력적으로 보이게 했다. 휴가 어색하게 그의 손을 잡자 미나는 감격스러운 표정을 지었다. 미나는 스티븐을 매우 좋아하는 것 같았다.

잠시 뒤, 노튼 슈비 노인의 식탁은 미나가 준비한 훌륭한 음식들로 가득 찼다. 어두컴컴하던 집 안이 환하게 밝아졌다. 다 함께 따뜻한 음식 앞에 둘러앉아 두런두런 이야기를 나누고 있으니 집 안의 먼지와 거미줄도 정겹게 느껴졌다. 엘렌이 잠든 로지까지 깨워 데려오자 성대한 아침 식사가 시작되었다.

노튼 슈비 노인은 말없이 음식을 먹었지만, 오랜만에 마주한 따뜻한 음식에 감동한 것이 분명해 보였다. 요한슨과 미나, 이리나 세실의 영혼은 음식이 입으로 들어가는지, 코로 들어가는지 모를 정도로 수다에 빠져 있었다. (물론 이리나 세실의 영혼은 음식을 먹는 시늉만 할 뿐이었지만.) 미나가 휴의 학교생활에 대해 묻자 요한슨은 '내가 만나 본 중에 최고로 용감하고 지혜로운 학생'이라며 칭찬을 아끼지 않았다. 미나가 의외라는 듯 깜짝 놀라면서도 자부심 넘치는 표정을 짓자 휴는 저절로 어깨가 으쓱해졌다.

"휴. 스티븐 슈비라고 해. 오늘 일은 정말 고맙다."

스티븐은 자신을 소개하며 진심 어린 감사를 표했다. 휴는 어쩔 줄을 몰랐다. 지금이야말로 잘못을 고백할 때였다. 휴는 목소리를 낮춰 말했다.

"고맙다니, 당치도 않아. 사실 형이 겪은 모든 일은 다 내 잘못이야. 형에게 그 책을 건넨 사람이 바로 나야. 정말 미안해."

스티븐은 그 말에 깜짝 놀란 듯 잠간 표정이 굳었지만, 이내 얼굴을 붉히며 말했다.

"바보같이 스비쿱을 알아채지도 못한 내 잘못이지 뭐. 할아버지가 절대 열지 말라고 말씀하셨는데도 말이야. 사실 나는 스비쿱을 실제로 본 게 처음이거든."

휴는 스티븐과 대화하다 보니 어느새 그가 가르고돔프 학생이라는 것도 잊고 있었음을 깨달았다. 가르곤이라면 살인용 도끼라도 가지고 다닐 것 같았는데, 상상과는 달리 스티븐은 평범하기 그지없었다. 오히려 친절하면서 겸손하기까지 한 그의 모습에 지금껏 자신이 가지고 있던 가르고돔프에 대한 편견마저 사라지는 것 같았다.

"스비쿱을 모른다고? 학교에서 안 배웠어?"

가르고돔프의 학교생활이 궁금한 나머지 휴는 자칫 무례하게 들릴 수도 있는 질문을 던지고 말았다. 하지만 스티븐은 전혀 개의치 않고 우울한 목소리로 말했다.

"가르고돔프에서 배우는 지식은 전부 다 쓸모없는 것들뿐이야. 누군가를 괴롭히기 위한 지혜를 배우지. 하지만 가르곤 대부분은 자신이 무엇을 배우고 있는지, 뭐가 잘못됐는지 전혀 알지 못해. 자기가 가진 지혜를 사용하여 보다 무지한 사람을 부리는 것은 정당하다고 생각하지."

스티븐은 갑자기 변명하듯 재빠르게 덧붙였다.

"하지만 모든 가르곤이 그런 건 아니야! 나는 1학년 때 가르고돔프가 가르치는 것이 무언가 잘못되었음을 깨달았어. 부끄럽지만 그 사건이 없었다면 나는 아직도 가르고돔프의 이상한 가치관에 갇혀 살았을지도 모르지."

스티븐은 그렇게 말하며 몸을 조금 움츠렸다. 그의 하얀 얼굴은 왠지 조금 더 창백해진 것 같았다. 휴가 고개를 갸웃거리자 그는 큰 결심을 한 듯 한숨을 크게 내쉬고 이야기하기 시작했다.

"그날도 오늘처럼 할아버지 집에 놀러 왔어. 비가 아주 많이 왔지만, 나가서 놀겠다는 동생을 말릴 수는 없었어. 하는 수 없이 우리는 타마피강까지 내려갔지. 그곳에서 몸집이 작은 어떤 아이를 만났고, 셋이서 고기를 잡으며 신나게 놀았어."

스티븐은 인상을 찌푸리며 말을 이어나갔다.

"그때 갑자기 물이 불어나더니 순식간에 그 아이가 휩쓸려 떠내려갔어. 나는 어떻게든 그를 구하려 했지만, 그 애는 눈 깜짝할 새에 물속으로 사라졌어. 끝내 물에서 나오지 못했지.

나는 그날 이후로 한 번도 그 아이를 잊은 적이 없어! 좀 더 필사적으로 구하지 못한 것을 매일 후회했지. 그런데 내 동생은 그러지 않았어. 올랜디에 대한 맹목적인 적개심을 가진 가르곤들이 그아이의 죽음을 진심으로 기뻐하며 우리가 무슨 영웅적인 행동이라도 한 양 추켜세워줬거든. 동생은 오히려 의기양양해졌어. 자신이 그 아이를 물에 빠뜨렸다고 거짓말까지 하더군. 더 이상한 점은, 그러한 내 동생에게 데르키밈이 특별상을 내려줬다는 거야. 나는 그 일로 가르고돔프가 얼마나 이상한 곳인지, 데르키밈이 얼마나 사악한지 깨달았어. 그래서 우리는 목숨을 걸고 가르고돔프가 하는 일을, 데르키밈이 하려는 일을 막고 있지." 스티븐이 눈을 반짝거리며 주먹을 움켜쥐고 말했다.

"우리라니?"

"아, 만우절 클럽 말이야. 올랜디네브 학생들도 몇 있지. 우리는 데르키밈을 방해하기 위해 머리를 싸매고 온갖 방법을 동원해. 사람들은 우리가 실없는 장난이나 치는 줄 알지만, 우리의 활동은 그저 단순한 장난질이 아니야. 반항이자 혁명이지. 우리는 모두 목숨을 걸고 이 일에 임하고 있어."

스티븐은 주위를 살피며 조용히 말했다. 어느새 엘렌과 로지, 올리버가 귀를 쫑긋 세우며 휴와 스티븐의 대화를 엿듣고 있었기 때문이다. 휴는 마음이 무거워졌다. 자신이 얼마나 가벼운 마음으로 만우절 클럽에 들어가려 했는지, 만우절 클럽에 들어가기 위해 쓸데없는 장난을 얼마나 많이 쳤는지, 그 장난 때문에 어떤 일이 일어났는지 죽어도 말할 수 없었다. 자신들이 저지른, 장난을 위한 장난과는 달리, 스티븐과 가르고돔프 학생들의 장난은 혁명이자 불복종으로서 더욱 위엄 있고 담대하게 다가왔기 때문이다. 휴는 자신의 어린 생각이 한없이 부끄러워졌다.

휴는 더 비참한 심정이 들기 전에 얼른 말머리를 바꿔 아까부터 물밀듯이 떠오르던 말을 꺼냈다.

"스티븐. 아까 말했던 그 아이 말이야."

스티븐은 갑작스러운 화제 전환에 눈을 끔뻑거렸다.

"물에 빠졌다는 그 애는 어쩌면 내가 아는 사람일지도 몰라."

휴는 스티븐의 말을 듣는 순간부터 데이브가 전해줬던 크리스 이야기가 떠올랐다.

"그 아이는 가족들 품에 돌아갔어. 비록 늦게나마 그를 진심으로 아끼는 어머니와 동생에게로 말이야."

휴는 그 동생이 자신의 가장 친한 친구라고 말하려다가 말았다. 지금으로서는 데이브가 정말로 진정한 친구인지 의문이 들었기 때문이다. 어쩌면 우리는 서로에게 그저 동네 친구 그 이상도 이하도 아니었을지 모른다. 그저 이웃에 사는 또래가 서로밖에 없었기에 친해졌을 뿐, 올랜디네브에서 더 많은 친구를 사귀고 시간이 지날수록 자연스럽게 멀어지는 그런 친구일지도 모른다.

아침 식사가 끝나고 요한슨은 학교로 돌아갔다.

"마침 주말이니 집에서 푹 쉬렴. 하지만 꼭 돌아와야 한다! 월요일은 즐거운 할로윈이니까!"

요한슨은 흥얼거리며 노튼 슈비 노인의 집을 떠났다. 이리나 세실 역시 기분이 좋은 듯 통통 튀며 요한슨을 따라갔다. 휴는 며칠 동안 너무 많은 일을 겪었던지라 당장 이틀 뒤면 할로윈이라는 사실을 깜빡하고 있었다. 하지만 휴는 더 이상 할로윈이 즐겁지 않았다. 탄생일 학과로 옮길 것을 진지하게 고민했다. 과연 내가 공부를 즐거워하며 최선을 다하는 괴짜들 속에서 살아남을 수 있을까 걱정되었지만, 데이브가 다른 친구들에게 둘러싸여 휴를 모른 척하는 장면을 상상하니 차라리 그편이 나은 것 같았다. 마음을 가득 채운 공허함이 삶의 의미가 들어올 자리까지도 밀어내는 것 같았다. 데이브 없이도 내 인생은 살 만할까?

그때 힘없이 노튼 슈비 노인의 집을 나서려는 휴를 스티븐이 불러세웠다.

"휴. 정말 고마워. 내가 곰곰이 생각해봤는데 말이야…."

스티븐은 뜸을 들이다가 말했다.

"만우절 클럽에 들어와주지 않겠니?"

"뭐라고?" 휴는 갑작스러운 제안에 당황하여 되물었다.

만우절 클럽이라니! 휴는 매일 만우절 클럽에 들어가기를 꿈꾸고 바라왔다. 그러나 스티븐에게 만우절 클럽에 대하여 들은 이후로 자신이 정말 만우절 클럽에 들어가도 되는 사람인지 확신이 서지 않았다.

"내가 정말로 만우절 클럽에 들어갈 수 있을까? 그러니까 내말은… 내가 만우절 클럽에 들어갈 자격이 있느냐는 말이야. 나는 형처럼 용감하지도 않고, 그저 끔찍한 장난을 치는 말썽쟁이일 뿐이야. 형한테도 큰 잘못을 했어…." 휴는 부끄러움에 얼굴을 붉혔다.

"아니. 너는 자기 실수에 책임을 질 줄 알아. 절대 도망가지 않았지. 모두들 위험하다고 말렸지만, 너는 네 선택을 믿었어. 우리는 그것을 '용기'라고 부른다. 만우절 클럽에 어울리는 용기 말이지."

스티븐은 단호하게 말하면서도 휴를 따뜻하게 바라보았다. 휴는 여전히 자신에게 자격이 있는지 혼란스러웠지만, 공허한 가슴 한 구석에서 작은 불씨가 피어나 타오르기 시작하는 것을 분명히 느꼈다. 그저 재미있는 장난을 치는 곳인 줄 알고 만우절 클럽에 들어가려 몸부림쳤던 부끄러운 과거는 재가 되어 사라지고 가르곤 학생들과 굳센 저항을 함께하고 싶다는 투지가 불타올랐다. 그래서 휴는 스티븐을 똑바로 바라보며 말했다.

"만우절 클럽에 들어가고 싶어."

"좋아. 내일 당장 나랑 같이 만우절 클럽에 가자. 소개해줄 것이 너무 많아."

스티븐은 기쁜 표정으로 쪽지를 건넸다.

"만우절 클럽은 가르고돔프와 올랜디네브 사이에 있어. 나는 내일 가르고돔프를 통해 클럽에 들어갈 거야. 너는 이 쪽지에 적힌 곳으로 찾아가 문을 열고 곧장 걸어 들어오면 돼. 밤 열두 시 정각에 만나는 거야."

스티븐은 낡은 열쇠를 건넸다. 금칠이 다 벗겨진 열쇠는 알 수 없는 광채를 내뿜는 것 같았다. 휴는 '올랜디네브 중앙 로비 계단실'이라고 삐뚤빼뚤하게 적힌 글씨를 닳도록 쳐다봤다. 몸은 지칠 대

로 지쳤지만, 정신만은 또렷하게 깨어 만우절 클럽을 누비고 다니는
것 같았다.

2

휴는 스티븐과 약속한 시간이 되기만을 손꼽아 기다렸다. 세
실호 안에서도, 올랜디네브 학교의 교문 앞에서도, 심지어 썰렁한
할로윈 기숙사 안에서도 만우절 클럽 생각에 사로잡혀 있었다. 그
리고 드디어 스티븐과 만나기로 한 날, 휴는 밤 열두 시 정각이 되기
오 분 전에 쏜살같이 일어나 쪽지와 열쇠를 챙겼다. 종일 커튼이 드
리워진 데이브의 침대 따위는 신경 쓰지 않으려 애썼다. 휴는 지금
데이브와의 유치한 장난이나 다툼 따위와는 차원이 다른 세계로
들어가려 하고 있었다. 특별한 세계, 특별한 임무, 특별한 책임. 만우
절 클럽은 매일같이 휴에게 특별한 사명감을 불러일으킬 것이다!

올랜디네브의 복도는 여느 때처럼 어둡고 한기가 들었으며 깜
빡거리는 등이 온 힘을 다해 바람과 싸우고 있었다. 중앙 로비는 눈
사람 청소부가 다녀간 듯 번들거리며 빛났고 고풍스러운 분수는 힘
겹게 물줄기를 내뿜었다. 휴는 계단 벽면 한구석에서 문을 하나 발
견할 수 있었다. 그 문은 눈사람 청소부나 사용할 것처럼 아주 작았
다. 문을 열어보니 오래된 나무 냄새만 은은하게 퍼질 뿐 안에는 아

무엇도 없었다.

휴는 리키에게 영원히 타오르는 잭 오 랜턴을 빌려 오지 않은 것을 후회하며 벽을 더듬거렸다. 찬 바람이 들어오는 작은 틈새가 느껴졌다. 휴는 호주머니 속에서 열쇠를 꺼내 그 틈에 꽂았다. 열쇠를 돌리며 힘차게 벽을 밀자 너머에서 웅웅거리는 바람이 불어 와 휴의 얼굴을 세차게 때렸다. 끝없이 내려가는 계단과 울퉁불퉁한 길이 촛불에 비쳐 이상한 그림자를 만들었다.

온통 돌로 된 벽과 흙길이 이어졌다. 가끔 더 차가운 바람이 불 때면 발에 밟히는 자갈들이 데구루루 소리를 내며 굴러갔고 벽돌로 쌓은 벽은 무너질 것처럼 덜컹거렸다. 걸을수록 발이 딱딱해지고 코끝이 빨개졌다. 하지만 휴는 계속해서 걷는 것밖엔 달리 할 수 있는 일이 없었다. 이미 돌아가는 것도 힘들 정도로 멀리 걸어왔기 때문이다. 걸을수록 길은 더욱 멀어지는 것 같았고, 흡사 올랜디네브 학교의 폭포를 뚫고 반대편으로 넘어가기라도 하는 것처럼 사방이 축축했다. 똑같은 벽, 똑같은 촛불이 끝없이 늘어선 똑같은 외길…. 단조로운 풍경이 계속 이어져 마치 꿈속으로 빨려 들어가는 느낌이 들었다. 어지러워질 때마다 단 한 가지만 생각했다. 특별한 책임, 특별한 사명….

너무 오래 걸어서 다리가 주저앉기 일보 직전이 되었을 때, 커다란 오크나무로 만든 문이 눈앞에 나타났다. 꽤 깊이 내려온 듯했다. 지하의 습기를 머금은 문은 축축했고, 경첩도 녹이 슬어 뻑뻑했다. 휴는 문이 열리고 닫히며 벽과 바닥을 긁은 흔적을 바라보며 온 힘을 다해 문을 밀었다.

육중한 문이 천천히 열렸을 때, 휴는 천국을 보는 기분이었다. 붉은 카펫과 휘장으로 장식한 작은 가정집이 마음을 녹일 듯 따사롭게 휴를 반겼다. 따뜻한 온기가 얼어붙은 코끝을 간지럽혔다. 커다란 책상 위에는 온갖 전략들이 쓰여 있을 종이들이 나뒹굴었다. 만우절 클럽 부원의 얼굴이 그려진 것도 있었다. 한쪽 벽면에는 휴가 들어가고도 남을 커다란 옷장이 자리 잡고 있었다. 반대쪽 벽면에는 바퀴 달린 고슴도치와 날카로운 이빨을 가진 입이 쉼 없이 돌아다니고 있었는데, 그와 같은 위즈들이 수십 개는 더 있었다. 보라색과 파란색 액체가 담긴 삼각 플라스크와 공구가 잔뜩 어질러진 책상도 있었다. 책상의 모든 면이 까맣게 그을린 것을 보아 위즈 개발이 한창인 것 같았다.

"휴! 제시간에 왔구나!"

스티븐이 연기가 피어오르는 커다란 병을 휘저으며 나타났다. 만우절 클럽에서 만난 그는 훨씬 더 멋져 보였다. 충혈된 눈에 보안경을 끼고 있었지만, 장난기 어린 미소 때문인지 눈부신 미모가 더욱 도드라졌다.

"우리가 삼 년째 개발 중인 위즈야. 가르고돔프의 만우절 클럽 학생들에게 가장 유용한 위즈가 될 테지. 상처를 금방 아물게 하는 약이랄까. 아직도 성공하려면 멀었지만 우리는 이 위즈가 반드시 필요하거든."

스티븐이 목덜미의 찢어진 상처를 보이며 말했다. 꽤 오래된 상처 같았는데도 여전히 선홍색 살갗이 훤히 드러나 있었다.

"가르고돔프에서 장난을 치려면 목숨을 걸어야 한다."

스티븐이 장난스럽게 윙크했다. 휴는 웃음으로 답한 뒤 가장 높은 곳에 걸려 있는 액자로 눈을 돌렸다. 먼지가 두껍게 쌓인 액자 속에는 짧은 글이 적혀 있었다. 휴는 그 글을 읽기 위해 가까이 다가 갔다. 힘 있는 필체였다.

여행하기 전 겪어보지 않은 그대의 삶은
끝없이 찬란한 엘도라도.
그러나 그대의 여행이 서산에 둥근 원반과 같이 초연히,
그리고 마지막 힘을 다해 빛날 때
비로소 그대가 꿈꿨던 삶과 나의 삶이 다르지 않음을
알게 될 게다.
그럼에도 인생의 여행을 계속해야 하는 까닭은
살아 있기 때문에.
새롭지 않아도, 설령 파멸한 엘도라도를 발견할지라도
그저 살아 있기 때문에.
삶은 최고의 선물이기에.
그 여행을 포기하지 않는 그대들에게 하루의 엘도라도를,
시작하는 여행의 핏줄에 숨 쉬듯 찬란한 설렘을,
지루함 속 잠깐의 특별함을, 잊고 있던 새로움을 선물하겠네.
삶은 최고의 선물. 오늘도 묵묵히 살아가는 그대여,

나의 선물을 부디 기쁨으로 받아주겠나.

"가르고돔프에게 허용된 단 하루의 엘도라도." 스티븐이 어느 새 다가와 말했다.

"만우절이지." 휴는 자신도 모르게 답했다.

"그마저도 모르고 사는 사람이 많지만." 스티븐이 쓸쓸하게 화답했다.

"우리의 만우절은 잠들어 있는 가르곤에게 선사하는 최고의 선물이야. 그들이 눈을 뜨게 하고, 그들의 귀를 열어줄 선물이지."

하루의 엘도라도, 삶은 최고의 선물…. 휴는 이해할 수 없는 말들에 어지러웠다.

"도대체 누가 쓴 글이지?"

휴가 묻자 스티븐이 어깨를 으쓱했다.

"아주 예전부터, 그러니까 데르키밈이 가르고돔프를 쑥대밭으로 만들기 전부터 이곳에 있었던 것 같아. 그녀가 대통령이 되고 나서 가르고돔프의 몇몇 학생들이 이 비밀의 방을 발견했는데, 그때부터 이미 저 글이 붙어 있었거든. 우리는 곧장 이 방을 만우절 클럽의 아지트로 만들었지. 이제는 우리의 집과 같아." 스티븐이 그을린 책상을 부드럽게 만지며 말했다.

스티븐은 또 부원들의 사진을 보여주며 그들의 역할을 소개해주었다. 그중에는 휴 또래의 학생들도 있었는데, 그들의 눈빛은 휴와는 비교가 안 될 정도로 성숙하고 사명감에 불타올랐다. 휴는 만우절 클럽 부원과 위즈에 대해 설명해주는 스티븐의 뒤를 줄줄 따라가면서도 단 한 가지 생각에 사로잡혀 있었다. 만우절 클럽을 나와 할로윈 기숙사까지 걸어가는 동안에도, 침대에 누워 멀뚱멀뚱 천장을 바라보는 동안에도 머릿속에는 액자 속 글귀가 맴돌았다. 삶은 최고의 선물….

휴는 그날 밤을 뜬눈으로 지새웠다. 자고 나면 만우절 클럽에서 봤던 모든 것을 잊어버릴까 봐, 전부 꿈일까 봐 무서웠기 때문이다. 무엇보다 만우절 클럽의 그 글귀가 휴를 끝없이 생각하게 만들었다. 삶이 최고의 선물이라고? 왜?

3

아침이 되었지만 휴는 눈부신 햇살에 몸을 맡긴 채 침대에 축 늘어져 있었다. 밤사이 천국에서 현실로 돌아온 듯 걱정거리가 밀려들었다. 데이브의 침대는 여전히 커튼이 굳게 닫혀 있었으며, 방 안을 아무리 둘러보아도 데이브의 모습을 찾아볼 수 없었다. 휴는 차라리 다행이라고 생각하며 천천히 몸을 일으켰다.

창문을 여니 밤사이 내려앉은 찬 이슬이 또렷하게 보였다. 기분 좋게 선선한 공기가 폐 속으로 밀려들어 왔다. 잠에서 깨어난 뇌가 슬며시 생각을 끄집어내며 어제의 기억을 이어나갔다. 삶은 최고의 선물이라…. 찬 공기 덕분인지, 넓은 창문을 열어 탁 트인 시야 덕분인지 뇌는 꽤 그럴듯한 생각들을 해냈다. 새는 지저귀고, 올랜디네브의 가을 하늘은 말갛고, 11월로 넘어가는 공기는 새롭고… 만우절 클럽은 나를 부르고! 이 정도면 꽤나 만족스러운 삶일지도 모른다. 글귀의 주인은 가을 아침에 큰 감명을 받은 것이 아닐까?

휴는 세상의 주인공이 된 듯한 기분을 느끼며 창문을 닫고 돌아섰다. 그러자 맑은 공기는 휴의 들뜬 기분을 비웃듯 금세 사라져 버렸다. 아니, 그보단 1교시 수업 때문에 난장판이 된 룸메이트들의 침대가, 그 사이 여전히 굳게 닫힌 데이브의 침대 커튼이 휴에게서 힘을 빼앗아 갔다.

만우절 클럽에 갔다 왔고, 가을 날씨도 꽤 마음에 들었지만, 어딘가 여전히 허전한 느낌은 지울 수 없었다. 다시금 창문을 열고 힘차게 침구류를 정리했지만 한번 축 처진 기분은 돌아오지 않았다. 휴는 알 수 없는 감정을 뒤로한 채 일반 역사 수업 교실로 향했다. 여느 때와 같이 역사 교실 안은 시장통처럼 시끄러웠지만, 지금은 오히려 고마웠다. 데이브나 다른 할로윈 학과 학생들의 눈에 띄고 싶은 마음이 전혀 없었기 때문이었다. 드로이와 레베카 곁에 앉아 시시덕거리고 있을 데이브를 상상하니 배가 아팠다. 휴는 교실의 가장 끝자리에 앉아 어서 수업이 끝나기만을 기다렸다. 수업이 끝나면 곧바로 할로윈 기숙사에 틀어박혀 있을 예정이었다.

휴는 수업이 끝남과 동시에 곧바로 기숙사로 달려갔지만, 그곳은 라디오 쇼를 듣는 학생들과 오늘 밤 할로윈 파티를 준비하는 학생들로 북적였다. 드로이가 휴를 발견하고는 빠르게 다가와 말했다.

"휴! 도대체 어디 있었던 거야? 데이브는 또 어디에 있고?"

휴는 드로이와 레베카 곁에 데이브가 없음을 알아차렸다. 하지만 알 게 뭔가? 드로이와 레베카가 아니면 리키와 조 곁에서 신나게 내 흉을 보고 있겠지!

"어쨌든 오늘은 기숙사에 꼭 남아 있도록 해. 오늘 밤 할로윈 파티를 준비하는데 두 명이나 빠져서 우리가 얼마나 힘들었는지 몰라. 어서 이 잭 오 랜턴 좀 옮겨줘!" 레베카가 세피엘라처럼 요란을 떨며 휴의 품에 잭 오 랜턴을 넘겨주었다.

휴는 올랜디네브의 정원과 할로윈 기숙사를 몇 번이고 왔다 갔다 하며 파티 준비를 도왔다. 전교생이 모이는 파티장을 꾸미는 것은 생각보다 더 고된 일이었다. 그 덕분에 휴는 데이브 생각을 말끔히 잊을 수 있었다.

파티장 꾸미기는 해가 고개를 숙일 때쯤 마무리되었다. 무거운 잭 오 랜턴을 쉬지 않고 날랐더니 온몸이 쑤셨다. 휴가 느릿느릿 기숙사로 돌아갔을 때, 그곳에서는 리키와 조가 파티장을 장식할 살아 있는 박쥐를 길들이느라 애를 먹고 있었다. 그러나 데이브는 그 어디서도 찾아볼 수 없었다. 휴는 이제 슬슬 애써 무시하던 데이브의 행방이 궁금해지기 시작했다. 도대체 어디서 뭘 하길래 할로윈 행사 준비를 돕지 않는 거냐고!

저녁이 찾아오고 서서히 바깥 풍경이 어두워져갔다. 휴는 슬슬 걱정이 되었다. 하지만 무슨 상관인가! 우리는 그저 같은 학과 학생들, 그 이상도 이하도 아닌데! 하지만 어둠이 짙게 깔리고 할로윈 파티 의상을 갖춘 학생들이 하나둘씩 웃음꽃을 피우며 나타나기 시작하자, 휴는 할로윈 학생들을 기웃거리며 데이브 찾기에 나섰다. 떠올리기도 싫었지만 걱정되는 마음을 막을 수가 없었다.

설마 부활절 학과로 옮긴 것은 아니겠지? 머릿속에서 온갖 이상한 생각들이 떠올랐다. 부활절 학과에서 골똘히 공부하는 데이브의 모습을 상상하던 그때, 갑자기 호주머니 속에서 뾰족하고 길쭉한 것이 미친 듯이 요동쳤다. 데이브가 휴에게 줬던 어디서든 만년필이었다. 휴가 주머니에 손을 넣어 꺼내자 만년필은 미친 듯이 튀어 오르며 종이를 찾더니 그의 하얀 와이셔츠에 글을 써 내려갔다. 만년필은 글씨를 쓰다 말고 움직임을 멈추더니 그대로 기숙사 마룻바닥에 떨어져버렸다. 휴는 고개를 숙이고 만년필이 뭐라고 적었는지 확인했다. 와이셔츠에는 다급한 필체로 적혀 있었다.

살려줘. 여기는 가르고돔프의 묘…

두 동강 난 만년필이 바닥을 굴렀다. 휴는 데이브를 철저히 무시하기로 했던 다짐을 한순간에 잊어버렸다. 가르고돔프의 묘? 무슨 말도 안 되는 소리야? 그러나 휴는 순간 직감했다. 데이브는 상당한 위험에 처해 있다. 데이브를 찾아야 한다. 그때 한 가지 생각이 번뜩였다. 휴는 망설임 없이 달리기 시작했다.

9

원하는 곳으로의 문

1

휴는 미친 듯이 주위를 두리번거리며 가르고돔프의 묘가 어디에 있는지 알 만한 사람을 찾았다. 그러나 할로윈 파티에 들뜬 올랜디 중 그 누구도 가르고돔프에 대해 알 것 같지 않았다. 휴는 곧장 헤더익의 교실로 향했다. 한 걸음 한 걸음 내디딜 때마다 데이브의 목숨이 닳는 것 같아 달리지 않을 수 없었다. 복도를 쿵쾅거리며 달리다가 낮게 날던 큐피드와 부딪칠 뻔했지만, 머리 장신구를 바닥에 잔뜩 떨군 큐피드의 꾸지람은 들을 여유도 없었다.

마침내 헤더익의 교무실에 다다랐다. 교무실 문을 잡아당기고 밀어보면서 휴는 단단히 잘못되었음을 느꼈다. 머릿속이 그 어느 때보다 빠르게 돌아갔다. 그래. 헤더익은 할로윈에 학교에 없다. 아마도 멈보그 사탕을 수거하러…. 여기까지, 그만 생각하자. 그럼 이제 어쩌지? 어서 다음 대책을 생각해내야 한다! 휴는 헤더익의 교무실과 교실 앞을 서성이며 생각했다. 땀으로 축축해진 손으로 벽을 두들길 때마다 벽에 손자국이 찍혔다. 문득 바라본 헤더익의 교실 맞은편 역사 교실엔 이상한 벽화가 있다. 별 쓸모도 없어 보이는, 그저 검게 칠해진 흉한 문 그림. 휴는 망설임 없이 맞은편 역사 교실의 문을 열었다.

역사 교실에 들어서자 교실 전체를 압도하는 벽화가 제일 먼저 보였다. 휴는 벽화 앞으로 성큼 다가섰다. '원하는 곳으로의 문'을 그린 오래된 벽화는 휴의 키 두 배만큼 높았다. 휴는 차가운 벽돌의 감촉을 느끼며 그림이 그려진 벽을 밀어보았다. 꿈쩍도 하지 않자 여기저기 두드리고 손잡이를 찾아 더듬거리기도 했다. 그러나 손에서 배어 나온 땀이 그림을 더럽힐 뿐, 애먼 시간만 속절없이 흘렀다. 휴는 벽에서 물러서서 벽화 전체를 원망스럽다는 듯 노려보았다. 올랜디네브 부부의 미소가 얄밉게 느껴졌다. 그래서 휴는 대뜸 몰아붙이듯 올랜디네브 부부를 불렀다. 휴의 기억이 정상이라면 올랜디네브 부부는 벽화 속에서 살아 있었다.

"올랜디네브 부인?"

휴는 카랑카랑한 목소리로 벽화를 향해 말을 걸었다. 혼자서 그림에 말을 거는 모습이 얼마나 우스울지는 떠올리지 않으려 했다. 그러나 벽화는 세상의 모든 벽이 그러하듯 묵묵부답이었다.

"올랜디네브 씨!"

휴는 조금 조바심이 나 다그쳐 불렀다. 그러나 그들은 그림 같은 미소로 답할 뿐이었다.

"제발! 멍청하게 굴지 말아요! 애들도 벽화가 움직인다는 걸 다 안다고요!"

휴는 답답해서 몸서리가 날 지경이었다.

"저기요, 제 친구가 위험해요. 이 문을 뚫어버리든 부숴버리든 난 이 문으로 데이브에게 가야겠어요. 원하는 곳으로의 문을 열어 줘요!"

휴는 올랜디네브 학교의 모든 사람을 불러 모을 것처럼 발을 구르며 소리 질렀다.

"당신들 움직일 수 있는 거 다 알아요. 여기까지 내려와서 이 문을 열어주시든 그 잘난 지혜로 뿅 하고 저를 데이브에게 데려다 주시든 어서 움직여달란 말이에요. 설마 그만큼의 지혜도 없는 건 아니겠죠? 골렘만큼이나 멍청한 당신들께 실망이에요."

휴는 어른에 대한 예의가 아닌 것을 알면서도 떠오르는 대로 마구 내뱉었다. 한시가 급한 지금, 그의 눈에 보이는 것은 아무것도 없었다.

그때 그림에서 깔깔 웃는 소리가 났다.

"여보. 이번에도 우리가 당해낼 소년이 아닌 것 같구려."

올랜디네브 씨가 배꼽을 잡고 있었다! 그러자 올랜디네브 부인이 따뜻하면서도 모든 것을 꿰뚫어 볼 듯한 눈빛으로 휴를 내려다 보았다. 어느새 부부를 둘러싼 아이들도 호기심 어린 표정으로 기웃거리고 있었다.

휴는 꼭 꿈을 꾸고 있는 것 같았다. 그림 속 사람과 대화하다 니…. 하지만 곧 정신을 차리고 용건을 말했다.

"어서 이 문을 열고 저를 데이브에게로 데려다주세요. 제가 원하는 곳으로요."

"똑똑하기도 해라. 저 문 너머에 뭐가 있는지 보인다는 게냐?"

올랜디네브 씨가 비꼬는 말투로 킬킬거렸다.

"글쎄, 난 골렘같이 멍청해서 저 문 너머에 뭐가 있는지도 모르겠는데…"

올랜디네브 씨가 휴를 위 아래로 훑었다.

"너머에 뭐가 있는지도 모르는 저 위험한 문을 너처럼 어린애한테 열어줄 수도 없잖겠니?"

이때까지도 올랜디네브 부인은 한참 휴를 내려다보았다. 부부를 둘러싼 아이들은 의자에 앉아 다리를 앞뒤로 흔들고 부부에게 귓속말을 하기도 했다. 올랜디네브 부인의 침묵이 한참 이어지자 휴는 무어라 변명하려고 했지만 부인의 눈이 점점 더 가늘어졌기 때문에 옴짝달싹도 하지 못했다. 드디어 올랜디네브 부인이 입을 뗐다. 장난기 넘치는 올랜디네브 씨의 얼굴도 부인의 말을 경청하는 듯 진지해졌다.

"정말로 그곳에 갈 준비가 되었겠지? 네가 원하는 그곳으로 말이다."

"다시 한 번 생각해봐라, 애야. 너는 어떤 위험이 도사리고 있는지 전혀 몰라. 그 문을 열고 들어간 뒤엔 너 혼자 모든 것을 견뎌 내야 하지."

올랜디네브 씨는 부인의 말에 짐짓 놀란 듯했지만, 그녀의 기에 눌려 휴를 향해 돌아서서 말했다. 휴는 그들이 도대체 무슨 말을 하고 있는지 알 수가 없었다. 단 한 가지 확실한 사실은 올랜디네브 부인은 분명 이 문을 열어줄 수 있다는 것이었다.

"네 무의식을 이겨내야 한단다. 무의식을 이겨내지 못한 사람은 무의식에 갇혀 목표를 잃어버린단다. 자신이 어디로 가고자 했는지, 무엇을 하려 했는지, 그리고 자신이 누구인지조차도."

올랜디네브 부인이 말하자 올랜디네브 씨가 그녀에게 속삭였다.

"여보. 이 아이에게 준비할 시간을 줍시다."

올랜디네브 부인은 말없이 끄덕이며 휴를 지긋이 바라보았다. 하지만 휴는 도무지 떠오르지 않았다. 무엇을 준비하라는 거지? 그래서 지푸라기라도 잡는 심정으로 요한슨의 교실로 달려갔다. 웬일인지 요한슨의 교실은 활짝 열려 있었고 그녀의 위즈 가방도 책상 위에 떡하니 놓여 있었다. 휴는 가방 속에 손을 넣어 그 안에 든 물건을 닥치는 대로 주머니에 쑤셔 넣었다.

일반 역사 교실로 돌아가는 발걸음은 전보다 더욱 빨라졌다. 올랜디네브 부부가 마음을 바꾸어 다시 딱딱하고 차가운 벽화로 돌아갈 것만 같아 조바심이 났다. 다른 학생들이 오늘 밤 할로윈 파티에 어떤 옷을 입고 갈지 고민하며 휴의 옆을 스쳐 지나갔다. 지금 휴는 그들과 완전히 다른 세계 사람이었다. 이 순간 그의 애타는 마음을 알아줄 사람은 어디에도 없었다.

일반 역사 교실에 들어선 휴는 입을 떡 벌렸다. 벽화 한가운데 커다란 구멍이 뚫려 있었던 것이다. 그 구멍 위에는 '당신이 원하는 그곳으로'라고 적혀 있었다.

"원한다면, 가거라." 올랜디네브 부인이 말했다.

"네가 원하는 그곳으로." 올랜디네브 씨가 눈짓하며 말을 완성했다.

"세상에! 보윗 선생님은 분명 그런 문은 존재하지 않는다고 했는데!"

휴가 뻥 뚫린 구멍을 바라보며 못 믿겠다는 듯 말하자 문 앞에 서 있던 노파가 뒤돌아서더니 말했다. "살면서 그토록 멍청한 인간은 처음 본다니까."

그 노파는 돼지코도, 애꾸눈도, 주걱턱도 아니었다. 피부가 잼처럼 흘러내리는 늙은 마녀였다! 마녀가 손가락을 튕기자 뚫린 구멍 안쪽으로 끝도 없는 돌길이 나타났다.

"잊지 마라. 무의식을 이겨내야 한다. 그리고…." 마녀가 씩 웃더니 말했다. "즐거운 할로윈 되거라!"

돌길에 발을 내딛자 환하게 비춰 오던 교실의 불빛도 마녀의 목소리도 순식간에 사라졌다. 이제 휴는 고요한 어둠이 짙게 내리깔린 돌길 위에 우두커니 서 있었다. 리키의 영원히 타오르는 잭 오 랜턴과 똑같이 생긴 랜턴들의 작은 불빛이 돌길을 비추고 있었다.

하지만 가냘픈 빛으로는 돌길을 둘러싼 나무와 덤불의 깊은 어둠을 이겨내기 역부족이었다. 휴는 떨리는 마음을 다잡고 발걸음을 옮겼다.

2

길의 끝이 어딘지도 모른 채 휴는 하염없이 걷고 또 걸었다. 그러다 갑자기 불안해지면 뛰었다. 걷고 뛰기를 반복하다 보니 어느새 온몸은 땀으로 범벅이 되었고 얼굴은 불덩이를 올려놓은 듯 후끈거렸다. 한참을 가도 똑같은 길만 이어져서 걱정이 더욱 커졌다.

'이러다가는 데이브가 당하겠어!'

초조해진 휴는 다른 길이 있는지 주위를 미친 듯이 둘러보았다. 그때 어디선가 자신을 바라보는 시선이 느껴졌다. 초록색 눈 한 쌍이 어두운 나무 사이로 쓱 움직였다. 짐승의 것처럼 어둠 속에서 빛을 뿜어내는 그 눈은 점점 휴에게 다가왔다.

'위즈를 꺼내야 해! 맞서 싸워야 해!'

휴는 호주머니를 더듬어 손에 잡히는 대로 꺼냈다. 그것은 반드 파이프 모양을 하고 있는 멈보그 파이프였다. 어느새 그 눈이 휴의 코앞까지 다가왔다. '공격한다!' 휴는 겁에 질려 머리를 감쌌다.

"깔깔깔!"

　　　　　　　　　　올랜디네브 기념일 학교

웃음소리가 터져 나왔다. 휴가 마지막으로 보았던 마녀였다. 마녀는 잔뜩 겁먹은 휴가 우스웠는지 쉰 목소리로 낄낄 웃었다.

"내 이럴 줄 알았다. 초조하고 겁먹은 꼴이 꼭 물에 빠진 생쥐 같구나. 그렇게 작은 심장으로는 무의식의 반도 이겨내지 못한다!"

"하지만 길이 끝나지 않잖아요! 도대체 데이브는 어디에 있는 거죠?"

"쯧쯧! 네 친구를 만날 수 있다는 기쁨으로 가다 보면 이처럼 짧은 길도 없을 것을! 어서 기뻐해라! 춤을 춰라! 오늘 밤 재회할 친구를 위해! 그리고… 오늘은 즐거운 할로윈이니까!"

마녀가 갑자기 휴의 손을 잡고 빙글빙글 돌기 시작했다. 어찌 된 영문인지 휴의 발이 저절로 리듬을 타며 앞뒤로 움직였다. 빙글빙글 돌기도 하고 옆으로 쭉 뻗어 스텝을 밟기도 하며 현란하게 움직였다.

마녀가 손을 놓자 휴의 발은 더욱 격렬하게 움직였다. 신발이 돌길에 딱딱거리며 부딪치는 소리가 울려 퍼졌다. 마녀는 만족스러운 표정으로 휴를 쳐다보더니 다시 나무 사이로 사라졌다. 혼자 남은 휴는 다리를 후들후들 떨며 그 자리에 주저앉았다. 하지만 두 다리가 스스로 벌떡 일어나 또다시 춤을 추기 시작했다. 휴는 겁에 질려 마구 소리를 질렀다. 하지만 그 비명은 어둠에 부딪혀 되돌아올 뿐, 그 누구도 휴를 도우러 오지 않았다. 휴는 홀로 이 무의식을 이겨내야 했다.

휴는 비틀거리다 나무뿌리에 걸려 넘어지기도 하고 가지에 찔리기도 하며 한 걸음씩 내디뎠다. 데이브를 찾아내야 한다. 그를 구해야 한다. 지금 휴가 바라는 것은 그것뿐이었다. 정신을 집중하자 다리가 경중경중 뛰어올라 앞으로 나아가기 시작했다. 휴는 비록 넘어질 듯 휘청거렸지만 돌길 위를 빠르게 미끄러져 내려가며 질주했다. 간간이 보이는 폐가와 잡초가 무성한 정원 등… 이제까지 보이지 않던 풍경들이 휴를 스쳐 지나갔다. 조금 더 나아가니 어두운 베일처럼 새카만 물이 흘러가는 강이 보였다. 그러나 데이브는 어디에도 없었다. 그렇다면 데이브는 강 너머에 있다. 하지만 다리가 문제였다. 휴의 다리는 나무에 찔리고 긁혀서 너덜너덜해진 채 아직도 끊임없이 춤을 추고 있었다. 이대로라면 강에 뛰어들고 말 것이다….

그때 또 한 번 익숙한 초록색 눈이 나타났다. 마녀가 창문이 다 깨지고 대문마저 무너진 폐가 앞에서 알 수 없는 약을 만들고 있었다. 펄펄 끓는 솥과 플라스크 수십 개가 그 앞에 놓여 있었다. 그녀는 뭐가 문제인지 알 수 없다는 듯 자꾸 고개를 절레절레 흔들었다.

"모르겠어. 정말 모르겠단 말이야. 도대체 뭔지 모르겠다고!"

마녀는 플라스크 몇 개를 들어 냄새 맡아보고 흔들기도 하며 내용물을 확인했다. 플라스크의 겉에는 여러 가지 단어가 큰 글씨로 적혀 있었다. 사랑, 나, 그녀, 행복, 삶 따위의 단어였다. 마녀는 또다시 말했다.

"도대체 이것은 무슨 약일까? 알 수가 없다네!"

마녀는 중얼거리며 플라스크 몇 개를 집어 들고는 차례대로 솥 안에 쏟아부었다.

'오늘'이 적힌 보라색 약이 솥에 떨어지자 솥은 펑 소리를 내며 붉게 타올랐다. 마녀는 콜록거리며 그다음 약을 모조리 부어버렸다. '너'라고 적힌 약이었다. 마녀는 꼬질꼬질한 손으로 또 다른 플라스크를 집어 들더니 냄새를 맡아보고는 뿌듯한 표정으로 약을 부었다. 플라스크에는 '삶'이라고 적혀 있었다. 그러자 솥은 작은 거품을 쏘아 올리며 그녀의 눈과 똑같은 초록색으로 끓어 올랐다. 마녀는 조심스럽게 맛을 보더니 내용물을 신나게 휘저었다. 그러다 별안간 또다시 중얼거렸다.

"이 약은 어떤 약일까? 알 수가 없다네!"

무의식이 마구 소용돌이치는 느낌이었다. 무의식 중에 저장된 이상한 광경과 언어, 문장 들이 머릿속에서 휴와 함께 춤추는 것 같았다. 휴는 정신을 집중했다. 여러 개의 단어와 그 단어들이 한데 섞여 들끓는 커다란 솥단지라…. 그러는 동안에도 다리가 얼마나 격렬하게 춤을 추던지 발에 불이 붙을 것 같았다. 마녀가 쏟아부은 텅 빈 플라스크들이 솥단지 주변에 널브러져 나뒹굴며 반짝거렸다. 휴는 온 힘을 다해 무의식 속에서 기억을 찾아내기 위해 노력했다.

"오늘도 함께할… 너."

휴는 폽키춉키 경연에서 처참하게 묻혀버린 세피엘라의 문장을 천천히 끄집어냈다. 말하는 사람은 자신인데 꼭 세피엘라가 말하는 것만 같다는 생각이 들었다. 마녀는 휴가 그 자리에 있는지 몰랐다는 것처럼 시치미를 떼고 그를 바라보았다.

"덕분에 삶은…"

휴는 더욱 천천히 말했다. 한 글자라도 틀리는 순간 마녀가 커다란 솥단지를 휴를 향해 엎어버릴 것만 같았다.

"절대로… 당연하지 않다…. 오늘도 함께할 너 덕분에 삶은 절대로 당연하지 않아!"

휴는 확신에 찬 말투로 다시 한 번 반복했다. 심장이 어찌나 빠르게 뛰는지 금방이라도 밖으로 튀어나올 것 같았다. 마녀의 눈이 점점 커다랗게 뜨이더니 솥단지에 든 약과 휴를 번갈아 쳐다봤다.

"확실한가?" 마녀가 말했다.

"확실해요." 휴는 눈도 깜빡하지 않고 말했다.

"확실한가?" 마녀가 또다시 물었다.

"확실해요."

휴는 조금 더 힘주어 말했다. 가슴 한구석에서 뜨거운 열기가 올라오는 것 같았다. 지칠 대로 지쳐 인대에 염증이 생길 것 같은 다리 때문인지, 이겨내고야 말겠다는 승부욕 때문인지, 아니면 그 순간에도 생각나는 데이브 때문인지는 모르겠지만, 이제 온몸이 불타는 것 같았다. 마녀는 그런 그에게 조용히 손짓하더니 말했다.

"그렇다면 네가 마셔보렴."

마녀는 작은 플라스크에 솥단지의 약을 담아 휴에게 건넸다. 휴는 제대로 걸으려고 노력하며 마녀에게 다가갔다. 마녀가 주는 약을 마셔도 되는지 의문이었지만 더 이상 나빠질 것도 없겠다 싶었다. 휴는 단숨에 약을 들이켰다.

온몸을 감싸고 있던 열기가 완전히 폭발해버리는 느낌이었다.

뜨거운 피가 머리까지 솟구쳐 올라 몸에 있는 모든 구멍으로 튀어 나올 것 같았다. 온몸 구석구석을 불로 지지는 듯 살이 타는 냄새가 났다. 휴는 고통을 느꼈다. 그를 서서히 분해하는 것 같은 고통이었다. 다리의 근육이 팽팽하게 부풀어 올랐다. 이리저리 찢어진 상처에서는 빨간 피가 흘러나와 바지를 적셨다. 잠시 뒤 춤추던 두 다리가 서서히 멈추는 것을 느낄 수 있었다. 휴는 깊은 안도감에 참았던 숨을 내쉬었다.

휴는 구름에 가려졌던 달이 희미하게 빛나는 것을 보았다. 이제 데이브를 만나러 가자. 휴는 힘차게 강으로 나아갔다. 강물은 차가웠지만, 뜨거운 몸을 식혀주었고 고통으로 몽롱한 정신을 깨워주었기에 오히려 좋았다. 물과 만난 다리의 상처가 쉼 없이 피를 뿜어댔다. 강물이 수십 갈래의 실처럼 휴의 종아리를 간지럽혔다. 전에도 이런 것을 느껴본 적이 있어!

강물을 헤치며 앞으로 나아가던 휴는 이내 자신의 직감이 틀리지 않았음을 두 눈으로 확인할 수 있었다. 머리카락같이 새카만 강물에 수십 개, 아니 수백 개의 보름달이 둥둥 떠 있었다. 하지만 휴는 더 이상 겁나지 않았다. 요로나는 그저 억울한 기억에 사로잡혀 있는 물귀신일 뿐이다. 그래서 그는 여유롭게 나아갔다. 부드러운 물살과 머리카락이 휴의 손가락을 스치고 미끄러졌다. 그때, 요로나 몇 명이 휴의 앞을 가로막았다.

"제 발로 찾아왔구나."

그중 한 명이 눈을 번뜩거리며 말했다. 세피엘라처럼 찌르는 듯 듣기 싫은 고음이었지만 사람의 것과 전혀 다르지 않은 목소리였다.

"용감도 하여라."

또 다른 요로나가 비꼬듯이 말했다. 그들은 올랜디네브 학교의 호수에서 본 요로나들보다 훨씬 불친절했다. 다른 요로나들도 몰려 들어 휴의 주위를 둘러쌌다. 휴는 꼼짝도 못하는 신세가 되었다. 그 제야 손끝이 덜덜 떨리며 위험 신호를 알렸다.

"용감한 소년에게 우리의 한을 담은 노래를!"

요로나 한 명이 갑자기 소름 끼치는 미소를 짓더니 소리를 질 렀다. 그와 동시에 휴를 둘러싼 모든 물귀신이 우는 것 같기도 하고 비명을 지르는 것 같기도 한 이상한 노래를 불렀다. 원한은 담은 그 들의 곡조는 점점 빨라졌다. 휴는 정신이 혼미해졌다. 뇌가 점점 죽 어가는 것 같았다. 다리에서 흐르던 피가 싸늘하게 식으며 딱딱하 게 굳어가는 느낌, 철저히 외롭고 고독한 죽음이 임박한 느낌…. 휴 는 영문도 모른 채 이곳에서 죽어가고 있다. 물귀신과 싸우는 법조 차 제대로 알려주지 않은 코넬수스가 원망스러웠다. 그가 가르쳐준 것이라곤 온통… 그때 문득 보이어의 책에 적힌 문구가 떠올랐다.

귀신을 제대로 다루기 위해선 귀신을 제대로 알아야 한다.
귀신을 다루기 위한 용기와 기술은 정보에서 나온다.

요로나에 대한 정보라니? 그들은 그저 죽음의 기억과 영원한 원한에 사로잡혀 있는 물귀신일 뿐이다! 그들이 그 기억을 잃는다면 어떨까? 죽음과 원한을 잊어버린다면! 그때 제대로 기능하는 얼마 안 되는 뇌의 한 부분이 요한슨의 위즈를 사용하라고 호통을 쳤다. 그 방법밖에는 없어! 정신 차려!

휴는 호주머니에 손을 넣었다. 덜덜 떨리는 손끝이 차가운 유리를 스쳤다. 휴는 그대로 멈보그 파이프를 꺼내 그들을 향해 마구 쏘아댔다. 물귀신들은 이제 노래를 부르며 춤까지 추고 있었다. 격렬하고 빠른 곡조와 어지러운 춤사위 때문에 정신이 아득해졌지만 멈보그 파이프를 쏘는 손을 멈추지 않았다.

멈보그 가루가 코와 눈과 입으로 들어가자 그들은 신나게 노래 부르다 말고 켁켁거리며 목을 움켜잡았다. 어떤 물귀신은 요란하게 재채기를 하다가 쓰러졌고, 어떤 물귀신은 멈보그 가루를 피해 멀리 달아났다. 휴는 물귀신들이 정신을 잃은 틈을 타 재빠르게 물 위로 올라왔다. 물 위로 올라오자마자 휴는 세상의 모든 공기를 빨아들일 것처럼 힘차게 숨을 들이마셨다. 축축하지만 싱그러운 공기가 몸속을 흘렀다. 휴는 서서히 눈을 뜨고 사방을 둘러보았다. 머릿속도 다시 태어난 듯 또렷하고 상쾌해졌다.

커다랗고 하얀 건물과 높은 울타리가 코앞에 있었다. 휴는 데이브가 가까이 있음을 느낄 수 있었다. 더 이상 힘이 빠지지 않았다. 내딛는 한 걸음 한 걸음이 무의식과의 싸움에서 승리한 것을 축하하는 듯했다.

대리석과 유리창으로 장식된 하얀 건물은 달빛을 받아 반짝거렸다. 유리창 너머 유령 몇몇이 수다를 떠는 가운데에 지금까지 본 어떤 것보다 커다란 묘비가 웅장하게 자리하고 있었다. 휴의 방보다도 커 보이는 묘비였다. 휴가 문을 열고 들어갔지만, 그 유령들은 거들떠보지도 않았다. 하얀 머리와 수염을 산발한 유령 하나가 대화의 중심에 서서 이야기를 듣고 있었다. 그가 웃을 때마다 눈가에 주름이 자글자글하게 잡혔다. 커다란 묘비 위에는 글자가 빼곡하게 적혀 있었다. 언젠가 본 적 있는 힘찬 필치의 익숙한 글이었다.

> 여행하기 전 겪어보지 않은 그대의 삶은
> 끝없이 찬란한 엘도라도.
> 그러나 그대의 여행이 서산에 둥근 원반과 같이 초연히,
> 그리고 마지막 힘을 다해 빛날 때
> 비로소 그대가 꿈꿨던 삶과 나의 삶이 다르지 않음을
> 알게 될 게다.
> 그럼에도 인생의 여행을 계속해야 하는 까닭은
> 살아 있기 때문에.
> 새롭지 않아도, 설령 파멸한 엘도라도를 발견할지라도
> 그저 살아 있기 때문에.
> 삶은 최고의 선물이기에.
> 그 여행을 포기하지 않는 그대들에게 하루의 엘도라도를,
> 시작하는 여행의 핏줄에 숨 쉬듯 찬란한 설렘을,
> 지루함 속 잠깐의 특별함을, 잊고 있던 새로움을 선물하겠네.
> 삶은 최고의 선물. 오늘도 묵묵히 살아가는 그대여,

올랜디네브 기념일 학교

나의 선물을 부디 기쁨으로 받아주겠나.

삶은 최고의 선물…. 만우절 클럽에서 봤던 글이다. 휴는 다시
한 번 그 글을 들여다보았다. 내 삶의 최고의 선물, 여행 속에서 잊어
버린 새로움, 데이브! 휴는 퍼뜩 정신을 차렸다. 나는 지금 데이브를
구하러 왔다. 여기 어디엔가 데이브가 있다.

휴는 곧장 반대쪽 문을 열고 나갔다. 대리석으로 된 무거운 문
을 열자 커다란 공터가 나타났다. 공터는 울타리로 둘러싸여 있었
고 울타리 너머에는 크고 작은 묘지들이 줄지어 있었다. 그때 저 멀
리 엎어져 미동이 없는 사람의 형체가 휴의 눈에 들어왔다. 어두
운 풀밭 위에 뻣뻣하게 뻗어 있는 사람은 갈색 머리 데이브가 틀림
없다!

휴는 공터를 가로질러 곧장 데이브에게 다가갔다. 근원 모를 힘
이 몸속에서 뿜어 나오는 것 같았다. 휴는 한달음에 공터 끝까지 내
달려 자신의 키보다도 훨씬 높은 울타리를 경중 넘었다. 마치 초능
력자가 된 것 같았다.

"데이브! 데이브!"

휴는 힘없이 늘어진 데이브의 뺨을 찰싹찰싹 때리며 그를 일
으켜 세웠다. 데이브는 꽁꽁 묶인 채로 풀밭에 고꾸라져 있었다. 창
백한 얼굴은 땀과 눈물로 얼룩져 있었다. 그는 한참 동안 먹지도, 자
지도, 씻지도 못했는지 퀴퀴한 냄새가 풍겼다. 그 모습은 마치 스비
쿱 소동 때 마주했던 유령을 연상시켰다. 데이브의 눈가에는 깊은

그림자가 드리워져 있었고 두 눈은 영혼이 빠져나간 것처럼 탁했다.

"데이브?"

휴가 거칠게 흔들어 깨웠지만, 데이브는 창백한 얼굴을 더러운 잔디에 댄 채 꼼짝도 하지 않았다. 휴가 잡아당기자 데이브는 휴의 팔 안에서 죽은 것처럼 늘어졌다. 심장이 철렁했다. 이게 무슨 일이야? 데이브가 죽을 리가 없는데, 죽지 않아야 하는데…. 이 모든 상황이 거짓말처럼 느껴졌다. 어디까지가 무의식이 보여주는 환상이고 어디서부터 현실인지 구분할 수도 없었다. 1000미터 달리기를 한 것처럼 뻐근한 다리와 물에 젖어 축축한 몸은 이것이 실제라고 외치고 있었지만, 이 외딴곳에서 죽은 것처럼 보이는 데이브는 망할 무의식이 만들어낸 거짓이다. 거짓이어야만 한다. 올랜디네브 부부는 무의식을 이겨내야 한다고 했다. 그러나 물에 젖은 손발만큼이나 또렷하게 느껴지는 데이브의 차가운 살갗은 이것 또한 무의식이 아니라 실제라고, 진짜라고 말하고 있었다. 구역질이 났다. 데이브가 이토록 끔찍한 장난을 쳐가며 휴를 놀래키는 세계란 없을 것이다. 마찬가지로 데이브가 없는 삶이란 것도 존재할 수 없었다. 휴에게 있어 데이브는 당연이자 필연이었다. 그러나 지금 데이브는 그 모든 법칙을 깨버리고 곁에 쓰러져 있었다.

휴는 심장이 입밖으로 토해져 나올 것 같은 느낌을 간신히 참으며 데이브를 들쳐 업었다. 그 순간 휴는 누군가의 커다란 구둣발에 걷어차여 그대로 풀밭에 뻗어버렸다. 눈앞에 창백하고 잘생긴 얼굴이 나타났다. 스티븐이었다.

10
가르고돔프

1

"예상대로군."

스티븐이 소름 끼치는 말투로 말했다. 그는 냉소가 가득 찬 얼굴로 혐오스러운 벌레를 보듯 휴와 데이브를 번갈아 보았다. 스티븐은 데이브의 만년필을 정신없이 돌리고 있었다.

"눈물 나는 우정이야."

스티븐이 구두코로 휴의 배를 짓이기며 말했다. 휴는 입 밖으로 장기가 다 튀어나오는 느낌이었지만, 아무 저항도 할 수가 없었다. 스티븐이 왜 여기에? 그의 뒤로는 다섯 명이나 되는 키 큰 무리가 떼 지어 서 있었다.

"고맙게 됐어. 덕분에 데르키밈을 볼 면목이 서는군. 올랜디를 두 명이나…."

스티븐은 차가운 미소를 지었다. 만우절 클럽에서 보았던 따뜻한 눈빛은 찾아볼 수도 없었다. 어느새 다섯 명의 무리가 그에게 다가왔다. 그들은 하나같이 어두운 정장을 입고 있었으며 덩치가 아주 컸는데 이상한 가방을 메고 있어서 더욱 커 보였다.

"역시. 훌륭한 작전이군. 올랜디를 참 잘 안다니까. 하마터면 제 발로 찾아온 귀여운 애송이를 놓칠 뻔했군. 이제 그만 출발하자고."

덩치가 너무 커서 어떻게 봐도 전혀 학생 같지 않은 사람이 말했다. 그러자 갑자기 스티븐이 버럭 화를 냈다.

"아니! 데르키밈이 가르고돔프에 도착하기 전까지 이놈들을 이곳에 숨겨놔야 해! 또다시 나의 공을 빼앗길 수는 없다고! 썩어빠진 위즈 실험 부서 놈들이 가로채간 공만 벌써 수십 개야! 이번에야말로 반드시 데르키밈에게 인정받겠어. 이 년 전 올랜디를 수장시켰을 때의 영광을 되찾겠다고!" 스티븐이 쩌렁쩌렁 소리치자 무리는 경외심이 가득 담긴 표정으로 그를 바라보았다.

휴는 피가 거꾸로 솟는 것 같았다. 이들이 데이브를 해친 게 분명하다. 또 이 년 전 수장된 올랜디는 분명 죽은 크리스를 가리키는 말일 것이다. 스티븐은 크리스의 죽음으로 무척 괴로워했지만, 자기 동생은 그로 인해 데르키밈에게 큰 상을 받았다고 했다. 자세히 보니 눈앞에 선 남자는 스티븐과 확연하게 구분되는 지독히 어두운 눈동자를 가지고 있었다. 가르고돔프에 미친 스티븐의 동생. 그는 스티븐의 동생이었다.

구둣발에 차인 명치가 고통스러웠지만, 휴는 어떻게든 숨을 쉬려고 노력했다. 가슴이 불안정한 주기로 들썩거렸고, 숨을 들이마셔도 몸속으로 내려가지 않았다. 그대로 빠져나가려는 듯 입안을 맴돌 뿐이었다. 그럼에도 휴가 억지로 숨을 밀어넣으며 비릿한 피를 삼키는 것은 오로지 저 녀석의 목을 졸라버리고 싶다는 마음 때문이었다. 크리스를 잔인하게 죽였다고 당당하게 말하는 그 표정은 역겹기 짝이 없었다.

"하."

휴가 피 섞인 침을 뱉으며 비웃음을 터뜨리자 모두의 이목이 집중되었다. 녀석의 검은 눈동자가 점점 작아지며 휴에게로 꽂혔다.

"무슨!"

"크리스가, 가르곤에게, 죽었다고?"

제대로 말하기도 힘들었지만 휴가 짧은 단어들을 힘주어 가까스로 뱉어낼 때마다 녀석의 동공은 더욱 작아졌고, 무리의 웅성거림도 커졌다.

녀석이 점점 더 가까이 다가왔다. 휴는 입꼬리를 억지로 올리며 신랄하게 비웃었다.

"확실히 알아둬. 그건 사고였어."

휴는 힘겹게 손가락을 들어 무리를 손가락으로 가리키고 또 녀석을 가리키며 말했다.

"전부 너희가 따르는 이 녀석의 비겁한 거짓말이야."

휴는 온 힘을 짜내어 말했다. 크리스의 죽음은 누군가에게 평생의 슬픔이며 또 다른 누군가에겐 평생의 후회였다. 누군가가 당당하게 그의 죽음을 모욕하는 꼴을 지켜볼 수는 없었다.

갑작스러운 휴의 말에 가르고돔프 무리가 수군거리기 시작했다. 한껏 의기양양했던 스티븐 동생의 얼굴이 순식간에 한 번도 본 적 없는 무시무시한 괴물처럼 변했다. 창백한 얼굴이 잔뜩 구겨졌다. 그는 얼굴과 머리를 쥐어뜯으며 금방이라도 사나운 짐승으로 변할 것처럼 발악했다.

"그! 올랜디는! 내가! 죽였어!"

그가 휴를 발길질하며 소리 질렀다. 그의 둔탁한 구둣발에 맞을 때마다 휴는 뼛속 깊이 멍이 드는 것 같았다.

"내가! 그를! 물에 빠뜨려 죽여버렸다고!"

그는 이제 휴의 얼굴과 배를 마구 밟기 시작했다. 입에서 찝찔한 피 맛이 났고 머리에서 피가 하염없이 흘러내려 시야를 가렸다. 깜짝 놀란 무리들이 그를 붙잡으며 말리기 시작했다.

"이봐, 잭! 진정해. 이 자식이 죽으면 위즈 실험은 물론 아무짝에도 쓸모가 없어! 그만둬!"

잭은 성난 황소처럼 두 주먹을 불끈 쥐고 그들에게서 벗어나려고 발버둥 쳤다. 그는 휴를 밟아 죽이려고 작정한 것 같았다. 그러나 휴는 순순히 죽어줄 생각이 없었다. 휴는 시선이 분산된 틈을 타 그들을 향해 멈보그 파이프를 던졌다. 아까의 발길질로 금이 가고 깨져버린 멈보그 파이프가 가루를 흩날리며 그들의 머리 위로 날아갔다. 나선형을 그리며 새카만 하늘과 풀밭을 가로지르는 멈보그 가루. 휴는 마치 슬로비디오를 보는 것처럼 멈보그 가루가 만들어 낸 주황색 무지개를 응시했다. 제발 그들이 멈보그 가루를 잔뜩 마시고 정신을 잃어버리길, 엄청난 무기력에 빠져 다시는 일어나지 못하길 간절히 바랐다….

수억 개의 멈보그 가루가 서서히 그들의 머리 위로 떨어졌다. 눈이 내리듯 살포시 내려앉은 그 가루들은 가르고돔프 무리의 몸에 있는 모든 구멍에 들어가 눈을 멀게 하고 숨을 쉴 수 없게 했다. 잭과 그 무리는 눈을 비비고 구토를 하며 쓰러졌다. 그들은 목을 움켜잡으며 멈보그 가루를 뱉어내려 애썼고 괴로운 듯 소리를 질렀다.

휴는 만족하며 쓰러졌다. 코가 간지러웠다. 멈보그 가루가 휴의 머리에도 내려앉은 것 같았다.

'아아. 나도 이대로 기억을 잃으면 참 좋을 텐데. 데이브도 잊고….'

휴는 데이브의 차갑게 굳은 손을 꼭 붙잡았다.

'데이브의 죽음도 잊고….'

그러고는 멀리서 웅성거리는 소리를 들으며 깊은 잠에 빠졌다.

2

눈을 떴을 때 처음으로 본 것은 거미줄이 수놓인 침실 커튼이었다. 보석처럼 총총히 박힌 거미줄이 약하게 흔들렸다. 새로 태어난 것처럼 정신이 또렷하고 머리가 맑았으므로 휴는 아직 자신이 죽지는 않은 모양이라고 생각했다. 무엇보다 온몸이 바늘로 쿡쿡 쑤시는 것처럼 아팠다. 뼈가 다 부스러진 것처럼 몸을 움직일 수 없었고, 다리는 잘려 나간 것처럼 감각이 없었다. 갑자기 휴의 얼굴 위로 수십 개의 시선이 쏟아졌다.

"깨어났나?"

"뭐? 눈을 떴다고?"

"휴가 정신을 차렸니?"

"휴!"

음질 나쁜 라디오를 틀어놓은 것처럼 목소리들이 짓뭉개져 들려 왔다. 그때 먹먹한 휴의 귀를 뻥 뚫고 달려드는 소리가 있었다.

"휴! 휴!"

데이브? 분명 데이브의 목소리다. 꿈인가? 휴는 또다시 잠에 빠졌다.

한참이 지나 눈을 떴을 때 본 것은 하얀 머리와 수염을 가진 유령이었다. 휴는 데이브를 구하러 갔다가 보았던 흰머리 유령을 떠올렸다. 손을 뻗자 축축한 안개와 점액질로 뒤덮인 피부 대신 쭈글쭈글하고 딱딱한 사람의 손이 잡혔다. 그는 손을 뻗어 휴를 일으켜 세웠다.

기분은 아주 좋았다. 온몸이 멍투성이에다 아프지 않은 곳이 단 한 군데도 없었지만 심장이 부드럽게 요동치고 들뜨는 느낌이 싫지 않았다. 무언가 중요한 것을 잊은 것 같기도 하고 그 중요한 무언가가 끝나가는 것 같아 조바심도 났다. 잠시도 참을 수가 없어 주위를 두리번거렸다. 휴는 할로윈 기숙사에 안전히 돌아와 있었다. 어찌 된 영문인지는 몰라도 그의 앞에 예스퍼츠 교장과 헤더익, 요한슨, 데이브와 이리나 세실, 코넬수스까지 서 있었다. 예스퍼츠는 빙긋 웃으며 휴의 손을 놓았다. 휴가 생명줄처럼 그의 손을 꼭 잡고 있었던 것이다.

"죄송해요." 휴가 멋쩍게 웃으며 갈라진 목소리로 말했다.

예스퍼츠는 깜짝 놀란 표정으로 말했다.

"오오. 멍청한 아이로구나. 휴, 너는 방금 너보다 두 살이나 많은 가르고돔프 다섯 명을 무찌르고 네 친구를 무사히 구했단다."

요한슨과 이리나 세실이 걱정이 가득 담긴 표정으로 그를 바라보았다.

"하지만 저는 분명히 정신을 잃었어요. 데이브… 데이브는 지금 어딨죠?"

휴가 손에 얼굴을 파묻고 물었다. 그때 익숙하고 차가운 손이 휴의 어깨를 덥석 짚었다. 휴가 번쩍 놀라 돌아보니 눈이 팅팅 부은 데이브가 다리와 머리에 붕대를 감고 위태롭게 서 있었다.

"반 죽어 있는 사람을 살리는 것보다 멈보그 가루를 잔뜩 마신 사람 깨우는 게 더 오래 걸리다니."

코넬수스가 쯧쯧 혀를 찼다. 휴의 머리맡에는 깨진 유리가 모두 제거되어 금속 테만 남은 멈보그 파이프가 놓여 있었다.

"흠흠. 그래도 할로위니바를 역으로 사용하길 잘했어요."

요한슨이 허리를 꼿꼿하게 세우며 말했다. 이리나 세실이 동의했다.

"할로위니바를 지우기 위해 멈보그 가루를, 멈보그 가루를 지우기 위해 할로위니바를. 지혜롭군요. 할로위니바가 뇌의 그… 어딘가… 말초신경이라 하던가요? 그 부분을 자극한 것으로…."

예스퍼츠가 손을 살포시 들어 구구절절 설명하려는 이리나 세실을 막았다. 이리나 세실은 자존심 상한 표정으로 예스퍼츠를 노려봤지만, 뒤따른 친절한 말 한마디로 금세 기분이 풀렸다.

"다행히도 세실이 쓰러진 너희를 발견했단다."

예스퍼츠는 이리나 세실에게 눈을 찡긋했다. 이리나 세실은 시선이 집중되자 턱을 치켜들고 당당하게 말했다.

"별거 아니었어요, 예스퍼츠. 난 그저 할로윈이라 무덤에서 파티를 즐기고 있었답니다. 그때 이상한 광경을 보았어요. 가르고돔프의 어두운 밤하늘 저 멀리서 주황색 무지개가 빛나는 거예요! 처음에는 할로윈을 위한 깜짝 이벤트인 줄 알았죠.

하지만 저는 금세 이상한 점을 눈치챘어요! 가르고돔프에서 할로윈 이벤트라니? 그래서 곧장 그곳으로 달려갔죠. 그곳엔 아이들 일곱 명이 쓰러져 있었어요. 저는 금방 휴를 알아볼 수 있었죠. 그리고 그가 꼭 잡은 그의 친구까지! 그래서…."

이리나 세실의 말이 끝날 기미를 보이지 않자 이번에도 예스퍼츠가 재빨리 말끝을 잡아챘다.

"곧장 요한슨에게 말해 너희를 구해냈지."

"오! 아니에요. 제가 그 공동묘지에 도착했을 때는 이미 헤더익이 두 아이를 업고 나오던 중이었답니다! 가르고돔프의 유령도 함께 있었어요!"

요한슨이 겸손하게 말하자 헤더익이 무뚝뚝하게 답했다.

"멈보그 사탕을 수거하던 중에 우연히 가르고돔프의 유령을 만난 것뿐입니다. 가르고돔프의 유령이 나에게 알려줬죠. 자신의 무덤에서 일어난 끔찍한 사건을 말입니다."

헤더익의 말을 듣고 휴는 자신이 거대한 비석 앞에서 보았던 흰머리 유령이 가르고돔프였음을 알았다. 지금 생각해보니 산발이 된 머리를 빼면 툭 튀어나온 이마며 처진 눈이 예스퍼츠의 것과 똑같았다. 자신이 들어갔던 대리석 건물은 가르고돔프의 무덤이었던 것이다. 그렇다면 그 글도 가르고돔프의 것일까?

"저, 교장 선생님? 가르고돔프의 묘에서 이상한 글을 보았어요. 삶은 최고의 선물이라느니, 단 하루의 엘도라도라느니, 여행 중에 잊었던 새로움이라느니…. 만우절 클럽에서 보았던 것과 똑같았어요. 가르고돔프가 만우절 클럽에 있었나요?"

휴는 맥락 없고 황당한 질문이라는 것을 알면서도 궁금증을 참지 못하고 물어보았다. 다행히 예스퍼츠는 그의 질문을 이해했고, 전혀 웃지도 않았다.

"글쎄다. 가르고돔프는 만우절 클럽의 훌륭한 학생들만큼 재치 있는 사람은 아니었단다. 그러나 그 글의 수수께끼는 내가 풀어

줄 수 있겠구나."

예스퍼츠가 휴에게 작은 엽서를 건넸다. 그 엽서에는 반듯한
글씨들이 적혀 있었다.

인생이라는 여행을 겪어보기 전,

가르고돔프, 네 삶은 끝없이 찬란한 엘도라도였지.

그러나 네 여행이 한창을 넘어 서서히 저물어갈 때,

서산에 둥근 원반과 같이 초연히,

그리고 마지막 힘을 다해 빛날 때

비로소 네가 꿈꿨던 삶과 이미 여행을 시작한 나의 삶이

다르지 않음을 알게 될 게다.

매우 실망스럽겠지.

그럼에도 인생의 여행을 계속해야 하는 까닭은

살아 있기 때문에.

새롭지 않아도, 설령 여행 가운데 예상치 못하게

파멸한 엘도라도를 발견해도 그저 살아 있기 때문에.

삶은 최고의 선물이기에.

그 여행을 포기하지 않는 네게 하루의 엘도라도를,

여행을 시작하기 전 느꼈던 기대와 찬란한 설렘을,

지루함 속에 잠깐의 특별함을,

어쩌면 네가 기대했을지도 모르겠지만

여행 속에서 잃어버린 새로움을 선물하고 싶구나.

올랜디네브 기념일 학교

삶은 최고의 선물이란다.

오늘도 묵묵히 살아가는 엘도라도,

나의 선물을 부디 기쁨으로 받아주겠니?

"엘도라도?"

"가르고돔프의 별명이었지." 예스퍼츠는 빙긋 웃었다.

"그는 어렸을 적, 매일을 크리스마스처럼 살았어. 그 덕분에 그의 친구들과 가족들은 행복 속에 살아갔지. 우리는 그를 엘도라도라고 불렀단다. 그가 일반인 여성을 사랑하기 전까지는 말이지. 그는 점점 더 큰 행복과 즐거움을 원했어. 일반인 여자친구를 매일 행복하게 해주고 싶어 했고, 실제로 그렇게 했어. 그는 그녀와 단란한 가정을 이루어 살아갔단다.

그런데 올랜디네브 정부의 기운 관리 부서에서 일하던 나는 알아차렸단다. 올랜디네브 학교에서 일하던 그가 불법으로 크리스마스의 기운을 유출하고 있다는 것을 말이다! 아무리 형제여도 눈 감아줄 수는 없었어. 나는 당장 그에게 할당되는 기운의 양을 줄였지. 그러자 그의 아내는 바로 병에 걸렸단다. 매일 특별한 행복 속에 살아가다가 한순간에 잃어버렸으니 그럴 만도 하지. 휴, 명심하거라. 특별함에 매달리는 건 어쩌면 불행으로 가는 지름길이지.

가르고돔프는 아내를 망친 크리스마스를 혐오하게 되었어. 모든 기념일을 없애야 한다고 말했지. 기념일은 인생의 가치를 저버리는 흉악한 무기일 뿐이라고. 그래서 그는 결국 올랜디네브와 돌아섰

단다. 아내와 딸, 손주까지도 모두 데리고 떠나버렸지. 그를 따르는
자들은 올랜디네브를 극도로 싫어했어. 가르고돔프와 나는 언젠
가부터 적대적인 사이가 되어버렸지.

나는 그의 마음을 돌리기 위해 수도 없이 편지를 썼단다. 매일
특별함에 매달릴 수는 없다고, 그것은 인생이라는 여행의 시작부터
불가능했다고, 그가 상상하는 엘도라도는 현실에 없다고. 매일의
엘도라도는 불가능하지만, 살아가는 것은 그 자체로 선물임을 깨우
쳐주고 싶었단다. 우리는 살아가는 것만으로도 행복할 수 있고, 나
는 이 여행의 길을 묵묵히 걸어 나가는 사람들에게 기념일이라는
작은 특별함을 선물하고 싶다고 말해주었지.

드디어 가르고돔프는 마음을 열었어. 올랜디네브에 협력의 손
길을 내밀고 나의 말을 들어주었지. 그러나 그것도 잠시, 그는 불의
의 사고로 죽어버렸단다. 안타까운 가르고돔프. 나의 사랑하는 동
생. 하지만 그 역시 그렇게 못된 사람은 아니었다는 사실을 기억해
주렴."

예스퍼츠는 말을 마쳤다. 가르고돔프의 숨겨진 이야기부터 불
의의 사고까지 엄청난 사실을 전해 들은 휴는 정신이 혼미해질 지
경이었다. 요한슨은 예스퍼츠의 이야기를 듣고 눈이 동그래졌으며
헤더익은 인상을 찌푸리며 심각한 표정을 지었다.

"자자. 그러나 오늘만큼은 가르고돔프도 할로윈 파티를 즐기느
라 시간 가는 줄 모른다는 것, 잊지 말게나! 오늘은 즐거운 할로윈이
라네! 호박파이가 식기 전에 어서 파티장으로 향하자고!"

예스퍼츠가 기운차게 말하자 휴는 지금 당장 할로윈을 즐기지 않으면 죽을 것 같은 기분이 들었다. 너무나 빠르게 뛰는 심장을 할로윈 파티장에 맡기지 않으면 큰일 날 것 같았다. 휴가 가슴을 붙잡고 부들거리며 일어나자 예스퍼츠가 길을 내주었다.

예스퍼츠가 개구쟁이다운 미소를 띄운 채 고개를 끄덕이자 휴는 쏜살같이 복도로 빠져나갔다.

"아무래도 할로위니바를 너무 많이 처방한 것 같군."

휴는 껄껄 웃는 예스퍼츠를 뒤로 하고 심장이 시키는 대로 움직였다. 데이브가 절뚝거리며 급히 따라 나왔다. 온몸이 제 것이 아닌 것처럼 어색하고 아팠지만 심장은 할로윈이 전하는 설렘에 이미 한껏 들떴다. 아픈 몸도 심장의 뜻을 거스를 수는 없었다.

"휴! 좀 멈춰봐!"

저 뒤에서 데이브의 다급한 목소리가 들렸다. 휴는 짜릿한 기쁨을 느꼈다. 할로위니바를 잔뜩 마셨지만, 이 짜릿함은 그것 때문이 아니라는 것을 확실히 알 수 있었다. 당연하게 살아서 (붕대를 감고 있는 꼴이 미라 같긴 했지만) 익숙한 목소리로 나를 부르며 함께하는 데이브의 존재가 더없는 행복으로 다가왔다. 정말이지 말도 안 되는 선물이었다. 데이브가 살아 있음과 내가 살아 있음, 그 모두가.

수백 개의 주황색 전구와 담쟁이넝쿨이 하늘을 향해 뻗어 올라가고 있었다. 잭 오 랜턴은 파티장을 빛내며 맛있는 음식을 끊임없이 뱉어냈다. 학생들은 마녀와 해골, 드라큘라로 분장한 채 행복한 할로윈을 즐기고 있었다. 큐피드들은 하얀 천을 두르고 유령처럼 돌아다니며 황금색 가루를 뿌렸다. 황금색 가루들은 펑펑 터지며 허공에 '해피 할로윈'이라는 글자를 그렸다. 은색으로 빛나는 별과 보름달이 박힌 검은 하늘 위로 나타난 황금색 글씨와 주황색 조명이 파티장을 더욱 아름답게 했다. 올랜디네브의 정원은 까르르 웃는 소리와 맛있는 음식 냄새로 가득 찼고, 학교를 둘러싼 숲이 학생들을 든든하게 지키고 있었다.

휴와 데이브는 할로윈 학과가 모인 테이블로 곧장 뛰어갔다. 하지만 다섯 걸음을 채 걷기도 전에 쏟아지는 플래시 세례와 다른 학과 친구들의 박수 소리, 포옹해 오는 할로윈 학과 친구들에 막혀 나아갈 수가 없었다. 휴는 어찌 된 영문인지 알 수 없었다. 요한슨이 열렬하게 박수 치며 학생들을 진정시키려고 노력했다. 하지만 뜻대로 되지 않자 이제는 휴를 헹가래 쳐주자고 외치고 있었다.

"도대체 무슨 일이지?" 휴가 소리쳤다.

"다들 진정해줘. 다음 달 이달의 올랜디에 걸릴 휴의 사진을 찍어야 한다고!"

젝스와 맥시가 학생들에게 짓밟히며 휴에게 다가왔다. 하지만 학생들은 비켜주지 않았다.

"휴! 네가 가르고돕프 학생들 다섯 명을 반쯤 죽여놨다는 게 사실이니?"

"아니야. 열 명이라던데?"

"그뿐이니? 데이브를 무사히 구해 왔대! 친구를 위해 목숨을 걸고서!"

"그 소식도 들었지? 실종됐던 이리나 세실을 찾은 사람도 휴라는 거!"

"휴는 이달의 올랜디, 아니, 올해의 올랜디가 되어야 마땅해!" 드로이가 소리쳤다.

레베카는 휴의 어깨를 토닥거리며 흥분해서 폴짝폴짝 뛰었다. 조는 휴를 강하게 끌어안았으며 리키는 어느새 휴를 등에 업고 있었다. 그리고 데이브는 끝까지 휴의 손을 놓지 않았다. 조디 자매는 손가락을 접어가며 휴의 업적을 세고 있었고, 세피엘라와 수잔은 새침하게 다가와 작은 미소를 던졌다.

"아무래도 나는 다음 달 이달의 올랜디도 물 건너갔군!" 세피엘라는 심기가 불편한 듯 말하면서도 힘차게 박수 쳤다.

휴는 세피엘라를 향해 씩 웃으며 악수를 건넸다.

"세피엘라. 네 폽키춉키 덕분에 살았어. 정말 고마워."

세피엘라는 얼굴을 붉히며 휴의 악수를 받아주었다. 휴는 이제 세상에서 제일 행복한 사람이었다. 휴의 주변에 모인 사람들과 테이블을 지키는 학생들, 저 멀리에서 휴를 바라보는 선생님들까지 모두가 휴를 응원해주고 있었다.

흥분과 열기는 예스퍼츠의 헛기침 소리가 들려 올 때까지 사그라질 줄 몰랐다.

"여러분! 얼른 그를 놔주지 않으면 휴의 심장이 혼자 뛰쳐나와 할로윈 파티장을 누비고 다닐 겁니다. 휴는 이 할로윈 밤을 더 이상

인간과 함께 보낼 수 없게 되겠죠. 유령의 할로윈 파티도 대단하긴 하지만 호박파이를 못 먹는다는 건 너무 잔인한 일 아니겠어요?"

예스퍼츠의 말이 끝나자마자 이번에는 휴 앞에 일제히 음식이 쏟아졌다.

"호박파이는 다섯 개 이상 먹도록 해, 그러지 않으면 다음 할로 윈까지 일 년을 기다려야 하거든."

레베카는 테이블에 있던 거의 모든 음식을 휴 앞에 가져다 놓으며 말했다.

세피엘라는 음식이 끊임없이 나오는 잭 오 랜턴을 아예 휴의 품으로 던져버렸다. 잭 오 랜턴 속에서는 사과 사탕과 거미 모양 타르트, 박쥐 과자가 쏟아져 나왔다.

휴와 데이브는 음식에 파묻혀 배가 터지도록 먹느라 잠시 피곤함도, 아픔도 잊어버렸다. 오늘만큼은 눈앞에 있는 음식을 모조리 먹어 치워버리는 것보다 중요한 일이 없을 것 같았다.

점점 배가 차자 휴와 데이브는 서로에게 궁금한 것이 너무 많아 미칠 지경이었다.

"데이브! 도대체 그 묘지에는 어떻게 간 거니?"

휴가 음식을 삼키며 말했다.

"네가 스티븐의 영혼을 구하러 간 그날 밤이었어. 네가 기숙사를 나간 뒤로 나는 네가 걱정돼 꼼짝도 할 수가 없었어. 또 내가 '문앞의 주걱턱 노파'처럼 멍청하게 지껄인 말을 사과하고 싶었지. 그래서 너와 요한슨의 뒤를 밟았어. 조금 늦었지만, 그 묘지까지 잘 따라갔지.

그런데 갑자기 묘지에서 가르곤 녀석들이 나타나 나를 덮쳤어! 정신을 차려보니 너와 요한슨은 어디에도 보이지 않았고 나는 가르곤 녀석들에게 포박당해 있었지! 그런데 너는 도대체 어떻게 찾아온 거야?"

휴는 주걱턱 노파를 '피부가 잼처럼 흘러내리는 마녀'로 정정하며 운을 띄웠다. 그러고는 장장 한 시간 동안 올랜디네브 부부의 이야기, 원하는 곳으로의 문과 무의식을 이겨낸 이야기, 멈보그 파이프를 사용한 이야기까지 모두 들려주었다. 데이브는 입을 쩍 벌렸다. 이어서 휴가 스티븐과 크리스의 이야기, 만우절 클럽의 이야기까지 들려주자 데이브의 눈은 그의 입만큼이나 동그래졌다.

"크리스가 사고로 죽었다고? 그리고 얼간이 스티븐이 만우절 클럽의 부원이라고!" 데이브는 믿을 수 없다는 듯 말했다.

휴는 스티븐이 크리스에게 느끼는 후회와 미안함의 감정, 그가 속한 만우절 클럽이 정확하게 어떤 클럽인지까지 말해주었다. 그 말을 들은 데이브 역시 휴가 느꼈던 것과 똑같은 감정을 느끼는 듯했다. 데이브는 부끄러우면서도 존경이 가득한 표정을 지었다. 휴는 당장 데이브를 만우절 클럽의 부원으로 추천해야겠다고 생각했다. 형과 아버지 없이도 평생을 용기 있게 살아온 그 역시 만우절 클럽과 어울리는 용감한 학생이기 때문이다.

그들의 대화가 계속되는 동안 '해피 할로윈' 폭죽이 열 번 넘게 터졌으며, 선선하게 무르익어가던 가을 밤은 잠시 멈춰 할로윈의 온기를 남겨두었다. 이리나 세실은 앤드리아와 함께 호박파이 주변을 맴돌다 맛있는 호박파이 레시피를 말해주고 떠났다. 예스퍼츠가 잠시 뒤 찾아와 유령들이 알려준 호박파이 레시피를 알려달라고 몰래 속삭였고 휴는 그 대신 요한슨의 위즈를 허가해달라고 부탁했다. 예스퍼츠는 그건 위즈 허가 부서의 소관이라며 말끝을 흐리다가 휴가 레시피의 순서를 잊어버릴 것 같다고 하자 급히 부활절 토끼를 불렀다. 할로윈에 불려 나온 부활절 토끼는 투덜거리며 예스퍼츠의 급한 전갈을 위즈 허가 부서로 배달했다.

그로부터 삼십 분 뒤, 할로윈 밤하늘엔 못생긴 잭 오 랜턴 폭죽이 터졌다. 요한슨이 자신의 귀신 탐지 나침반이 정식 위즈로 허가된 데 흥분하여 새로운 발명품을 선보인 것이다. 잭 오 랜턴 폭죽은 펑펑 터지며 시끄러운 할로윈 노래를 불러댔다.

시끄러운 할로윈 파티장 속에서 휴와 데이브는 말없이 타마피 강을 쳐다보았다. 올랜디네브 학교 본섬 너머로 보이는 검은 타마피 강 수면 위에 하늘의 별이 비쳐 은색 빛이 둥둥 떠 있었다. 모든 것이 무사했고 아무 문제가 없었다. 할로윈 밤은 저물어가고 내일이면 더욱 평범한 하루가 시작될 것이었다. 휴는 데이브를 돌아보고 픽 웃었다. 시시하고 평범하게 살아 있어서 정말로 다행이었다.

〈끝〉

올랜디네브 기념일 학교